Jan de Mogán | Nukuseilala

Jan de Mogán

# Nukuseilala

## So fern von dieser Welt

Roman

Die Bibliografische Information der Deutschen Nationalbibliothek

Die Deutsche Nationalbibliothek verzeichnet diese Publikation in der Deutschen Nationalbibliografie; detaillierte bibliografische Daten sind im Internet über www.d-nb.de abrufbar.


Einbandabbildung: © gustavofrazao, Fotolia
Herstellung und Verlag: Books on Demand GmbH, Norderstedt
© 2019 Jan de Mogán
ISBN 978-3-7494-0608-1

Ein eigenartiges Machwerk aus Blech und Eisenstangen. Auf seiner linken Seite gähnte ein riesiger Trichter mit weit aufgerissenem Maul hinaus in die Leere, als wolle er diese der Nutzlosigkeit anklagen. Vielleicht nur ein ausrangiertes Teil der Lüftungsanlage, zum baldigen Verschrotten beiseite gestellt? Wohl kaum, eher das Fantasiegebilde eines Erfinders, hoffnungsvoll begonnen und doch zum Scheitern verurteilt, ein Mahnmal, das die Besucher an die ungezählten Irrwege und Leiden der Erfinder hier im Deutschen Museum erinnern sollte. Nur, was hatte das in dieser Seitennische zu suchen, umgeben von all den bahnbrechenden technischen Meisterleistungen vergangener Jahrzehnte und Jahrhunderte?

Immerhin, ein Schild hatten sie neben dem Unikum angebracht. Eine Hornantenne sollte das Ding da sein. Und eine ganz besondere dazu. Mit ihr sei es den beiden abgebildeten Bastlern vor Jahrzehnten gelungen, den Nachhall des Urschreis bei der Geburt des Universums zu empfangen. Um die drei Grad Kelvin an Energie sollte dieser Urknall auch heute noch aus dem ewig weit entfernten Hintergrund des Alls bis zur Erde herüber ausstrahlen. Kaum zu glauben. Aber die beiden stolz lächelnden Forscher auf dem vergilbten Bild hatten später sogar den Nobelpreis dafür erhalten, es musste also etwas dran sein.

Davon war Ralf allerdings noch nie etwas zu Ohren gekommen, weder in der Schule noch auf der Uni. Eine ganze Weile stand er nachdenklich vor diesem unscheinbaren Geniestreich, obgleich dieser in seiner blechernen Schlichtheit nun wirklich nichts ausstrahlte.

Aber das sollte er auch gar nicht. Empfangen sollte er, und das war ihm gelungen. Und was hatte er so Bedeutsames empfangen? Rauschende Signale, Mikrowellen, so das beredte Schild. Extrem schwache, aber immerhin mess- und hörbar, ja sogar im Rauschen alter Fernsehbildröhren unaufhörlich auszumachen. Bald vierzehn Milliarden Jahre sollte es her sein, dass sich dieser Urknall ereignete. Mit unvorstellbarer elementarer Gewalt brach er urplötzlich aus einem unvorstellbar winzigen Nichts heraus, umgeben vom absoluten Nichts. Weder Materie noch Energie, weder Raum noch Zeit erfüllten den Kosmos, weil es ihn zuvor gar nicht gab. Alles Weitere nahm dann irgendwie mit rasenden Schritten seinen unaufhaltsamen Lauf. Vom Zufall getrieben? Sicher, von wem sonst? Weiß Gott, wohin der führen sollte! Aber wusste der das wirklich? Unwillkürlich schüttelte Ralf den Kopf, als ihm die biblische Schöpfungsgeschichte in den Sinn kam. Wären das wundersame All und der Mensch darin tatsächlich Gottes Werk, so könnte dieser als dessen Abbild unmöglich derart unvollkommen sein. Und nach Vollkommenheit schien der in seiner Habsucht wohl kaum zu streben. Aber wohin dann? Und hatte das All selbst eine Zukunftsvision?

Auch dazu wusste das Schild etwas zu vermelden: Schon in etlichen Milliarden Jahren könnte sich das All wieder zusammenballen, bis auf die Größe seines Ursprungs, das Nichts. Und danach? Das wusste keiner so genau, vermutlich ginge das Spiel dann wieder von vorn los: Das Nichts öffnete sich erneut mit einem brachialen Knall und das All breitete seine Herrschaft wie gehabt mit rasender Geschwindigkeit in alle vier

Himmelsrichtungen aus. Ob es darin wieder zu Leben käme, wie man es kannte? Rein zufällig, zwangsläufig oder sogar gewollt? Und wenn gewollt, von wem? Von einer Spielernatur mit seltsamer Freude an diesem eigenartigen Spektakel? Verwundert las Ralf weiter.

*Pulsierendes Weltall* hatten die Kosmologen es genannt. Ein atmendes Universum, vergleichbar einem Pendel. Sein Ausschlag griff weit hinaus bis an die Grenzen von Raum und Zeit, um von dort wieder in seinen Ursprung zurückzukehren und dabei auszulöschen, was auch immer zuvor war. Ob dahinter irgendein Sinn steckte? Und wenn dieser kosmische Puls im Nichts stehen blieb? Dann stünde halt alles still, denn ohne Bewegung gab es keinen Raum und ohne Raum keine Zeit, es herrschte eben wieder das absolute Nichts, und das für alle Zeiten, die es dann eben nicht mehr gab.

Das Ende der Zeit und mit ihr der Welt? Ralf stutzte, konnte es so was überhaupt geben? Sicher, wenn man nachts das Licht ausschaltete, wurde es dunkel und alles verschwand, aber trotzdem war es noch da, das Haus, die Welt und man selbst. Und man erblickte das alles wieder, sobald es hell wurde. Aber wenn es eines Tages nicht mehr hell wurde, weil die Zeit abgelaufen war?

Ein arabisches Sprichwort fiel ihm ein: *Die Angst der Welt, das ist die Zeit.* Hatte das damit zu tun? Angst vorm Kreislauf aus Kommen und Gehen, nicht nur im kleinen menschlichen Leben, sondern zugleich im großen Ganzen? Schon möglich. Doch wenn man es recht bedachte, konnte es die Zeit allein nicht sein, die den Menschen in die Sackgasse führte. Eher der Gang der Dinge im Laufe der Zeit. Und im Laufe des Lebens eines jeden. Schließlich war man darauf angewiesen, welche Überraschungen die Zeit so mit sich brachte. Aber vielleicht geschah das alles doch nicht rein zufällig. Irgendwelche Naturgesetze konnten schon mit im Spiel sein. Egal, auch wenn sie das waren, blieb das Ganze ein Spiel, dann eben ein naturgesetzliches. Und wenn der Mensch es trotz aller Bemühungen nicht verstand, überstieg es halt den menschlichen Geist.

Bedächtig kratzte sich Ralf am Hinterkopf, wie aus Verlegenheit ob seiner gerade zu Tage getretenen elementaren Wissenslücken. Auch die Theorie vom pulsierenden All war ihm völlig neu. Mitleidig lächelte er in sich hinein, das Alte Testament mit seinen sieben Tagen, was für ein Märchen! Doch wozu hatte man es den Menschen aufgetischt?

Auf dem Weg nach Hause kam er an der Frauenkirche vorbei, deren Glocken gerade zu läuten begannen. Er mochte Kirchen, weniger, um an Messen teilzunehmen, sondern ihrer Architektur und der Innengestaltung wegen. Vor allem in Italien ging er kaum an einer Kirche vorbei. War er dann drinnen, wurde er sogleich von diesem spirituell-sakralen Hauch eingefangen; so auch jetzt.

Weit hinten nahm er Platz. War das hier alles Hokuspokus? Hatte er doch gerade erfahren, dass es gar keinen Schöpfer des Kosmos gab und somit auch die Menschheit kaum Gottes Werk sein konnte. Wessen Werk war es dann? Purer Zufall? Produkt einer viele Jahrtausende langen Entwicklung vom Einzeller bis zum Homo sapiens? Und wer oder was hatte diese Entwicklung angestoßen und vorangetrieben? Irgendeine Triebkraft musste es geben, sei sie nun zielgerichtet, konzeptlos oder nur spielerisch. Ja, der pure Zufall konnte es schon auch sein, schließlich hatte der endlos viel Zeit, um planlos auszuprobieren, bis er auf etwas stieß, das Sinn machte und von einer woher auch immer rührenden Kraft weiterbefördert wurde.

Ralf stand auf und begab sich auf den Heimweg. Gedankenversunken durchschritt er die belebte Fußgängerzone, das Thema ließ ihn nicht los. Warum nicht? War es sein Wissensdurst, sein ihm innewohnender Ehrgeiz nach Erkenntnis oder doch eine göttliche Inspiration, die ihm in diesem Gotteshaus gerade zuteil geworden war? Und wenn es eine solche war, warum sollte gerade er sich darum kümmern?

Wenn er es recht betrachtete, waren es doch zumeist die Menschen selbst, die aus mehr oder minder zufälligen Eingebungen oder eigennützigen Zielvorstellungen heraus Dinge vorantrieben, sei es zum Nutzen oder Schaden ihrer selbst. Aber wie kamen diese Einfälle in ihren Kopf? Das war doch die eigentliche Frage.

Im Strudel seiner Gedankenflut hatte er in der S-Bahn den Ausstieg verpasst und musste ein Stück zurücklaufen. Als seine Wirtin die Haustür öffnete, fiel ihm erst durch ihr Schweigen auf, dass er versäumt hatte, sie mit dem üblichen »Hallo, Madam« zu begrüßen. Auf dem Bord lag die Post, darunter eine Einladung seines Clubs. Lustlos öffnete er den Brief. Wahrscheinlich ein Vortrag, wie üblich. Er hatte richtig vermutet. Diesmal sollte es um den Plastikmüll in den Ozeanen gehen. Eine Frau Doktor Sarah Wegner, Diplombiologin von den Grünen, sollte ihnen wohl das Gewissen schärfen.

Als er die Einladung in den Papierkorb werfen wollte, meinte seine fürsorgliche Wirtin, die ihn bemutterte, er könnte da doch mal wieder hingehen, ewig lange sei er da nicht mehr gewesen. Also machte er sich auf den Weg; sie hatte schon Recht, er sollte sich da mal wieder sehen lassen.

Schon bei der Begrüßung holte ihn die auffällige Erscheinung der Referentin aus seiner Gedankenwelt in die Realität zurück. Recht jung war sie, dazu dieser sympathische Blick bei der Begrüßung. Angenehm überrascht erwiderte er ihn mit spontan erwachtem Interesse, was sie ihrerseits mit einem etwas längeren Blickkontakt belohnte. Sieh da, dieser Abend konnte doch noch interessant werden, ganz egal, was der Plastikmüll da in den Ozeanen zu suchen hatte.

Nach der Diskussion setzte man sich mit ihr im kleinen Kreis nebenan im Restaurant noch zusammen, und Ralf konnte es geschickt einrichten, ihr gegenüber zu sitzen. Rasch zeigte sich, mit welch berückendem Charme sie wohl jeden Mann in ihren Bann ziehen konnte. Obendrein war sie eine Augenweide, brünett mit vielsagenden, erwartungsvollen Augen und gepflegten langen Haaren, die ihr verdammt hübsches Gesicht umschmeichelten.

Ralf gab sich Mühe, seinen Blick nur ab und zu kurz an ihr vorbeistreifen zu lassen.

Bald kam die Runde wieder auf den Plastikmüll zu sprechen, doch Ralf war nicht recht bei der Sache. Als die alerte Frau Doktor kurz aufstand und sich dem Tresen zuwandte, um von dort die Speisekarte rüberzuholen, blieb sein Blick an ihrer Figur haften. Heilige Madonna! Und wie sie sich bewegte, einfach umwerfend, vielleicht ein wenig zu sehr auf Wirkung bedacht.

Er kam sich vor wie eine staunende Randfigur, meilenweit davon entfernt, hier auch nur eine Außenseiterrolle spielen zu können. Nein, diese Nummer war für ihn einfach viel zu groß, irgendwelche Illusionen sollte er sich besser rasch wieder aus dem Kopf schlagen.

Als die Runde sich auflöste, kam sie noch kurz auf eine Veranstaltung zu sprechen, die in zwei Wochen in Berlin stattfand, um dieses Plastik-Desaster mehr in den Blick der Öffentlichkeit zu rücken. Auch ein Poster hatte sie dabei, und Ralf zeigte jetzt spontanes Interesse an dem Plakat. Sie reichte ihm noch einen Flyer mit Datum und Ort. Auch einen Tipp für die Anfahrt hatte sie. Mit dem ICE wollte sie fahren, der käme ganz in der Nähe vom Alex kurz vor 10 Uhr an, von da seien es nur wenige Schritte.

In den folgenden Tagen ging ihm diese fabelhafte Frau Doktor nicht aus dem Sinn, sosehr er auch daran arbeitete, jegliche Träumerei zu verdrängen, um sich wieder ganz seiner Arbeit im Institut zu widmen. Gleichwohl hatte sich dieser Berlin-Termin in seinem Kopf festgesetzt und das umso mehr, je näher er rückte.

Dann war es so weit, in Nürnberg musste sie zusteigen, wenn sie denn diesen Zug nahm. Beim Einfahren konnte er sie nicht am Bahnsteig entdecken, aber da standen auch zu viele Leute. Nach der Abfahrt wartete er noch etwas, dann machte er sich auf den Weg. Seinen kleinen Koffer nahm er schon mal mit; wenn er sie treffen würde, wollte er so tun, als käme er gerade aus dem Speisewagen und suche irgendwo einen freien Platz.

Tatsächlich, schon im dritten Wagen saß sie im Abteil, dicht neben der Tür, und kramte in ihrer Tasche, am Fenster eine ältere Dame. Behutsam schob er die Tür zur Seite, dann sein künstlich überraschtes Hallo. Fast schüchtern fragte er, ob er sich gegenübersetzen dürfe. Sie lächelte ihm zu, das konnte nur eine Einladung sein.

Das wäre erst mal geschafft. Nun musste er versuchen, mit ihr zunächst ein unverfängliches Gespräch in Gang zu bringen. Was eignete sich dazu besser als das Ökologie-Thema? Sogleich stieg sie darauf ein und war kaum zu bremsen, das ganze Parteiprogramm rauf und runter.

Sachte lenkte er das Thema auf den innerparteilichen Umgang miteinander, stünde einem da der eine Grüne näher als der andere? Sie roch den Braten sofort, er wolle sie wohl zu ihrer Privatsphäre aushorchen? Stattdessen fragte sie ihn etwas zu direkt, wie denn sein derzeitiger Beziehungsstatus sei. Ralf war überrascht und erfand schnell einen Tanzkurs, Rumba, Tango, Samba und so, dort habe er kürzlich eine ganz nette Tanzpartnerin gefunden. Nein, nein, für Let´s Dance trainierten sie nicht, nur so zum Hausgebrauch.

Jetzt fühlte sie sich doch bemüßigt, ein wenig zu ihrem Privatleben rauszulassen. Sie habe da ein Problem, vermutlich stelle sie zu hohe Ansprüche, so komme sie meist bald zu der Bewertung »gewogen und zu leicht befunden«.

Ralfs Hoffnungen stiegen, immerhin schien sie sich

derzeit nicht in einer festen Beziehung zu befinden. Doch jetzt musste er dringend etwas für seine Aufwertung tun, bevor auch er auf ihre Waage kam. Astronom sei er, auf dem Weg, die wahre Entstehung des Kosmos zu erforschen.

Damit hatte er einen Volltreffer gelandet, wahnsinnig spannend fand sie das. Und schon dozierte er, was er jüngst im Deutschen Museum auf dieser Tafel gelernt hatte, gerade so, als sei er da Experte. Sie war begeistert und bot ihm zu seiner Überraschung spontan das Du an. Sie sei die Sarah und er? Der Ralf. So einfach ging das, mit 'nem Glas Sekt wollten sie es dann im Speisewagen noch besiegeln. Mann, das lief ja weit besser als erhofft.

In Erfurt stiegen zwei Typen zu, die ungemein störten und ihre Unterhaltung zum Erliegen brachten. Sarah wollte jetzt die Zeitung lesen, im Speisewagen könnten sie sich dann ja weiter unterhalten. Ralf holte sein Buch aus dem Köfferchen, *2025* war der Titel. Zumindest tat er so, als würde er sich diese Zukunftsvisionen reinziehen. Eine geradezu verwegene Idee kam ihm, die er jedoch sogleich wieder verwarf. Wenn er versuchte, in Berlin im selben Hotel zu übernachten, vielleicht abends zusammen mit ihr an der Bar eine grüne Gesinnung zeigte, den einen oder anderen Drink bestellte, Komplimente vom Feinsten machte, verführerische Blickkontakte … nein, nein. Erstens war das viel zu gefährlich. Wenn sie dann bei seinem schüchternen Anklopfen an ihrer Zimmertür brüsk ablehnte, wäre alles aus und vorbei, noch bevor es richtig angefangen hätte. Zweitens war er ja vom Typ her kein Draufgänger, eher im Gegenteil. Eine Beziehung musste sich für ihn erst nach und nach aufbauen, eingebunden in diese wundervollen Phasen aus Fantasie, Sehnsucht und Romantik. Diese Zeit des Aufblühens der Liebe durfte man sich keinesfalls nehmen lassen, er schon gar nicht. Auch wenn dann später die Blütenblätter fielen, hatte man diese tolle Zeit immer noch im Kopf. Ob sie das auch so sah? Da hatte er seine Zweifel, aber als One-Night-Gespielin schätzte er sie eher nicht ein, dafür war sie zu intelligent, selbstbewusst und anspruchsvoll. Fantasien, wie das laufen könnte, hatte er genug, doch dazu gehörten halt immer zwei.

Als die beiden Typen in Leipzig immer noch nicht ausstiegen, fand Sarah, es sei an der Zeit, den Speisewagen aufzusuchen. Nach der Bestellung kam sie auf sein Aushorchen zurück, vermutlich hatte sie sich inzwischen dazu so ihre Gedanken gemacht.

»Was genau machen Sie ... machst du eigentlich in der Astronomie?«, wollte sie wissen.

Jetzt blieb er bei den Fakten. »In einem Institut für Materialkunde arbeite ich zurzeit, da geht es um den Aufbau der Materie von Meteoriten, insbesondere um deren Kristallstruktur. Dazu untersuchen wir diese Kristalle mit Röntgenstrahlen in einem sogenannten Diffraktometer.« Noch während er ihr dies näher erklärte, kam ihm eine geniale Idee. Warum gab man sich eigentlich mit der jeweiligen Strukturabbildung zufrieden, sobald man sie gefunden hatte? War es nicht viel interessanter zu fragen, warum und wodurch sich genau diese und keine andere Struktur gebildet hatte? Wow, war das ein Geistesblitz, ganz unruhig wurde er, denn das konnte ihn bei der Suche nach diesen elementaren Triebkräften der Natur richtig voranbringen.

Gerade kam der Ober vorbei und Sarah bestellte rasch den Piccolo mit zwei Gläsern. Sie prosteten sich zu und tauschten ein zartes Küsschen aus, wie es nun mal dazu gehörte. Immerhin, das ging von ihr aus, der Anfang war gemacht. Einfach toll!

In Berlin ging es turbulent zu, Sarah war überall und nirgends, Pressekonferenz, Fernseh-Interview, Plakat-Ausstellung und Schärfung des Problembewusstseins einer Vielzahl interessierter Bürger auf dem großen Platz. Dazu parteiinterne Sitzung, Erläuterung der Forderungen an die Regierung und etliches mehr.

Zwischen all diesen Aktivitäten fand sie dann doch noch Zeit, sich kurz zu ihm zu setzen. Aufgekratzt erläuterte sie ihm, was der Vorstand gerade beschlossen hatte: Sie sei Teilnehmerin dieser Inspektionstour entlang der Küsten Südostasiens. Indischer Ozean, süd- und ostchinesisches Meer, Japan und hinauf bis Südkorea. Gut zwei Wochen würden sie unterwegs sein.

Er gratulierte ihr verhalten, gewiss würde sie da in Fernost nicht ganz allein herumschippern. »Nein, natürlich nicht, wir sind da zu dritt unterwegs, zwei Experten von uns Grünen, Frank, Tom und ich. Der ganze Ablauf ist schon seit Längerem geplant, bereits in einer Woche geht es los, ich bin da im letzten Moment gerade noch aufgesprungen. Eine Biologin fehlte da halt noch, schließlich geht es auch um die Fische mit all dem Plastikunrat in ihrem Verdauungstrakt«, so ihre Begründung.

Etwas ernüchtert fuhr Ralf zurück gen Süden, sie

musste weiter nach Hamburg zu einem anderen Termin. Nun ja, er würde die zwei Wochen schon überstehen, am besten, er widmete sich jetzt seiner Arbeit im Institut.

So recht gefiel ihm Sarahs Ostasien-Küstenrallye nicht. Sie mit den zwei Männern, und das volle zwei Wochen rund um die Uhr, schließlich war sie ja kein Mauerblümchen.

Irgendwie sollte er sie vor der Abreise doch noch mal treffen, um ihr etwas mitzugeben, was sie an ihn erinnerte. Nicht nur erinnerte, sondern sein Interesse noch etwas deutlicher zeigte.

Beim Juwelier musste da was zu finden sein. Nein, nein, kein Ring, so nahe waren sie sich noch lange nicht. Zufällig stieß er auf einen Anhänger in Form eines kleinen goldenen Fisches.

Zum Abflug fuhr er hinaus nach Erding, sie hatte sich kurz per SMS verabschiedet. Immerhin, ein gewisses Interesse schien sie zu haben. Beim Check-in sah er sie dann mit reichlich Gepäck in der Schlange stehen, dahinter wohl ihre Begleiter mit noch mehr Gepäck. Überrascht, aber freudig begrüßte sie ihn und er überreichte ihr das kleine Schächtelchen, ein seefahrender Talisman sei darin. Sie bedankte sich zu seiner Überraschung mit zwei zarten Küsschen rechts und links. Das war ihm sehr recht, so konnten die zwei schon mal erkennen, dass sie da jemanden hatte, ohne zu wissen, wie kurz sie sich erst kannten.

Drei Tage nach dem Abflug erhielt Ralf die erste Mail mit Sarahs Absender, dazu im Anhang ein Selfie-Foto. Sie bestiegen wohl gerade das Küstenschiff und

Sarah lachte ins Smartphone. Rechts und links die beiden grünen Kollegen. Zunächst war das nicht besonders aufregend. Doch dann traute er seinen Augen kaum, Sarah trug den kleinen Fisch am Halskettchen! Das war schon mal eine überraschend gute Botschaft, die ihm ein zufriedenes Lächeln ins Gesicht zauberte.

Natürlich postete er zurück, und das recht mutig. Erst dies und das, doch dann noch etwas obendrauf. Er habe nachts von ihr geträumt, was, wolle er ihr später sagen.

Schon am nächsten Tag, ganz überraschend ihre zweite, kurze Mail: Er solle sie nicht auf die Folter spannen und sagen, was er da geträumt hätte.

Damit brachte sie ihn in Verlegenheit, denn er hatte gar nicht geträumt, auch nicht von ihr. Jetzt musste er etwas erfinden. Das war gar nicht so einfach. Am besten, er wich in die antike Mythologie aus, erstens weil es da viel Raum gab, und zweitens weil es nach Bildung roch. Schließlich musste er an ihre Waage denken, auf die er von ihr, wie seine Vorgänger, wohl früher oder später gestellt würde.

Also, vom Raub der Sabinerinnen habe er geträumt, und als er richtig hingeschaut habe, sei sie es gewesen, welche die Raubritter auf ihren wilden Pferden gewaltsam entführten.

Das gefiel ihm, sogar sehr, denn da hatte er gleich noch eine Metapher reingemogelt. In den Raubrittern konnte sie ihre beiden grünen Begleiter erkennen, so sie denn wollte, und zugleich auch seine Eifersucht, die ja für sie sprach.

In den nächsten Tagen kam keine dritte Mail. Das

hatte er auch nicht erwartet, schließlich waren alle drei dort sicher ordentlich gefordert. Schon die letzte Mail hatte sie gegen Mitternacht Ortszeit gepostet. Wer weiß, vielleicht war sie danach mit träumerischen Gedanken an ihn eingeschlafen. Er kannte seine Neigung, sich die Dinge schön zu denken, warum auch nicht.

Sarah hatte sich reichlich Zeit gelassen, ihre Expedition stellte sich inzwischen als recht anstrengend heraus. Aber nach einer Woche hatte sie endlich Zeit für ihre dritte Mail gefunden. Wiederum gegen Mitternacht war sie gepostet worden. Eine ganze Serie Fotos hatte sie angefügt, Plastik ohne Ende, der ganze Strand mit diesem bunten Abfall übersät, furchtbar, kaum noch Sand zu sehen. Weiter hinten waren große Plastikberge zu erkennen, die waren wohl zusammengekehrt worden. Weiß Gott, wohin die kamen. Doch das war noch nicht alles, auch im Wasser schwamm dicht an dicht Plastik, wohin man schaute. Am Schluss der Serie ein Foto von ihr mit einem Blick, der ihm erschien, als sei er auf ihn allein gerichtet, so gewinnend wie damals bei ihrer ersten Begrüßung. Und da war er auch wieder, sein Fisch um ihren Hals. Ob sie vielleicht christlich war? Immerhin trugen die frühen Christen einen Fisch als geheimes Erkennungszeichen. Eher nicht, aber ihr war so manche Überraschung zuzutrauen. Womöglich war sein Fisch inzwischen sogar ihr beider Erkennungszeichen geworden. Noch ein schöner Gedanke, den er sich gönnte.

Er wollte sich jetzt auch Zeit mit seiner Antwort lassen. Sollte sie doch auch mal eine Weile vergeblich auf Antwort warten.

Jetzt war es an der Zeit, die Speisewagen-Idee mal aufzugreifen. Auf der Fahrt nach Berlin hatte er Sarah in etwa erklärt, was er beruflich treibe. Um die Aufklärung von Kristallstrukturen ging es da in dem Institut für Materialkunde. Wenn man dort die Struktur der jeweiligen Elementarzellen gefunden hatte und bildlich oder im Modell darstellen konnte, gab man sich zufrieden und veröffentlichte sie.

Im Zug hatte sich ihm spontan die Frage gestellt, wie und wodurch diese Strukturen überhaupt festgelegt wurden, denn jeder Kristall, egal ab Schneeflocke oder Brillant, hatte immer seine ganz eigene, und diese war stets dieselbe, egal wie groß der jeweilige Kristall war. Sogar einschmelzen konnte man Kristalle, und wenn sie dann abkühlten, fanden sie mit traumhafter Sicherheit ihre alte Struktur ganz von allein wieder. Wie konnte das sein? Gab es für die einzelnen Atome so etwas wie einen externen Platzanweiser? Und wenn es ihn gab, woher kam der dann?

Am besten, er nahm sich mal einen ganz einfachen Kristall vor. Barium-Titanat war ein solcher, ein Würfel, alle zwölf Kanten gleich lang, an den acht Ecken je ein Barium-Atom, zentriert in den sechs Außenflächen je ein Sauerstoff-Atom und in Würfelmitte das Titan-Atom. Da herrschte sichtbar Ordnung. Doch woher kamen sie, und das immer wieder aufs Neue?

Ralf packte ein regelrechtes Jagdfieber, denn hier sah er die reelle Chance, einer übergeordneten elementaren Gestaltungskraft auf die Spur zu kommen, denn der Mensch selbst konnte das unmöglich sein. Und wenn er hier fündig würde, konnte das der Ausgangspunkt gänzlich neuer Erkenntnisse sein, bis hin zur Schöpfung jeglicher Materie. Fast kam er sich vor wie ein Traumtänzer in schwindelnder Höhe, dabei besaß er im Gegensatz zu Sarah nicht mal einen Doktorhut.

Sogleich wandte er sich dieser Barium-Titanat-Kristallstruktur zu. Da gab es 15 Atome von dreierlei Art in der Elementarzelle, und die hatten unterschiedliche Affinitäten zueinander. Die acht Bariumatome hielten möglichst weit Abstand voneinander, also setzten sie sich auf die entfernten acht Ecken des Würfels, jeweils gleich weit vom Titanatom, dem sie alle möglichst nahekommen wollten, wodurch dieses in die Mitte des Würfels rückte. Die sechs Sauerstoffatome mochten sich untereinander ebenso wenig wie die Bariumatome, suchten aber die Nähe zu ihnen, während sie zugleich möglichst weiten Abstand zum zentralen Titanatom hielten. Somit blieb ihnen nur mehr der Platz zentral auf den sechs Außenflächen.

Zu kompliziert? Ihm kam ein Vergleich: Es kommen 15 Personen zu Besuch. Die sollen sich zusammen an einen großen Tisch setzen, doch wer neben wen? Die diversen Zu- und Abneigungen zwischen den 15 seien bekannt, entsprechend nah oder fern voneinander sollen sie platziert werden. Keine Frage, da musste man Kompromisse eingehen, aber letztlich gab es ein relatives Optimum für die Platzierung aller 15 Gäste, nicht zu nah an den Trantüten und nicht zu fern von den Sympathieträgern. Doch hierzu brauchte es eine Sitzordnung und einen Platzanweiser, der ihre gegenseitigen Empfindsamkeiten und Zuneigungen kannte. Allein dürften die 15 das relative Optimum wohl kaum finden und würden den ganzen Abend über die Plätze tauschen. Ganz anders bei den Atomen, da stellte sich das Optimum ihrer Anordnung im Handumdrehen perfekt von allein ein. Wie das zu erklären war, wollte er herausfinden. Aber er wusste, das würde dauern.

Ein ums andere Mal hatte er unterschiedliche Kristalle vermessen, sogar geschmolzen und wieder erstarren lassen, und jedes Mal zeigte sich danach dieselbe Struktur wie zuvor. So recht zufrieden war er mit diesem Ergebnis nicht, hatte er doch gehofft, eine übergeordnete Gestaltungskraft zu entdecken. Immerhin, hier schien es auf den ersten Blick, als gäbe es eine solche. Aber dann kam er dahinter, nirgendwo anders steckte sie als in den einzelnen Atomen und deren Feldstärken selbst. Somit waren sie den 15 Gästen seines Denkmodells bei Weitem überlegen und benötigten keinerlei externe Einflussnahme. Schade, hatte er doch gehofft, zumindest hier im Bereich der elementaren Materie einen Nachweis für eine solche zu finden. Doch dann gestand er sich ein, reichlich naiv gedacht zu haben. So leicht war das also nicht, eine wissenschaftliche Karriere zu machen, da gehörte schon mehr dazu. Aber wenn er es so recht bedachte, der begnadete Forscher war er eher nicht.

Irgendwie musste er seine Enttäuschung überwinden. Am besten, er wandte sich wieder seinem Lieblingsprojekt zu, Sarah. Immerhin hatte er sich jetzt eine gute Woche mit dieser Kristallstruktur beschäftigt.

Also berichtete er ihr am besten von seinen Arbeiten im Institut, unausgesprochen war das zugleich eine Begründung für seine Sendepause. Er hatte sich von diesen Vermessungen halt mehr erhofft, das hatte ihn dann länger beschäftigt. Wann sie zurückkomme, er zähle bereits die Tage. Für die Begrüßung habe er sich etwas ausgedacht, doch das sollte eine Überraschung bleiben.

Sarah postete auch; ihre Mails hatten sich gekreuzt. Überraschend lieb schrieb sie diesmal, sie wisse inzwischen, wie sich eine Fernbeziehung anfühle, fantasiereich, aber erfüllungsarm. Und dazu schickte sie aus weiter Ferne etwas ganz Neues, ein angedeutetes Küsschenbild im Anhang. Er bewunderte sie, wie poetisch sie den Begriff Sehnsucht zu umschreiben wusste, einfach toll, diese Frau. Und sie schien tatsächlich etwas für ihn übrig zu haben, nur gut, wenn sie damit nicht hinterm Berg hielt, denn er neigte eher zum vorsichtigen Abwarten.

Beeindruckt lehnte er sich zurück, Mann, war das eine Ansage! Per Mail konnte man sich da Dinge sagen, die einem von Angesicht zu Angesicht nicht so leicht über die Lippen kamen. Und nachlesen konnte man sie, ein ums andere Mal.

Sofort wollte er nicht antworten, denn jetzt waren sie dabei, sich richtig nahe zu kommen, so entfernt voneinander sie auch sein mochten. Da musste alles gut überdacht sein. Ihre Mail schien ihm wie eine kostbare venezianische Vase aus Murano, die man nicht fallen lassen durfte, sonst fehlte sie für den fälligen Strauß roter Rosen. Ganz fest wollte er sie halten, und nicht nur diese Vase.

Den Strauß wollte er ihr in ganz anderer Form überreichen. Mit seinem Paraglider flog er allzu gerne in den Alpen, da konnte er sich einen Zusatz für Tandemflüge besorgen. Gemeinsam würden sie dann zu zweit in die Lüfte gehen, völlig losgelassen von allem, was einen da unten störte, ganz eng beieinander, und er der Pilot. Ein überwältigendes Gefühl von Freiheit würden sie da oben miteinander erleben, unvergesslich, mit Worten nicht zu beschreiben.

Ihre Ankunft am Samstag in München, frühmorgens, hatte sie ihm per SMS mitgeteilt. Vom Flugplatz aus wolle sie dann mit der S 8 direkt nach Herrsching fahren. Im dortigen Seehotel neben der Anlegestelle der Dampfer feiere ihre Freundin nachmittags ihren runden Geburtstag, da habe sie soeben fest zugesagt. Dort im Hotel würde sie dann auch übernachten, danach sei sie »verfügbar«. Sie und verfügbar, da musste er fast lachen, aber das hatte sie ja in Anführungsstrichen gesetzt. Nein, keiner von ihnen sollte über den anderen verfügen, auf gleicher Augenhöhe wollten sie sich stets begegnen, wer weiß, vielleicht sogar miteinander durchs ganze Leben gehen. Diese Idee war für ihn ganz neu, so weit hatte er bislang noch nie gedacht.

Als er am Seehotel ankam, ging er erst mal kurz zum Ammersee, dort war er lange nicht mehr gewesen. Ein Dampfer näherte sich gemächlich der Anlegestelle. Einen kurzen Blick hinüber zum anderen Ufer und nach Süden zu den Alpen genehmigte er sich noch, dann schritt er erwartungsvoll zurück. Ein schöner Tag würde es heute werden, und das nicht nur vom Wetter her. Am Dampfersteg blickte er sich eine Weile suchend um, dann entdeckte er sie beim Kiosk. Da stand sie nun, seine Sarah. Seine? Noch nicht ganz. Doch gleich würde sie leibhaftig neben ihm im Auto sitzen und er hatte einen Plan, wie das weitergehen sollte.

Erst die Umarmung mit Küsschen links und rechts, dann ein tiefer Blick in ihre Augen. Ganz bezaubernd, geradezu verführerisch schaute sie ihn an. Aber Letzteres sollte jetzt doch eher seine Aufgabe sein. Nur, hier am Dampfersteg mit den vielen Leuten rundum war es bestimmt nicht der rechte Platz. Doch der würde sich finden lassen.

Auf der Fahrt ins Tannheimer Tal kam sie aus dem Erzählen gar nicht mehr heraus, geistig war sie noch ganz im fernen Osten. Und was sie da alles gesehen und erlebt hatte, es sprudelte aus ihr heraus wie aus einem Sturzbach.

»Zuerst wollten wir im Golf von Bengalen die Situation erkunden. Dazu fuhren wir von Bangalore gut 200 Kilometer mit einem klapprigen Leihwagen nach Chennai über Straßen, die zumeist diesen Namen nicht verdienten. Kinder spielten mitten auf ihnen, mehr in Lumpen als Kleidern, barfuß und ziemlich verwahrlost. Bisweilen wurden sie beim Durchfahren der Pfützen nass, doch das schienen sie gewohnt zu sein. Hielten wir an, wurden wir sogleich von bettelnden Kindern umringt, und das mit derart inständig bittenden Augen, da mussten wir ihnen was geben. Die Küste, die wir bei Chennai erreichten, war zwar recht ungepflegt, aber dafür entschädigte uns ab und zu ein toller Blick auf den indischen Ozean. Plastikmüll war nur hier und da zu sehen, zumeist wohl achtlos weggeworfene Verpackungen, Becher und dergleichen mehr. Nahe Kavali war der Tank dann plötzlich leer, obgleich die Tankuhr noch halbvoll zeigte.«

»Musstet ihr dann laufen?«, fragte Ralf.

»Zum Glück nicht, ein netter Inder hielt an und verkaufte uns den Inhalt seines Reservekanisters. Überhaupt waren die Inder meist ausgesprochen nett zu uns.«

»Habt ihr euch beim Fahren abgewechselt?«

»Tom und Frank schon, ich saß meist hinten und habe zwischendurch ein Nickerchen gemacht. Über Nellore ging es weiter nach Kakinada, gut 500 Kilometer in neun Stunden. Leider führte die holprige Straße meist ein Stück weit vom Ozean entfernt durch ödes Land. Die letzten 100 Kilometer bis Kakinada durchs Hügelland waren heftig, da hing mein Magen ziemlich durch. Dort haben wir dann auch übernachtet.«

»Gab es da auch richtige Doppel- und Einzelzimmer?«, fragte Ralf, wobei es ihm vor allem um das Einzelzimmer ging.

»In Kakinada schon.«

»Und sonst?«, schob er gleich die nächste Frage nach.

»Meistens, aber manchmal mussten wir auch im Dreibettzimmer übernachten, einmal sogar in einem Schlafsaal.«

Immerhin waren sie ja zu dritt, beruhigte er sich, da dürfte wohl kaum was passiert sein.

»Von Kakinada ging´s dann flott auf neuer Straße weiter bis Visakhapatnam in eine eigenständige Region. Dort sah der Strand wiederum total ungepflegt aus, allerlei lag da herum, auch Plastik, doch weniger als erwartet. Es schien sich um Plastikflaschen, Verpackungen, Kanister und sonstigen Abfall zu handeln, vermutlich eher draußen von den Schiffsbesatzungen ins

Meer geworfen. Der Tsunami von 2004 war hier eher vorbeigerauscht, zumindest waren keine Schäden mehr zu erkennen. Übernachtet haben wir dort in einem Nobelhotel mit vier Sternen.«

»Da gab's dann sicher auch eine Bar mit Tanzfläche und Musik, eine Sauna und einen Pool, wo man sich amüsieren konnte«, mutmaßte Ralf in fragender Tonart.

Natürlich wusste sie, worauf er hinauswollte. »Ja, an der Bar saßen wir schon, auch in der Sauna waren wir.«

Nur mühsam verkniff er sich die Frage, ob das eine gemischte Sauna war. Nun ja, und wenn schon.

»Von dort fuhren wir mit dem Zug weiter nach Kalkutta, einen ganzen Tag lang. Die Wagen und Gänge, selbst in der besseren Klasse, voller Müll, eine einzige Zumutung, die Toiletten erst recht. Ein Bistro oder dergleichen suchten wir vergeblich. Den Indern schien das egal, vermutlich waren sie nichts anderes gewohnt. Selbst die Kinder saßen und lagen hier und da auf dem Gang und man musste aufpassen, wenn man an ihnen vorbeiging. Von Kalkutta aus befuhren wir auf einem Kutter den Hugli-Strom bis Kalyani und zurück, das war ganz lustig, eine indische Ausflugsgruppe sang in einem fort, ganz nüchtern waren die wohl auch nicht mehr. Plastik floss da nur wenig den Fluss hinab.

Danach beschlossen wir, auf die andere Seite des Golfs zu schauen, zuerst nach Bangladesch, genauer nach Chittagong. Die 300 Kilometer dahin mussten wir mit einer lokalen Airline fliegen. In dieser Gegend hatte der Tsunami damals gewaltig gewütet und einer Viertelmillion Menschen den Tod gebracht, doch war auch dort kaum noch was davon zu sehen. Dafür bot die Küste ein Bild des Jammers. Nicht nur der Strand war mit Plastik schier überdeckt, auch im Meer schaukelten die Wellen das bunte Zeug unaufhörlich auf und ab. Davon haben wir etliches an Anschauungsmaterial eingepackt und viele Fotos geschossen. Wie es schien, kümmerten sich die Leute hier wenig darum, fast so, als hätten sie sich daran gewöhnt. Kinder versuchten, hier und da etwas aus dem Gewühl zum Spielen herauszuziehen, was die Erwachsenen dann gleich wieder zurückwarfen.

Auch da haben wir uns in einem edlen Mariott-Hotel eingemietet. Da konnte man sehen, auch dort gibt es keineswegs nur Arme. Sogar ein Abendprogramm mit Zauberei und dergleichen wurde geboten.«

Ob sie sich da auch verzaubern ließ, fragte er sie mit leicht ironischem Unterton. Sie lächelte ihn nur an. Das konnte alles und nichts heißen. »Am nächsten Morgen waren wir dann im Fitness-Studio«, wich sie aus.

»Noch schlimmer wurde es, als wir dann den Tag über im Küstenboot die 250 Kilometer runter nach Sittwe in Myanmar schipperten. Dort lag zudem auch noch etliches an Steinen, Holzteilen und Ruinenresten herum, das erkennbar vom Tsunami stammte. Abschnittsweise sah es jedoch auch recht aufgeräumt aus, vor allem dort, wo diese Ferienparadiese für die Europäer lagen.

Danach ging´s per Küstendampfer wieder 10 Stunden lang zurück nach Chittagong. Im Meer schwammen nur hier und da leere Kanister und Ähnliches herum, wie man es hierzulande gelegentlich auch schon zu sehen bekommt. Per Flug ging´s über Thailand nach Vietnam, genauer nach Da Nang und Hue. Von diesem Wahnsinnskrieg der Amis war zumindest von oben nichts mehr zu erkennen, die Bäume hatten wieder Laub und auch die Strände sahen im Feldstecher nicht so schlimm aus wie erwartet. Plastik ja, aber überschaubar, das Meer schien uns eher gering belastet, doch flogen wir zu hoch, um es genauer erkennen zu können.«

Ralf wollte ihren Redefluss nicht unterbrechen, zumal er ohnehin nur mit halbem Ohr zuhörte.

Ob sie denn zwischen dem vielen Plastik auch tote Fische gefunden hätten?, fragte er schließlich.

»Und ob, massenhaft. Bei vielen von ihnen habe ich den Verdauungstrakt untersucht, der bestand ja überwiegend aus Gedärm, denn Mägen haben nur die Raubfische. Es waren überwiegend Dorscharten. Auch Seehechte und viele andere Fischarten waren mit Plastik gefüllt. Bisweilen sogar komplett zugepfercht, da mussten sie verhungern, obgleich sie sich satt bis zur Halskrause fühlten.«

»Konnte man erkennen, wovon dieses Plastikzeug stammte?«

»Meist nicht«, antwortete Sarah und fuhr mit ihrem Bericht fort:

»Weiter ging's dann wieder mit einer lokalen Airline nach Hanoi und per Taxi nach Haiphong, Namen, die man immer noch im Ohr hatte. Da zeigte sich vor allem im Meer etliches an Plastik, recht ruhig, das kam vermutlich durch die Insel Hainan, welche die Strömung hinaus aufs Meer oder von diesem zum Ufer behindert.

Per Flug über das Südchinesische Meer kamen wir nach Macao und Tsing Yi zum Hong Kong Island. Unglaublich, was da alles herumschwamm. Tom, unser Fotograf, hat mit seiner starken Lampe hier und da auch die Tiefe ausgeleuchtet, und wir konnten deutlich erkennen, der ganze Plastik-Wahnsinn nahm auch da unten bei Weitem kein Ende.

Nahe unserem hypermodernen Hotel auf Tsing Yi gab es eine breite Treppe zum neu angelegten Park hinauf. Zu beiden Seiten stand am Aufgang je eine glückselig lächelnde Buddha-Statue. Als wir dort standen, erklärte uns ein freundlicher Chinese, was es mit den beiden Buddhas auf sich habe: Streichelte man dem rechten über den Kopf, blieb man allzeit gesund, während der linke einen nach dem Streicheln reich machte. Aber man durfte nur einen streicheln, sonst hatte das keine Wirkung. Beim genaueren Hinschauen war es deutlich zu erkennen, der rechte Kopf war vom Regen und Staub schmutzig grau, der linke hingegen blitzsauber gestreichelt.«

Ob sie denn auch einen der beiden gestreichelt habe, wollte er jetzt wissen. Wenn sie die beabsichtigte Zweideutigkeit herausgehört hatte, so ließ sie es sich nicht anmerken. Stattdessen beschrieb sie dieses Superhotel mit seinen Wänden aus Glas. Wollte man ins Bad oder auf die Toilette, rollten beim Betreten die Jalousien drinnen automatisch herunter und beim Rausgehen wieder hoch. Sicher gab es da Einzelzimmer, die Frage konnte er sich sparen, jedoch nicht die nach dem Entertainment dort. Und die war mehr als berechtigt, schließlich gab es da sogar eine Kopie des Moulin Rouge. »Ganz schön aufgeheizt wurden meine beiden Kollegen dort durch die nahezu hüllenlos herumtänzelnden grazilen Schönheiten. Falls ich mich nicht geirrt habe, ist unser

Single Tom da einer kleinen Chinesin in die Fänge geraten.

Bei der Umweltbehörde bekamen wir sogar einen Termin. Interessant, was uns da im Video gezeigt wurde. Riesige Spiralen drehten sich knapp unter dem Meeresspiegel, um den Plastikmüll in Netze hineinzuziehen. So sollen künftig an die zehn Tonnen pro Tag und Spirale herausgesogen und entsorgt werden.

Wir setzten unsere Reise mit dem Flieger fort, 1000 Kilometer nach Shanghai, und wir wurden uns auf dem Flug einig, wir hatten inzwischen den Rachen mit Plastik langsam gestrichen voll. Also beschlossen wir, uns zwei plastikfreie Tage zu gönnen. So schlenderten wir am ersten mit unzähligen Touristen über den Bund, weiter zur Nanjing Road. Tom und Frank ließen sich im Silver King überreden, sich einen Anzug aus Seide maßschneidern zu lassen. Umgehend nahmen die flinken Hände der dauerlächelnden jungen Chinesinnen Maß und schon am nächsten Tag sollte alles fertig sein. Zum Spaß fuhren wir noch mit der Magnetschwebebahn zum Flughafen und zurück, beide Male mit über 500 Sachen.

In Shanghai haben wir uns wieder eines der feineren Hotels genehmigt, aber nicht so extrem wie in Hongkong. Für abendliche Unterhaltung war auch da gesorgt, eher solide, aber meine beiden Kollegen hielten zumindest die Bardame auf Trab.

Am zweiten Tag unternahmen wir einen Ausflug zum 50 Kilometer entfernten Westsee, den Tai Hu, angeblich ein geheimnisvoller See. Zumindest für die Menschen aus Shanghai ist er ein Paradies, vor allem dann, wenn ihre Riesenstadt wie so oft den ganzen Tag über im Smog versinkt. Nun ja, mit dem Chiemsee konnte der allenfalls der Größe nach mithalten, und eine Insel mit Schloss fehlte ihm auch. Danach mussten wir noch in die Nanjing Road, um die beiden Seidenanzüge abzuholen. Richtig schmuck waren sie, passten genau und waren obendrein unglaublich günstig. Mit den Anzügen in den Tragetaschen gingen wir quasi um die Ecke weiter zum Hangzhou Bay. Im Vergleich mit Hongkong sah es hier besser aus, das überraschte uns, aber plastikfrei war es auch hier nicht annähernd.

Mit dem Flieger gelangten wir zur letzten Station nach Japan, denn wir hatten beschlossen, Südkorea zu streichen, in der Annahme, dort sei kaum Plastik zu finden.

Fukuoka und Yokohama steuerten wir noch an, von Tokio sollte es dann nach Hause gehen. Das war eine ganz andere Region mit gepflegten, überaus freundlichen Menschen, gerade recht für einen versöhnlichen Abschluss unserer Expedition, denn aus Plastik schwamm dort so gut wie nichts herum und die Küsten selbst erschienen uns wie frisch geputzt. Die Hotels dort waren erstklassig, und die weiß geschminkten Geishas hatten es Tom und Frank richtig angetan.«

Nun ja, dachte er sich, das sprach ja für sie, wenn sich ihre beiden Kollegen anderweitig umsehen mussten. Nun kam sie endlich zum Schluss ihres Reiseberichts.

»Von da ging´s dann in einer langen Nacht nach Hause. Am frühen Morgen bin ich kurz aufgewacht und habe weit unten einen großen schneebedeckten

Berg erkannt, vermutlich den Ararat im Grenzgebiet von Kurdistan und Armenien. Auf den soll sich einst Noah bei der Sintflut mit seinen Tierpaaren in der Arche gerettet haben, hoch genug war er mit seinen 5000 Metern ja. Dann bin ich wieder eingeschlafen. Reichlich geschafft kamen wir in München an, jedoch mit unzähligen Eindrücken, tausend und mehr Fotos und einem Sack voll Plastikteilen.«

Auch Ralf war jetzt einigermaßen geschafft, doch er hatte tapfer durchgehalten. Trotzdem kam ihn noch eine Frage.

»Habt ihr da auch einen Eindruck von Land und Leuten und deren Lebensumständen bekommen?«

»Kaum. Das lag aber daran, dass wir nicht ins Landesinnere hineinkamen, weil wir ja meist an der Küste entlang fuhren. Zudem war unser Blick ganz auf den Müll ausgerichtet, da hatten wir quasi Scheuklappen vor den Augen. Richtig heimisch und gemütlich wie bei uns sah es eher weniger aus, viel Verkehr und Getriebe, Menschen ohne Zahl, deutlich mehr Kinder auf den Straßen als bei uns, viele baufällige Häuser, gleich daneben riesige Wohnblöcke. Was uns auffiel, war einmal die Freundlichkeit vor allem bei den Indern und das Lächeln der Chinesen. Das heißt aber nicht, dass die dort glücklicher sind als wir hier, immerhin nehmen sich gut zwei Prozent der Chinesen das Leben.«

»Und wie viele bei uns?«

»Ziemlich genau ein Prozent, darunter viele psychisch Kranke.«

»Ich habe was von 10.000 bei uns gehört«, wandte Ralf ein.

»Richtig, im Jahr, das sind dann um die 800.000 im ganzen Leben.«

Nun, das war ein ganz anderes Thema, meilenweit weg von ihnen, denn um Trübsal ging es heute wahrlich nicht.

Bald erreichten sie Tannheim, die Sonne schien und die Berge riefen. Ralf schleppte ihren gewichtigen Koffer ins Hotel zum Lift, der dicke Rucksack blieb im Auto. Zimmer 37 suchten sie in der dritten Etage, weiter vorn musste es sein. Entweder hatte sie es nicht bemerkt oder sich nichts anmerken lassen, die 37 war ein feines Doppelzimmer mit Balkon und Blick auf das Neunerköpfle. »Was für eine tolle Aussicht«, rief sie spontan. Das konnte auch doppeldeutig gemeint sein.

Mittlerweile mussten sie sich sputen, denn es war schon Mittag geworden. Beim Stehimbiss machte er sie rasch mit dem vertraut, was ihr nun bevorstand. Da vorn stand das Paket, das würden sie gleich in der Kabine hinauf zum Neunerköpfle mitnehmen. Sein Paraglider sei das, sagte er wie beiläufig.

Sarah war verdutzt. »Und ich?«, fragte sie fast vorwurfsvoll.

»Natürlich fliegen wir zu zweit, das Wetter ist heute geradezu ideal«, meinte er mit einem kurzen Blick nach oben.

Nahe dem Gipfelkreuz packte er seinen Paraglider aus und legte den Schirm zum Abflug sorgfältig zurecht. Erst schnallte er Sarah an, sie kam vor ihn auf einen kleinen Sitz und hatte die beste Rundumsicht. Rasch war auch er hinter ihr angeschnallt und erläuterte ihr den

Startvorgang. Sie gingen jetzt zusammen erst langsam, dann schnell und schneller im Laufschritt zum Abhang, dabei würde der Schirm hinter ihnen bereits hochgehen. Wenn er dann »Hopp!« rief, solle sie ihre Beine anziehen, er würde noch einige Schritte allein laufen, und schon wären sie beide in der Luft. Ganz einfach sei das. Er konnte spüren, wie sie sich anspannte, doch sie sagte nichts; offensichtlich wollte sie kein Angsthase sein und nahm sich zusammen. Als er dann »Hopp!« rief, tat sie wie befohlen. Erst sackten sie etwas ab, doch gleich danach kam der Aufschwung. Er steuerte leicht nach rechts, dann nach links und sie legte sich dabei instinktiv ein wenig mit in die Kurven, so als wüsste sie, wie das ginge. Als sie dann ein ganzes Stück geradeaus geflogen waren, schien sie sich zu entspannen und den Flug zu genießen. Ralf flog jetzt Kreise, immer rechts herum, er hatte eine Thermik gefunden, die er nutzte, um sie beide weiter und weiter in die Höhe zu schrauben. Zwei andere Schirme flogen weiter vorn, aber da gab es feste Regeln, wie man Abstand hielt. Weit unten lag das Tannheimer Tal im hellen Sonnenschein. Nun ging es Richtung Süden, weiter vorn zeigte sich bereits der Vilsalpsee, links davon die Landsberger Hütte, wie er ihr zurief. Schon kreiste er wieder, und die Thermik hob und hob sie weiter hinauf.

Nur gut so, rief er, je höher sie stiegen, umso größer werde der Aktionsradius, den sie ausfliegen könnten, denn für den Rückflug nach Tannheim bräuchten sie reichlich Höhe, weil ein leichter Wind von Westen kam. Jetzt steuerte er mehr nach Osten, weit vorn die Zugspitze. Schon ging es noch weiter hinauf. Sarah fühlte sich bereits im vierten oder fünften Himmel, wenn das so weiterginge, könnten sie vielleicht sogar den siebten erreichen, rief sie ihm zu, und sein Herz galoppierte.

Fast auf Zugspitzenhöhe müssten sie jetzt wohl sein, oder?, fragte sie ihn. Er blickte auf den Höhenmesser, nein, nein, 2.200, man überschätzte seine Höhe immer. 1.200 waren sie bereits emporgestiegen, würden sie die 3000 Meter der Zugspitzenhöhe erreichen, könnten sie sogar zum Inntal rüberfliegen.

Aber ihm erschien das dann doch zu gewagt, womöglich mussten sie dann dort landen. Bestimmt gab es da ein Taxi, das sie zurückbringen könnte, aber er wusste, die machten das ungern wegen des sperrigen Schirms. Also entschloss er sich, langsam Richtung Norden zu steuern, so würde ihre Höhe sie allemal bis Tannheim zurückfliegen lassen.

Kaum spürten sie wieder Boden unter den Füßen, trippelten sie den Bremsweg der Landung aus, lösten die Gurte und setzten die Helme ab. Und schon fielen sie sich um den Hals. Ganz hoch geflogen waren sie beide, nicht nur nach Metern, genau genommen waren sie eigentlich immer noch dort oben. Diese Überraschung war ihm perfekt gelungen, und Sarah bedankte sich mit reichlich Küssen, und das zum ersten Mal voll ungebremster Leidenschaft. Wie losgelassen wirkte sie, da hatte sich bei ihr wohl so einiges in den letzten beiden Wochen aufgestaut, und Ralf hielt dagegen. Rasch packte er den Schirm zusammen und verstaute ihn im Wagen. Ab ging's zum Hotel. Sogleich fuhren sie zusammen in die dritte Etage hoch, um erst mal zu duschen.

Als Sarah sich am Morgen etwas später zu ihm an den Frühstückstisch setzte, streichelte er ihr mit dem Handrücken liebevoll über die Wange, und das nicht ohne Grund.

Unternehmungslustig fragte er sie, ob sie vielleicht einen Tag dranhängen sollten. Sie strahlte ihn an, genau das Gleiche habe sie auch gerade gedacht, vermutlich war es Gedankenübertragung. Und schon holte er die Wanderkarte raus. Ob sie heute mal zur Abwechslung diesen Einstein besteigen sollten? 1900 Meter war der hoch, an die 800 Höhenmeter waren es da hinauf, in zwei Stunden müsste das zu schaffen sein. »Wieso Einstein, war der auch hier?«, fragte sie ihn leicht verwundert. Er lachte, »nein, nein, dieser Berg gleicht mit seiner abgerundeten Spitze und der glatten Fassade einem einzigen riesigen Stein, du wirst es gleich selbst sehen.«

An der Rezeption erfuhren sie dann, das Hotel sei heute leider ausgebucht, aber sie wolle noch mal nachsehen, so die ältere Dame, vermutlich die Chefin. Tatsächlich, unter dem Dach war dieses eine Zimmer gerade noch frei, zwar mit Dachschrägen, getrennten Betten und einem Blick zum Hinterhof, dafür aber sehr preiswert.

»Nun ja, in der Not frisst der Teufel Fliegen«, meinte Ralf etwas flapsig und buchte es für eine Nacht.

Der Weg hinauf zum Einstein war streckenweise beschwerlich, doch er entschädigte sie mit jedem Höhenmeter durch die fantastische Aussicht auf dieses eindrucksvolle Tal, angeblich Europas schönstes Hochtal. Verglichen mit dem gestrigen Höhenflug war das heute schon eine Plackerei, bis man dann endlich das Gipfelkreuz vor sich hatte. Jetzt musste erst ein Bier her, dann ein trockenes Unterhemd für Ralf.

Auf den Jausenterrassen ergab sich immer ein launiges Gespräch mit den anderen Bergwanderern, man war froh, es geschafft zu haben, und irgendein Thema war schnell gefunden. Zwar gab es dazu bisweilen unterschiedliche Meinungen, doch nach dem zweiten oder gar dritten Bier und den hochprozentigen Zwischenlagen sang man dann später einträchtig aus voller Kehle »Bergvagabunden sind wir«. Der eine oder andere versuchte sich sogar im Jodeln.

Richtig wohl fühlte sich Ralf in diesem schmalen Bett nicht, vor allem die Matratze war recht hart. Dennoch schlief er bald ein, vor allem der steile Abstieg machte sich in den Beinen bemerkbar.

Hin und wieder drehte er sich, wurde halbwach und schlief wieder ein. Bald sah er sich weit oben in den Lüften. Nein, nicht mit seinem Paraglider über ihm, auf einer Art fliegendem Teppich lag er da bäuchlings. Schwer zu steuern war dieser Läufer, geradezu eigensinnig flog er dahin, wo er wollte. Neben ihm Sarah, sie lag auf einem ähnlichen Teppich. Es wurde langsam Abend, und beide hatten keine Ahnung, wohin die Reise ging. Eine dunkle Wolkenfront zog vorn herauf und es gelang ihm nicht, diese störrische Matte herumzusteuern. Sarah flog ein Stück weiter vorn, direkt in die Dunkelheit hinein. Ihm gelang es gerade noch, dieses blöde Ding etwas abzubremsen, wobei er sie mehr und mehr aus den Augen verlor. Ein hell zuckender Blitz erleuchtete kurz die ganze Szenerie, und er sah sie vorn in die Tiefe stürzen.

Schweißgebadet wachte er auf. Wie einem nur so ein totaler Blödsinn in den Kopf kam? Sicherheitshalber schlich er aber doch zu Sarah rüber, die schlief tief und fest.

Auf dem Fußweg nach Grän, vorbei am Aggenstein und all den anderen imposanten Gipfeln des Alpenkamms, griff Ralf ein Thema auf, das ihn immer noch beschäftigte: »Sag mal, ist deine Ostasientour mit den beiden grünen Kollegen so richtig keusch und züchtig verlaufen?«

Sarah war überrascht und schwieg erst mal. Dann holte sie etwas weiter aus: »Natürlich hat der Frank versucht, an mich ranzukommen. Wäre es nicht so gekommen, wäre ich sogar verunsichert gewesen. Zum Glück haben Frank und Tom dich beim Check-in ja noch kurz gesehen, auch wie du mir diesen goldigen Fisch mitgegeben hast. Dem habe ich übrigens im Flugzeug beim Umhängen versprochen, ihn so lange um meinen Hals zu tragen, wie ich dir einen Logenplatz neben mir freihalten wollte. Dazu kamen dann auch unsere Mails, irgendwie haben die mit dafür gesorgt, dich die ganze Tour über gedanklich im Hinterkopf zu behalten. Ein lustvolles Abenteuer mit Frank hätte uns vorübergehend wohl etwas Spaß gebracht, aber um welchen Preis? Rein vom Gefühl her war ich dir ja schon ziemlich nah, da will man dann nichts falsch machen. Zudem ist Frank auch nicht gerade mein Traummann.«

»Warum nicht?«

»Nun, er ist vom Typ her ein reiner Aktionist und purer Realist.«

»Und ich nicht?«

»Dir sieht man den sensiblen Gefühlsmenschen auf den ersten Blick an. Schon bei unserer Begrüßung damals in eurem Club fiel mir das auf, auch dein offensichtliches Interesse war nicht zu verkennen, da war dann schon mal so ein kleiner Funke übergesprungen.«

Ralf fühlte sich durchschaut, aber irgendwie war es auch ein Kompliment, vielleicht sogar eine Liebeserklärung. Nur fragen wollte er sie jetzt nicht, ob er ihren Vorstellungen vom Traummann entspreche. Stattdessen kam er auf die etwas absonderliche Idee, ihr eine seiner Eigenheiten zu gestehen.

»Genau genommen bin ich irgendwie auch ein Traummann«, murmelte er so vor sich hin.

»Mein lieber Mann, da bist du aber ganz schön eingebildet!«

»Nein, ich meine das anders, ich träume nicht nur nachts, wie alle, sondern bisweilen auch im Halbschlaf oder sogar im Wachen und bin dann regelrecht gedankenverloren und ein Stück weit der Realität entrückt, bis ich mir einen Ruck gebe und wieder auftauche.«

»Wie das, warst du schon mal beim Psychologen oder im Schlaflabor?«, fragte sie ihn jetzt im Ernst.

Er lächelte. »Nein, nein, ich denke, das braucht's nicht, meist ist das so ein Reflektieren über Dinge, die sich ereignet haben, das läuft dann eher im Hintergrund ab.«

»Denkst du zu viel nach?«

»Kann schon sein. Manchmal stelle ich mir dann auch Fragen, die ich mir zumindest nicht sogleich beantworten kann.«

»Kommt das häufiger vor?«

»Ab und zu halt. Im Schlaf führe ich gelegentlich sogar Gespräche mit irgendwelchen Leuten, die mir da erscheinen.«

Sarah schaute ihn etwas besorgt von der Seite an, schwieg aber.

In den folgenden Wochen hatte Sarah Termine ohne Ende. Allenfalls an Wochenenden stand da kurz und knapp *Ralf* in ihrem Kalender, meist mit einer Uhrzeit für die Abfahrt ihres Zuges oder seine Ankunft. Ein regelrechter Pendelverkehr war das. Immerhin, Sarah hatte sich in einer Weise zum Positiven verändert, wie er es nicht erwartet hatte. Denn es gab jetzt eine grüne und eine private Sarah. Ihm gegenüber war sie jetzt nicht mehr diese totale Powerfrau, wie er sie kennen gelernt hatte, sondern eine romantische, fantasiereiche und hingebungsvolle Partnerin. In dieser Rolle überließ sie ihm auch das Gefühl, zumindest auf Augenhöhe zu sein, und das ganz ohne Doktorhut.

Bei ihren Treffen hatte dann das lustvolle Miteinander schon Vorfahrt, doch für den Austausch von Ansichten, Meinungen, Grundsätzen und dergleichen brauchte es eine entspannte, tiefergehende Diskussion, zu der meist die Zeit und auch die Stimmung fehlte, weil sie ganz im Hier und Heute gefangen waren.

Jetzt stand das Institutsfest anlässlich seines 50-jährigen Bestehens an. Das kam für Ralf gerade recht, denn jetzt konnte er stolz zeigen, welch beneidenswerte Eroberung er gemacht hatte. Gewiss, die eine oder andere Kollegin könnte davon weniger begeistert sein, war er doch bislang noch »zu haben« gewesen und jetzt ganz offensichtlich nicht mehr.

Sarah hatte sich herausgeputzt, als ginge es um einen Schönheitswettbewerb, vielleicht sogar etwas zu sehr, vor allem ihr Ausschnitt war mutig. Der Institutsdirektor blickte sie bei der Begrüßung an, als habe er in seinem ganzen Leben noch nie so eine tolle Frau gesehen. Natürlich kam da am Rand auch manches Getuschel auf, aber was machte das schon? Zumindest in den Augen seiner Kollegen war er jetzt etliche Treppen aufgestiegen.

Sein Direktor beließ es den Abend über keineswegs bei dem einen Anstandstanz mit Sarah, und die zwinkerte Ralf über die Schulter seines Chefs hinweg beschwichtigend zu. Dem Chef hatte sie auf dessen Frage nach ihrer Beschäftigung geantwortet, sie gehöre zu den Grünen. Schon war er ein glühender Anhänger der Partei, und das angeblich seit ihrer Gründung. Ralf hatte derweil mit der Frau seines Chefs getanzt, wie sich das gehörte. Echt *tough* fand er sie, ganz locker erklärte sie ihm, man müsse dem Partner ab und zu auch mal sein emotionales Outlet gönnen, er werde das mit den Jahren schon noch erfahren.

Tags darauf ging das normale Institutsleben weiter. Ihre gegenseitigen Kurzbesuche, wie in den letzten sechs Wochen, waren auf die Dauer nicht das Wahre, sie brauchten einfach mehr Zeit, um über das bisweilen stürmische Wiedersehen hinaus einander wirklich nahe zu kommen. Er musste Sarah dazu bringen, sich ab und zu mit ihm eine Auszeit von diesem hektischen Leben bei den Grünen und deren stressigem Aktionismus zu gönnen. Eine Woche sollten sie für sich ab und zu freihalten, das müsste doch zumindest einmal im Quartal machbar sein.

Am besten, er hatte dazu ein fertiges Programm, das sie reizen würde, etwas Kultur, historische Bauten und Gärten, Seen oder Küsten, interessante Wandertouren und irgendwelche sonstigen lokalen Events.

Mit der Zeitschrift kam ein Angebot, Kreta, eine Woche mit reichlich Programm, total billig, fast geschenkt. Aber mit engem Zeitplan und einem Bus voll Leuten, vermutlich zumeist Rentnern. Das konnte es nicht sein. Aber Kreta ganz privat, das wäre doch eine Idee!

Und schon begann er zu planen. Elounda Beach oder Minos Palace nahe Agios Nikolaos, einmal fünf, einmal vier Sterne, das sah vor allem wegen der Lage richtig gut aus, dazu Wasserski in der Bucht und abends Highlife. Dann ein Ausflug nach Phaistos mit dem fantastischen Blick hinunter nach Matala. Klar, das hatte seinen Preis, aber für eine Woche noch erschwinglich.

Dazu musste er sie regelrecht drängen, doch so leid es ihr auch tat, momentan ging das einfach ganz und gar nicht. In ein, zwei Monaten, hoch und heilig versprach sie es ihm.

Inzwischen war sie nämlich in ein neues Projekt der Grünen eingebunden. Voller Begeisterung berichtete sie ihm, worum es da ging, um den Feinstaub, vor allem um den in den großen Städten. Noch war das ein internes Projekt der Grünen, sie wollten dazu erst Fakten sammeln, bevor man in die Öffentlichkeit ging.

»Um welchen Staub geht es denn da, und warum genau ist der für die Menschen eigentlich schädlich?«, wollte er wissen.

»Er kommt aus den verschiedensten Quellen, zum Beispiel vom Abrieb der Reifen. Wenn man ab und zu neue Reifen braucht, dann deshalb, weil die alten zusammen an die acht Kilo ihrer Substanz in die Luft geblasen haben, das können täglich hundert und mehr Kilo Gummiabrieb allein in einer Großstadt sein. Bei 40 Millionen Pkws im Lande an die 80.000 Tonnen im Jahr. Dazu kommt noch der Abrieb von den Bremsblöcken und vieles mehr von anderen Verschleißteilen, ferner der Dieselruß und sonstiger Staub von zahlreichen anderen Quellen.«

»Und wieso ist dieser Staub so gefährlich, hustet man den nicht einfach wieder aus?«

»Nun, es geht da nicht nur um Gasförmiges, sondern auch um Partikel, vor allem um die ganz kleinen. So extrem klein, wie die sind, können sie in die Lungenbläschen und überall sonst in feinste Kapillaren eindringen und sich dort festsetzen, weil sie aveolengängig sind, wie man das nennt. Nicht nur, weil sie diese Bläschen und anderes verstopfen, sogar Krebs können sie durch ihren permanenten Reiz der Innenauskleidung dieser feinen Äderchen hervorrufen.« Sie habe dazu schon vor einem Jahr als freie Journalistin und Biologin etwas in einer Fachzeitschrift veröffentlicht.

Zunächst gehe es darum, belastbares Material zu sammeln. Seriösen Einschätzungen zufolge sollten hierzulande in den großen Städten bis zu 10 Millionen Einwohner vom Feinstaub massiv betroffen sein. Mehr oder weniger litten vor allem ihre Lungen darunter. Probleme mache ihnen oft das Ausatmen, wenn ihre Lungen nicht mehr genug Schubkraft aufbrachten, die Luft vollständig herauszupusten, das sei sehr unangenehm und vermindere ihre Lebensqualität erheblich. Obstruktive Lungenerkrankung nannte man das. Mindestens um 3 bis 5 Jahre verkürze das bei Millionen Menschen die Lebenserwartung. Somit verlören sie zusammen über 5 Millionen Lebensjahre, ganz abgesehen von der lästigen Behinderung des Ausatmens bei weiteren Millionen Betroffenen.

Weit über 100.000 ganze Leben von jeweils 80 Jahren, überschlug Ralf rasch, unglaublich, wie man das bislang einfach so hinnahm. Aber bei den Rauchern waren das noch mehr. Doch die taten das mehr oder wenig freiwillig.

»Betrifft das nur ältere Menschen?«, wollte er wissen.

»Ja schon, aber die haben doch auch ein Recht auf Gesundheit und Lebensfreude bis ins Alter, oder nicht?«, wandte sie ein.

Vor allem um Ampeln herum sollten sie Luftproben nehmen und deren Partikel messen sowie ihren Ursprung bestimmen. In der Nähe von Ampelanlagen deshalb, weil da bei Rot immer feste gebremst wurde, um dann bei Grün den Fahrern nebenan per Vollgas zu zeigen, was Sache sei.

Zur Auswertung der Partikel und ihrer Herkunft diente ein hochauflösendes Mikroskop mit intelligenter Software.

»Und wie wird herausgefunden, von welchem Material die einzelnen Partikel stammen?«

»Nun, das ist bislang noch nicht ganz klar.« Ob er als Materialkundler dazu vielleicht was beitragen könne?, fragte sie ihn.

Da war er jetzt gefordert, womöglich könnte er ihnen da wirklich weiterhelfen. Und wenn ihm das gelang, würden sie sogar so eine Art grünes Kollegen-Paar werden, auch nicht schlecht, immerhin hatte er früher schon mal die Grünen gewählt. Also zog er den Rudi, seinen Kollegen im Institut, zu Rate, der hatte schon öfter überraschende Lösungen gefunden.

Nachdem sie einige Überlegungen dazu diskutiert hatten, ohne damit recht zufrieden zu sein, ging Rudi spontan ein geniales Licht auf: ein Laser-Licht. Mit dessen Hochfrequenz-Impulsen könnte man versuchen, die einzelnen Partikel unter dem Mikroskop in Schwingungen zu versetzen, um dabei deren Resonanzen und Amplituden zu messen. Eventuell konnte man diese dann zusammen mit ihrer äußeren Form bestimmten Materialien zuordnen.

Gewiss, es war Rudis Idee, aber er konnte der Versuchung nicht widerstehen, sie Sarah zumindest als Gemeinschaftsidee zu verkaufen.

Die Partikelgewinnung schien dagegen einfacher. Dazu hätten sie sich schon etliche Handstaubsauger beschafft und in Umhängetaschen montiert, nur der Saugstutzen musste vorn etwas herausschauen. Die eingesaugte Luft prallte in einer Kammer auf Spezialfilter, um nach deren Durchdringen hinten in einer Art Auspuff wieder auszuströmen. In den Filtern blieben dabei die Partikel zum Teil hängen, nur sehen konnte man sie dort kaum, so klein waren sie, allenfalls nach längerem Saugen als grauen Schleier. Das hatten sie bereits ausprobiert. Natürlich machten die Sauger Geräusche, doch da hatten sie Dämmwatte eingebaut, jetzt surrten sie nur noch. Schwer waren diese Taschen schon, nicht zuletzt wegen der Batterien.

»Und wie lange wollt ihr euch dort an den Ampeln diesen Dreck in die Lungen ziehen?«, wollte er jetzt wissen.

»Das hängt davon ab, wie lange es dauert, bis die Filter grau werden, vielleicht fünf bis sechs Stunden täglich. Geplant sind um die zehn bis vierzehn Tage, sofern genügend mitmachen. Aber das ist im Vergleich mit denen, die dort dauerhaft wohnen, allemal vertretbar.«

Sobald die ganzen Vorarbeiten erledigt seien, würden dann etliche von ihnen mit den Umhängetaschen an diversen Straßenkreuzungen herumstehen und womöglich für Zeugen Jehovas oder sonst wen gehalten werden. Aber zuvor war noch ein gewichtiges Problem zu lösen.

Bei früheren Erprobungen reichten nur wenige Minuten Luftfilterung, um an den schneeweißen Filtern erste Grauschleier zu erkennen. Bei der neuen Lieferung hingegen war selbst nach einer halben Stunde kaum etwas auszumachen. Da konnte etwas nicht stimmen.

Sarah setzte sich mit der Filter-Spezialfirma in Verbindung, doch niemand konnte oder wollte ihr dazu etwas sagen. Endlich hatte sie den Chef am Telefon. Der redete recht gewunden drum herum, bisweilen kämen da leider auch gewisse Präzisionstoleranzen vor und so. Gleich bestellte sie bei ihm eine Charge aus der allerneuesten Produktion. Doch auch diese Filter blieben selbst nach Stunden nahezu weiß.

Daher beschloss sie, beim Chef die Filterfirma vorstellig zu werden, schließlich hing das ganze Projekt davon ab. Recht bald kam sie mit ihm ins Gespräch, doch ihr schien, sein Interesse gelte eher ihr als diesem Problem.

Das sei recht kompliziert, er müsse ihr dazu Genaueres über die Herstellung erläutern, das brauche aber Zeit, die er gerade jetzt leider nicht habe. Aber er mache ihr einen Vorschlag zur Güte: Wenn sie Zeit und Lust hätte, würde er sie gleich heute Abend einladen, etwa ins Restaurant 181 oben im Fernsehturm des Olympiaparks, da könnten sie dann in Ruhe alles genau besprechen. Natürlich roch sie den Braten. Aber die Klärung des Filterproblems war einfach zu wichtig, also sagte sie zu.

Dort oben erwartete dieser Typ sie bereits, richtig nobel rausgeputzt. Schampus? Sie lehnte dankend ab, sie sei mit dem Auto da.

Es dauerte und dauerte, und immer noch waren sie nicht beim Thema, stattdessen ein Kompliment nach dem anderen für sie und sogar für die Grünen.

Endlich war es so weit. Sarah erschrak, als sie von ihm erfuhr, dass der Benno ihm bereits haarklein erläutert hatte, wozu diese speziellen Filter dienen sollten, obgleich das eigentlich geheim zu halten war.

Sodann setzte sich dieser korpulente, inzwischen leicht angesäuselte Genussmensch mit seinen gut 50 Jahren zu ihr rüber und legte seinen massigen rechten Arm mit der protzigen Rolex um sie, weil er ihr angeblich nur so etwas leise ins Ohr flüstern könne, was recht brisant sei. Mehr dazu am besten unter vier Augen.

Wann und wo, wollte sie jetzt recht resolut wissen.

»Heute Abend, im Hotel.«

Das war mehr als deutlich, was für eine Überraschung, direkter und plumper ging das kaum. Aber sie war ja nicht von gestern und tat so, als würde sie überlegen.

Nun lächelte er sie genüsslich an, vermutlich überschätzte er seine Attraktivität und erst recht seine Verführungskünste erheblich. Doch zum Schein ging sie darauf ein, denn das ganze Projekt stand auf der Kippe.

Im Taxi setzte er sich dann hinten zu ihr, und sie handelte mit ihm ganz cool einen Deal aus: Zuerst hier im Taxi seine brisanten Informationen, dann ins Hotel.

»Bayerischer Hof«, so seine kurze Anweisung an den Fahrer.

Also, er habe da einen guten Freund, Manager eines Industrieverbands.

»Der Automobilindustrie?«

Er ließ ihre Frage unbeantwortet und fuhr fort. Dem habe er vor einiger Zeit beim Skat so nebenbei von diesem Projekt der Grünen berichtet. Tags darauf habe der ihn angerufen und gebeten, etwas zur verbesserten Durchlässigkeit dieser grünen Filter zu tun. Wieder lächelte er sie an, diesmal verräterisch gewieft.

Sarah war entsetzt. »Ist da Geld geflossen?«, wollte sie energisch von ihm wissen.

»Mensch Madl, du weißt doch, wie das unter Freunden so läuft, eine Hand wäscht die andere.«

Und keine bleibt dabei sauber, dachte Sarah.

Das Taxi hielt vor dem Nobelhotel, Sarah öffnete rasch die Tür. Zum Glück stand gleich davor ein weiteres Taxi, das auf Kundschaft wartete.

So war das also, durch das aufgeweitete Filtergewebe sausten fast alle Partikel gleich wieder ungehindert hinten raus und hängen blieb fast nichts. Sauber!

Bis sie einen neuen Filterhersteller fänden, würde es jedoch einige Zeit dauern, meinte Sarah verärgert. Überhaupt schien sie Ralf inzwischen etwas überspannt, da wäre eine Auszeit in einer ganz anderen Umgebung sicher eine gute Idee. Nicht nur für sie, denn auch ihre Zweisamkeit litt zunehmend unter ihrer rastlosen Geschäftigkeit.

Ganz andere Umgebung? Dazu fiel ihm jetzt spontan Kappadokien ein, da hinten in Anatolien. Vor langer Zeit war er dort mal mit seinen Eltern in Göreme gewesen. Und schon machte er sich an die Planung.

Am besten, sie flögen via Istanbul nach Nevsehir. Am Bosporus könnten sie eine Station einlegen. Von dort ginge es dann weiter nach Nevsehir und mit einem Leihwagen in einer halben Stunde nach Göreme. Dort gab es sogar uralte Höhlenwohnungen zu mieten, das würde ihr bestimmt gefallen. Vor tausend Jahren und mehr wurden diese dort in den Kalksandstein gehauen. Bereits die verfolgten Christen flüchteten vor 1300 Jahren aus Rom dahin und schlugen ganze Kathedralen tief hinein in dieses weiche Gestein. Nach einer Höhlenbehausung wollte er sich erst erkundigen, wenn sie vor Ort waren. In Asmali Konak oder so ähnlich hatten sie damals eine gefunden, mit unvergleichlichem Ausblick auf den 4.000 Meter hohen Erciyes Dagi und die ganze fantastischen Szenerie davor. Das war´s doch!

Schon tags darauf unterbreitete er ihr seinen Vorschlag. Zuerst schien sie nur mäßig interessiert, aber als er ihr diesen Ausflug als längst fällige Flitterwoche schmackhaft machte, wachte sie auf.

Und schon buchte er den Flug fürs kommende Wochenende.

Istanbul und der Bosporus, das war zu viel für zwei Tage. Für die Moscheen, Topkapi und die Cisterna Basilica, diesen unterirdischen Wasserspeicher, und vieles mehr reichte die Zeit vorn und hinten nicht. Das sollten sie sich später mal mit hinreichend Zeit anschauen. Zumindest für den ersten Eindruck und eine Tour am Bosporus Richtung Schwarzes Meer würde es aber schon reichen.

Von Nevsehir ging es mit dem kleinen offenen Mini erst mal nach Göreme. Mehr und mehr machte sich bei Sarah Unsicherheit breit, als sie die vielen Höhlenlöcher in den Bergen, die verfallenen, morbiden Ortschaften an den Hängen und die merkwürdigen Feenkamine sah, deren Tage längst gezählt schienen. Weiß Gott, wohin Ralf sie da verfrachtet hatte. Der hatte inzwischen Mühe, sich hier zurechtzufinden, zu lange war das her.

Schließlich half ihm dann doch noch seine Erinnerung, diese enge Straße konnte es sein, die nach Asmali Konak führte. Als sie dort ankamen, öffnete sich der unvergleichliche Blick über das weite Land bis hin zu diesem gewaltigen Vulkanriesen, dem Erciyes Dagi. Ralf lehnte sich entspannt zurück und genoss minutenlang seine Begeisterung, absolut fantastisch, diese Aussicht!

Auf der Aussichtsplattform gab es einen einsamen Kiosk. Radebrechend fragte er dort eine ältere Frau nach Höhlen, die man hier mieten könne. Die schüttelte nur den Kopf, vermutlich, weil sie ihn nicht verstand. Der Inhaber, ein freundlicher Kappadoke wie aus einem Werbeprospekt, kam hinzu. Der verstand ihn endlich und zeichnete ihm den Weg auf eine Tüte.

Dort trafen sie eine verschleierte Frau an. Die führte sie wortlos an einem Hang entlang zur Höhle weiter hinten. Es war die einzige, die man bei ihr mieten konnte. Die Sonne schien direkt hinein, und sie betraten ihr künftiges Zuhause. Schon kamen sie aus dem Staunen nicht mehr heraus, denn diese Höhle war mit uralten Fresken wundervoll ausgemalt. Heilige mochten das wohl sein, wie auch immer. Beide verharrten voller Bewunderung. Die kalkigen Wände schienen sauber, die Betten frisch bezogen mit farbenfrohen Mustern, dazu ein kleiner Tisch, zwei Korbstühle und ein offener Schrank. Draußen auf der kleinen Terrasse standen noch zwei Liegen und ein Kasten.

Ralf nickte und ihre Gastgeberin lächelte. Mehr brauchte es nicht zur Anmietung, nur noch fünf Finger, die er ihr zeigte, und sie verstand, fünf Tage wollten sie bleiben. Dann wies sie ihnen noch den Weg zum Örtchen draußen, sauber und mit einer Gießkanne voll Wasser. Daneben gab's im Freien noch eine Brause, darüber eine kleine Tonne, die war sicher fürs Duschwasser.

Jetzt setzten sie sich erst mal auf die Liegen und sogen diesen überwältigenden Ausblick ganz tief in sich hinein. Einfach fantastisch, besser ging's gar nicht.

Ralf wollte mal kurz zum Kiosk schauen, ob der auch was zum Trinken und Knabbern hatte. Er hatte: Mineralwasser und brotähnliche Fladen. Weiter hinten gab es sogar einen kleinen Kocher, vermutlich für Kaffee und Tee, daneben drei Stühle. Dazu leise, ungewohnt eindringliche Musik, wohl arabisch, ganz andersartige, fast singende, langgezogene Töne, vielleicht eine Hirtenmelodie. Dem Inhaber bedeutete er mit leichtem Händeklatschen, wie gut ihm diese Musik gefiel. Der zeigte sogleich mit einer Hand auf den Korb mit den CDs, die er verkaufte, mit der anderen stolz auf seine Brust. War er tatsächlich derjenige, der da spielte? Und er nickte, gleich mehrfach. Dann deutete er auf einen Kasten, in dem etwas lag, was er wohl anschauen sollte. Flöten, vermutlich aus Bambus, waren das. Schon nahm der Kappadoke eine heraus und spielte für ihn diese Hirtenmelodie, die gerade eben erklungen war. Toll, einfach toll!

Ralf hatte als Junge jahrelang Unterricht im Klarinettenspiel gehabt, doch seither schmorte seine Klarinette im Schrankfach. Jetzt griff er sich eine dieser Flöten, um selbst einen Ton herauszubringen. Es hörte sich gar nicht so schlecht an. Gleich kam der Inhaber hinzu, um ihm die Handhabung der Flöte zu erklären. Nur fünf Fingerlöcher hatte sie, davor das flache Mundstück. Diese Flöte wollte er mitnehmen, und für 90 Lira bekam er sie. Eine Sipsi war das, wie er der Umhüllung entnehmen konnte.

Kaum wieder bei Sarah angekommen, probierte er das Instrument aus. Was, er konnte Flöte spielen? Das hätte sie ihm gar nicht zugetraut. Und wie er dann alsbald spielte, zwar noch keine Melodie, aber allein die einzelnen, langgezogenen Töne verbreiteten einen ergreifenden Klang, der einen unvermittelt in eine sehnsüchtige Stimmung entführte. Es war eine unbestimmte Sehnsucht, ein Gefühl der Unendlichkeit, ja der Ewigkeit, das einen unweigerlich ergriff.

Er übte noch eine ganze Weile und war selbst überrascht, wie seine verloren geglaubten Fertigkeiten aus dem Klarinettenspiel nach und nach zu neuem Leben erwachten. Bald begann er eine einfache Melodie zu spielen, ein Hirtenlied aus alter Zeit. Man sah ihn förmlich vor sich, diesen Hirtenjungen in seiner beschaulichen Einsamkeit dort oben auf der Bergwiese.

Sarah lag derweil vor der Höhle auf der Liege, weit entrückt, wie es schien, und richtig verzaubert, wie sie ihm später bekannte. Was solche Töne in Bewegung setzen konnten!

Abends fuhren sie dann nach Göreme zum Essen und bei aufkommender Dunkelheit wieder zurück in ihre Höhle. Doch sogleich einschlafen konnten sie nicht.

Der neue Morgen erwachte, und mit ihm sie beide. Was für ein Tag gestern! Und was der neue brachte, wollten sie einfach auf sich zukommen lassen.

Ralf war überrascht, wie schnell sich Sarah in diese reichlich spartanische Umgebung eingewöhnt hatte. Nur das Allernötigste war vorhanden, doch dafür entschädigte sie ein beglückendes Gefühl der Entfernung von allem, was ihnen vor nicht allzu langer Zeit noch wichtig erschienen war.

Den obligatorischen Ballonflug würden sie, wenn überhaupt, erst später unternehmen. Heute wollten sie erst mal die Festung Uchisar besuchen und abends den Tanz der Derwische, der dort von den Mevlana-Mönchen zelebriert wurde.

Auf der Rückseite der Eintrittskarte entdeckte Ralf ein Traktat zum Weg der Mevlevi: *Komm, komm wieder, komm, seiest Du auch ein Ungläubiger oder Götzenverehrer, ein Feueranbeter oder Christ. Hinter unserer Pforte wohnt nicht die Hoffnungslosigkeit; und hast Du hundert Mal geschworen und Deine Eide gebrochen, komm, komm wieder, komm.* Das oberste Ziel der Mönche war, leer zu werden von allem, was nicht Gott entsprach. Erst wenn der Mensch leer werde, wie das Rohr der Sipsi, könne der Atem Gottes hindurchströmen und die Seele zum Schwingen bringen, hieß es da.

Das machte Ralf nachdenklich, hatte er doch seine Sipsi bislang ohne jeglichen Gedanken an irgendeine Mystik gespielt. Gleichwohl hatte sie seine und auch Sarahs Seele zum Schwingen gebracht, und das mit seinem eigenen Atem.

Der anschließende Tanz der Mönche wurde für sie zu einem ganz besonderen Erlebnis. In langen weißen, weiten Gewändern betraten sie die Bühne. Arabische Musik begleitete sie, darunter diese Sipsiklänge. Langsam begannen sie sich zu drehen, mehr und mehr weiteten sich dabei ihre Gewänder wie zu luftigen Glocken. Zum einen drehten sie sich um sich selbst, zum anderen drehte sich der gemeinsame Kreis der Mönche auf den Bühnenbrettern. Nach und nach schienen sie in eine mystische Trance zu geraten, die auf die Zuschauer übergriff, ob sie nun wollten oder nicht. Man drehte sich förmlich mit ihnen, obgleich man auf dem Stuhl saß, und auch die Gedanken gerieten in Bewegung. Schwer zu sagen, worum sie sich drehten, vermutlich blieb das jedem selbst überlassen. Sarah antwortete auf seine Frage hierzu, er habe ihr den Kopf schon genug verdreht, und lächelte; das war wohl eher eine Liebeserklärung, vermutlich war sie mit ihren Gedanken eher bei ihm als bei den Mönchen. Er hingegen entdeckte eine gewisse Neigung, sich ihrer mystischen Spiritualität anzuschließen. Um was drehte sich eigentlich das Leben?

Tags darauf stand eigentlich etwas ganz anderes auf dem Programm, ein türkischer Abend mit Bauchtänzerinnen. Doch Ralf wusste aus leidvoller Erfahrung, wie die Bauchtänzerinnen immer Männer aus dem Publikum auf die Bühne zogen, um ihnen etwas von der Kunst des Bauchtanzes beizubringen, wobei diese mit ihrer Steifigkeit dann meist zur Lachnummer wurden. Das brauchte er nun wirklich nicht. Stattdessen beschlossen sie, früh zu Bett zu gehen, denn zum Ballonflug musste man schon um vier Uhr in der Frühe aufstehen.

Erschrocken sah Ralf, dass es bereits fünf Uhr war, und sprang aus dem Bett. Durch den Ruck stieß das Bett vorn gegen die Wand und irgendwas fiel zu Boden. Mit der Taschenlampe konnte er unterm Bett einen Brocken ausmachen. Als er ihn hervorzog, zeigte sich ein Stück aus der Wand, gut einen Handteller groß. Bei genauerer Betrachtung erkannte er ein Gesicht. Das stammte vermutlich von einem der Engel, den man dort einst aus der Wand herausgemeißelt hatte. Richtig lieb und herzig sah dieses kleine Gesicht aus. Ob man es wieder reinkitten konnte?

Jetzt war es ohnehin zu spät für den Ballonflug, also

legte er sich wieder hin. Sarah war nur halb wach geworden, hatte irgendwas gemurmelt, sich gedreht und war gleich wieder eingeschlafen.

Nicht so Ralf. Ob man diesen niedlichen Kopf, vielleicht über tausend Jahre alt, als Andenken mitnehmen konnte? Nein, nicht klauen, kaufen. Dann schlief auch er wieder ein.

Am Morgen zeigte er ihr diesen kleinen, berückend süßen Kopf. Woher er den habe, wollte sie erstaunt wissen. Vom Himmel sei er gefallen, schmunzelte er, doch dann erklärte er ihr den Fund. Auch sie fand ihn ganz lieb, der müsse aber an seinen Platz zurück.

Später zeigte er ihn der Wirtin und gab sich schuldbewusst, während er überlegte, wie er ihr den Engelskopf abschwatzen konnte. Zuerst zog er aus seiner Brieftasche zwei Hunderter, zeigte ihr die Scheine, steckte den Kopf demonstrativ in seine Tasche und machte ein fragendes Gesicht. Siehe da, sie verstand ihn, griff mit der Linken die Lira-Scheine und deutete mit der Rechten wiederholt auf die Geldscheine. Er verstand. Also zog er noch einen heraus und sie wartete weiter. Dann hielt er ihr den nächsten hin und jetzt nickte sie.

Gleich danach zeigte er Sarah den Engelskopf, der gehöre jetzt ihnen. Vielleicht würde dieses Andenken sie dereinst an ihre Reise hierher erinnern, wenn sie zusammen alt geworden im Lehnstuhl säßen und von der Erinnerung lebten.

Nach Besichtigung der Altstadt von Pamukkale schlenderten sie zum Zentrum des Ortes. Neben dem Brunnen stand ein dunkelrotes Zelt, darüber ein Schild mit der Aufschrift *Oraculum*. Die lateinischen Buchstaben richteten sich gewiss an die zahlreichen Touristen, die hier vorbeikamen. Durch einen Spalt konnte man den Seher erkennen, einen bejahrten Araber mit schwarzem Turban und glitzernder Jacke.

Ralf warf einen kurzen Blick hinein und wollte weitergehen, doch Sarah meinte, sie könnten sich da doch mal ihre Zukunft deuten lassen. Also gingen sie hinein. Der Seher begrüßte sie wortlos mit einigen Verbeugungen seines Kopfes und wies mit der Hand auf die beiden Stühle. Dort nahmen sie Platz und er bat zunächst Ralf, seine beiden Handflächen auf die große Glaskugel zu legen. Alsbald deutete er ihm an, die Kugel wieder frei zu geben, und betrachtete sie ausgiebig durch ein Vergrößerungsglas, bevor er sich in gebrochenem Englisch an Ralf wandte. Die Kugel zeige einige Wolken im zeitlichen Nahbereich, die wiesen auf schwierige Zeiten für ihn hin, er müsse achtsam bleiben, so seine Erkenntnis.

Es folgte dieselbe Prozedur für Sarah. Als der Seher sich die Kugel näher anschaute, legte sich seine Stirn in Falten. Auch der Blick in ihre Zukunft sei nicht hell und ungetrübt, die Wolken seien sogar noch etwas dunkler. Auch sie müsse achtsam bleiben.

50 Lira kostete diese Zukunft, das war eher verschmerzbar als das Orakel selbst, aber für 100 hätte es vermutlich auch kein besseres gegeben. Ralf war still geworden, während Sarah ihm schmunzelnd erklärte, das sei doch alles Hokuspokus, diese Seher seien immer berufsmäßige Schwarzseher, denn für jeden kämen zwischendurch auch mal schwierigere Zeiten und dann würden sie sich an den Seher erinnern und meinen, er habe das klug vorhergesehen.

Nun waren die fünf Tage herum und sie verabschiedeten sich herzlich von ihrer Wirtin. Bestimmt würden sie wieder mal hierherkommen, ganz wunderbar und voller Überraschungen seien diese Tage gewesen. Das war nicht nur bloße Höflichkeit, denn beide hatten sich in dieses Kappadokien regelrecht verliebt. Ihre Wirtin lächelte ihnen zu; vermutlich ahnte sie nur, was sie ihr sagen wollten.

Jetzt aber galt es, das Feinstaub-Projekt endlich in Gang zu bringen. Die neuen Filter waren sogar besser geeignet, denn der Lieferant hatte sie eigens mit einem Adhäsionsspray versehen.

Zu viert sollten sie nun ausschwärmen, und das zwei Wochen lang, bis alle 18 Kreuzungen im wahrsten Sinne des Wortes abgestaubt waren. Die Prozedur war zermürbend langweilig, und die täglich sechs Stunden Rumstehen gingen ganz schön in die Beine. Aber was tat man nicht alles für das Problembewusstsein der Politiker und die Rettung der Menschen in den Großstädten? Doch damit war noch nicht Schluss. Der Vorstand beschloss, die ganze Prozedur zu wiederholen, und zwar in Berlin, da war man räumlich näher an der Politik, um die Wahrnehmung der Problematik vor Ort zu fördern. Schließlich gingen bei den Politikern die Lobbyisten der Industrie ein und aus, um ihnen beizubringen, wie lächerlich diese Feinstaubhysterie der Grünen sei.

Schließlich war auch diese Ochsentour vollbracht. Ganze Berge von Filtern hatten sich angesammelt, und die sprachen Bände. Die Auswertung würde etwa zwei weitere Wochen in Anspruch nehmen, aber dafür war ein anderes Team zuständig.

Schon lange hatte Ralf den Wunsch, mal irgendwo in Grönland einen Eisberg zu besteigen, um von da aus die fantastisch weiße Szenerie ringsum in natura zu bewundern. Und Sarah konnte sich zudem vor Ort ein Bild machen, wie diese Traumlandschaft unaufhaltsam dem Wahnsinn des wirtschaftlichen Wachstums zum Opfer fiel.

Zusammen bestiegen sie das Flugzeug nach Christianssund, von da sollte es mit einem größeren Helikopter weitergehen. Als sie über Island hinwegflogen, kam Ralf eine spontane Idee. Er fragte bewusst beiläufig, wie sie beide sich die weitere Zukunft denn so vorstellten, ein Thema, das sie bisher eher offengelassen hatten. Sarah war sofort sensibilisiert, zeigte es aber nicht, denn ihr fehlte in seiner Frage das Wort »gemeinsame«. Nun, man könnte ja schon mal daran denken … Dann machte er eine Kunstpause, und sie blickte ihn erwartungsvoll an. Die Grünen hatten es ja nicht so eilig mit der staatlich verbrieften lebenslangen Beziehung, ob das bei ihr anders war? Immer noch wartete sie, dass er endlich zur Sache kam, doch dann lachten sie beide zugleich los und küssten sich, fast wie zur Besiegelung eines unausgesprochenen Versprechens.

Mit dem Helikopter ging es nach Illuileq. Mehr und mehr breitete sich da unten die atemberaubende Eiswelt aus, bis sie auf einem flachen Eisfeld landeten. Zu Fuß sollten sie nun die Eisbergkette weiter vorn erreichen, um sie zu besteigen. Entlang der Kante des Eisfeldes wanderten sie zusammen mit ihrem Führer und vier anderen Touristen eine ganze Strecke, wobei sie etliche Umwege nehmen mussten, denn einige Eisplatten schoben sich nebenan kaum wahrnehmbar vorbei. Es war bereits Anfang Mai und die Sonne stand schon recht hoch, da schmolz allenthalben das Eis nur so dahin. Sarah ließ mit erstarrter Miene den Blick schweifen. Drastisch zeigten sich hier die Folgen der rasanten Erderwärmung. Wer weiß, wie lange man hier überhaupt noch wandern konnte, vielleicht war das alles in ein paar Jahren nur noch Wasser, weil der Meeresspiegel stieg und stieg, bis die Malediven und all die anderen traumhaften Inseln der Vergangenheit angehörten.

Endlich hatten sie den Aufstieg geschafft. Zwar waren das nur gut hundert Höhenmeter, aber die gingen ganz schön in die Knie, weil man kaum einen festen Tritt fand. Nach einem bewegten Rundblick kam Sarah auf Ralf zu und umarmte ihn. Er hatte gerade seinen Feldstecher aus dem Rucksack geholt, um sich einen weiten Rundum-Blick zu verschaffen. Nein, Eisbären waren nirgends zu finden, alles schien ganz ruhig und friedlich.

»*Back, back, go back immediately!*« Der gellende Schrei des Führers zerriss die Stille. Dann sahen sie es auch: Unter ihnen war das Eis in Bewegung geraten. Alle liefen von der Kante weg nach hinten, so schnell sie konnten. Sarah war dabei ausgerutscht und gestürzt. Kaum war sie wieder auf den Beinen, gab es einen brachialen Knall und vor ihr öffnete sich ein Spalt. Wieder strauchelte sie und rutschte im Fallen auf den Spalt zu, denn das Eis unter ihr hatte sich etwas gesenkt und schräg nach vorn geneigt.

Ralf eilte zu ihr, aber der Führer hielt ihn mit aller Kraft zurück. Sogleich brach direkt vor Sarah ein großes Stück heraus und sackte mit berstendem Krachen in seiner ganzen Breite einfach nach unten weg. Gleich danach ein zweites Stück, und das nahm sie mit in den Abgrund.

Ihren Aufschrei weiter unten hörte Ralf noch, dann nur mehr ein Bersten und Krachen, begleitet von riesigen weißen Schwaden, die emporstaubten. Gott, oh Gott, was für ein entsetzliches Unglück!

Wie versteinert starrte er zur Abrisskante. Ein leichter Wind blies die Schwaden beiseite, und der Führer näherte sich vorsichtig der Eiskante. Eine Ewigkeit später wandte er sich um. Seine Arme hingen schlaff herab. Kaum merklich schüttelte er den Kopf. Dann griff er zu seinem Funkgerät.

Ralf stolperte ein paar Schritte vorwärts, dann wurde ihm schwindlig und er sackte zusammen. Wenig später kam er wieder auf die Beine, blickte nochmals nach vorn zur Kante und wusste schlagartig, da unten hatte Sarah ihr Grab gefunden. Ihr beider ganzes Glück war in einem einzigen Augenblick für immer unwiederbringlich ausgelöscht.

Er konnte nicht mal weinen. Schon verlor er wieder das Gleichgewicht und sank auf die Knie. Dann faltete er die Hände und betete. Kein kirchliches Gebet, nur gestammelte Worte, wie sie ihm gerade in den Sinn kamen, klagende Fragen an Gott. Warum nur ließ er das zu, warum nur? Er bemerkte die beklommenen Blicke der Umstehenden nicht, die sich flüsternd unterhielten, nahm die anderen erst wieder wahr, als sie einen Kreis um ihn bildeten. Als jemand seine Schulter berührte, erfasste ein Weinkrampf seinen Körper.

Bald war der Hubschrauber im Anflug, doch auch der konnte nach längerem Kreisen da unten niemanden entdecken. Zudem war in der Zwischenzeit noch ein weiteres riesiges Stück der Wand hinabgestürzt, wodurch an eine Bergung nun ohnehin nicht mehr zu denken war.

Etliche Tage hatte Ralf in der Krisenabteilung in Christianssund mit seinem Nervenzusammenbruch gelegen, meist im Schlaf, reichlich mit Medikamenten versorgt. Wie er zurück nach Christianssund gekommen war, wusste er nicht, wohl im Hubschrauber, denn das Schlagen der Rotorblätter hatte er immer noch in den Ohren. Er konnte es immer noch nicht glauben, unter diesen Eisschollen lag sie jetzt, diese so tatenfrohe junge Frau, seine allerliebste Sarah, gerade eben noch auf dem Weg, die Menschheit zu retten. Ob sie eines Tages da unten zu finden war? Und dann? Er wollte gar nicht weiterdenken, tat es aber doch. Ein richtiges Grab sollte sie haben, aber wo?

Das Tourismus-Büro beauftragte einen Gutachter zur Klärung des Unglücks. Das Ergebnis war niederschmetternd. Auf keinen Fall hätte man bei dieser Witterung und den ansteigenden Temperaturen noch eine Besteigung der Aussichtsplattform wagen dürfen. Das Zurückhalten des Begleiters der jungen Frau seitens des Führers sei hingegen unzweifelhaft richtig gewesen, denn mit an Sicherheit grenzender Wahrscheinlichkeit hätte dessen Einsatz lediglich zu einem zweiten Opfer geführt. Abschließend fügte der Gutachter jedoch hinzu, ihm sei in der langen Zeit seiner Tätigkeit ein solcher Unfall noch nie bekannt geworden. Die Schuldfrage indes hielt er für eindeutig geklärt.

Die Staatsanwaltschaft in Nuuk klagte den Chef des Touristikunternehmens wegen fahrlässiger Tötung an. Jedoch lehnte das zuständige Gericht abweichend vom Gutachten die Eröffnung des Verfahrens mit der Begründung ab, der Abbruch der Wand an der Aussichtsplattform sei nach menschlichem Ermessen zu diesem Zeitpunkt nicht zu erwarten gewesen.

Für Ralf brachte das eine gewisse Erleichterung. Wenn dieses Unglück für den Unternehmer dort nicht absehbar war, dann doch erst recht nicht für ihn. Aber das änderte nichts daran, dass er es war, der Sarah diesen Ausflug vorgeschlagen hatte. Außerdem hätte er sie vielleicht retten können, wenn er näher bei ihr gestanden hätte. Wie oft dachte er daran, dass es besser gewesen wäre, der Führer hätte ihn nicht zurückgehalten und er wäre mit ihr zusammen hinuntergestürzt!

Doch dieses Wenn und Wäre nutzte jetzt gar nichts mehr. Ja, er musste irgendwie weiterleben, allein die Erinnerung an sie würde ihn nun begleiten, und das Tag für Tag und Nacht für Nacht. Ein altgriechisches Sprichwort, das er in der Schule gelernt hatte, fiel ihm ein: *Des Menschen Arzt, das ist die Zeit.* Aber er konnte nicht glauben, dass die Zeit alle Wunden heilen würde, denn diese waren viel zu tief.

Aus dem Konfirmandenunterricht fiel ihm das Buch Hiob mit dessen Sturz in sein abgrundtiefes Elend ein. Gott war mit dem Teufel auf dessen Vorschlag hin eine Wette mit ihm eingegangen, um dem Satan zu beweisen, Hiob würde selbst in tiefster Not an seinem Glauben festhalten, was der Teufel bezweifelte. Alles sollte Hiob verlieren, nicht nur Hab und Gut, auch seine zehn Kinder sollten nacheinander sterben. Einzig seine Gesundheit sollte er behalten. Als der Teufel erkannte, dass Hiob immer noch am Glauben festhielt, drang er darauf, Gott solle Hiob noch zusätzlich eine bösartige Geschwulst schicken, und Gott willigte auch darin ein. Als er sah, dass Hiob immer noch gläubig blieb, nahm er die Krankheit von ihm, denn er hatte seine Wette gewonnen. Welche Gnade des Allmächtigen!

An diesem unerschütterlichen Glauben Hiobs sollten sich alle Menschen in ihrem Trübsal messen, so der Pfarrer in seiner Konfirmanden-Predigt. Daran konnte und wollte er sich kein Beispiel nehmen, denn diese Wette erschien ihm unmenschlich, ja geradezu teuflisch. Ging man mit jemandem eine Wette ein, so begab man sich auf das Niveau des Wettpartners, hier also auf das Niveau des Satans. Mehr noch, Gott war ihm sogar noch entgegengekommen, als dieser die Wette bereits verloren hatte.

Nein, dieses entsetzliche Unglück für Sarah und ihn konnte unmöglich Gottes Willen geschuldet sein. Oder etwa doch?

Jetzt nahm er erst mal die Tabletten ein, die er von Christianssund mitgebracht hatte, die sollten ihm zumindest für ein paar Stunden zum Schlaf verhelfen, wenngleich der meist recht unruhig war, von Albträumen durchsetzt.

Unter riesigen Eisbrocken sah er jetzt Sarah liegen, wie sie mit letzter Kraft versuchte, einen davon zur Seite zu schieben, doch vergeblich. Verzweifelt rief sie nach ihm ein ums andere Mal, bis ihre Stimme versagte.

Verwirrt wachte er auf und es dauerte eine Weile, bis er realisierte, wo er sich befand. Mein Gott, war es möglich, dass sie da unten noch furchtbar zu leiden hatte? Schrecklich, diese Vorstellung, absolut schrecklich. Er versuchte sie aus seinem Kopf zu vertreiben, was ihm jedoch auch im Wachzustand versagt blieb.

Und wenn es tatsächlich so gewesen sein sollte, konnte sie da unten überhaupt noch eine Hoffnung haben? Wenn sie die Aussichtslosigkeit ihrer Lage begriffen hätte, was dachte sie dann wohl? War ihr Leben jetzt gleich aus und vorbei, oder kam da noch etwas? Und wenn, was wäre das wohl? Das und Ähnliches hätte sie sich noch fragen können. Wirklich gläubig kannte er sie nicht, aber wer weiß, woran man sich in allerhöchster Not noch klammerte.

Das Bild der hilfesuchenden Sarah ging ihm nicht mehr aus dem Kopf. Dort unten hatte sie ihren letzten Atemzug getan. Würde sie da unter den Eisplatten ewig liegen? Wohl kaum, denn das Eis taute mit den Jahren unaufhörlich weiter. Vom Eis über zwanzig oder weit mehr Jahre konserviert, könnte sie dann womöglich von einem Wanderer gefunden werden, so wie der arme Ötzi, diese Eismumie in den Ötztaler Alpen, die dort sogar 5000 Jahre überwintert hatte. Und auch sie würde dann in irgendeinem Museum im gläsernen Sarg zur Schau gestellt und von den Leuten als entstellte Leiche begafft werden, unvorstellbar!

Aber wie konnte er das verhindern? Da gab es nur eins, er musste sie aufspüren lassen, um sie in Würde beerdigen zu können.

Immerhin, die GPS-Koordinaten ihrer Absturzposition hatte ihr Führer auf einen Meter genau abgespeichert. Gut 80 Meter war sie dann nahezu senkrecht hinabgestürzt, da unten musste sie zu finden sein. Und wie? Genau, mit einem Sonargerät konnte man nach ihr suchen, in einer Zone von etwa 20 Metern rund um die mutmaßliche Aufprallstelle. Wie er früher mal gelesen hatte, konnte man mit solch einem Gerät Fremdkörper im Wasser und Eis selbst noch in großer Tiefe ausfindig machen, weil sie ein weit geringeres Echo als Wasser und Eis zurückschickten.

Schon hatte er ihre Beerdigung vor Augen. Wo könnte das sein? Neben ihrem Vater in Nürnberg? Oder besser im eigenen Grab, vielleicht könnte er sich da später sogar zu ihr legen.

Sarah musste gefunden und beerdigt werden, koste es, was es wolle. Nicht nur ihr war er das schuldig, auch sich selbst. Eigentlich hätte er schon gleich darauf kommen müssen. Würde das gelingen, so könnte er dieses Kapitel eher abschließen und sich ein Stück weit davon befreien. Nicht von der Erinnerung an sie, aber doch etwas von seinen tagtäglichen Selbstbeschuldigungen.

Mit diesen Gedanken im Kopf bemühte er sich, Schlaf zu finden. Doch der währte nur kurze Zeit. Bald schon wähnte er sich dort oben vor der Abrisskante und sah sich hinunterblicken. Da unten suchten die Techniker mit ihrem Sonargerät Schritt für Schritt den Untergrund ab. Plötzlich kam rege Geschäftigkeit auf. Das Gerät hatte einen Hohlraum entdeckt, lag Sarah darunter? Eifrig begannen sie mit ihren Eispickeln zu suchen, bis sie etwa einen Meter tiefer fündig wurden – aber es war nur ein toter junger Eisbär.

Weiter ging die Suche, Stunde um Stunde, denn sie gestaltete sich schwierig, weil das Eis teilweise bereits schmolz und sich einige größere Platten im Schmelzwasser ganz gemächlich hinaus zum Wasser bewegten.

Jetzt zeigte das Gerät einen weiteren Hohlraum an. Wieder wurde mit den Eispickeln versucht, in die Tiefe vorzudringen. Und tatsächlich, unglaublich, sie war es. Sie schien zu schlafen, völlig unverletzt lag sie da, seine Sarah. Genau so, wie er sie im letzten Moment dort an der Kante noch lebend gesehen hatte.

Die Männer unten legten sie mit dem Rücken auf eine der Eisplatten und setzten sich erst mal, um sich von der Anstrengung zu erholen. Ralf musste einen Umweg nehmen, um zu ihr herunterzukommen. Ganz weich war er in den Knien, da sah er sie, nur gut zwei Meter neben sich auf der Eisplatte liegend, ganz langsam vorbeischwimmen. Nein, rüberspringen konnte er nicht, das war zu weit. Also ging er langsam neben ihr her, den Blick unablässig auf sie gerichtet. Wie es schien, wurde der Abstand zu ihrer Eisplatte langsam, aber stetig breiter, drei Meter konnten es inzwischen sein. Dann war ihm der Weg von einem Wassergraben versperrt. Verzweifelt rief er ihren Namen …

Ralf erwachte und fasste sich an die Stirn. Würden die Albträume ihn denn nie mehr loslassen?

Plötzlich wusste er, wie er seiner Verzweiflung entkommen konnte. Ganz einfach, er musste ihr folgen. Wenn er dort die 80 Meter hinuntersprang, musste alles mit einem Schlag vorbei sein und er wäre ihr dort unten ganz nah. 80 Meter, gut 25 Etagen eines Hochhauses waren das, solch einen Sprung hatte wohl noch nie einer überlebt.

An seine Mutter und seine Schwester musste er denken. Einen Abschiedsbrief sollte er zumindest seiner Schwester schicken, dann würden sie ihn besser verstehen. Darin wollte er eine Bitte äußern: Einen Grab- oder auch nur Gedenkstein neben den Großeltern wünschte er sich schon, auf dem sollten lediglich sein Name sowie zwei Zeilen zu je sieben Silben stehen, die er sich wie ein Glaubensbekenntnis ausgedacht hatte:

*Alle Seelen kehren heim*
*in des Kosmos hellen Schein.*

Irgendwie war er erleichtert, so konnte er einen Schlusspunkt unter dieses grausame Unheil setzen, ein für alle Mal.

Seiner Schwester wollte er in seinem Brief erläutern, warum er keinen anderen Weg als diesen gehen wollte. Kaum hatte er den in den Briefkasten gesteckt, wurde ihm klar, es war ein Fehler, denn er kannte sie als resolut und tatkräftig. Sicher würde sie versuchen, ihn davon abzubringen, aber er würde eisern daran festhalten.

Genau so kam es dann. Sie schien ihn zunächst zu verstehen. Als Ärztin hatte sie schon immer eine bewundernswerte realistische Denkweise. Doch dann schickte sie ihm ohne Absprache einen Psychotherapeuten auf den Hals. Der kam zu ihm, und das unangemeldet.

Zunächst wollte er ihn abweisen, doch der Therapeut konnte ihn schließlich überreden. Die Unterhaltung gestaltete sich schwierig, denn er wollte sich erst gar nicht auf eine Diskussion mit ihm einlassen, sein Entschluss stand fest. Recht geschickt stellte der Psychologe es dann an, ihn zu verunsichern. Zwei von drei Suizidversuchen führten nicht zum Erfolg, viele aber zu einem Leben als Krüppel, und diese litten dann an dem missglückten Versuch nicht nur körperlich, sondern auch seelisch, und das ein Leben lang. Vermutlich würde dadurch sein Unglück noch größer.

Dann kam er auf seine Therapie zu sprechen. Dazu gab es reichlich Erfahrungen. Ralf sollte, ja musste die Kraft aufbringen, einen radikalen Schlussstrich zu ziehen, aber nicht durch Davonlaufen, sondern durch die Planung einer lohnenden Zukunft. Und diese galt es zu entdecken, das sei die beste Therapie. Er müsse sich mit aller Kraft dazu durchringen, diese Zukunft ganz konkret zu planen und zu gestalten, dann würde die Vergangenheit mit der Zeit von selbst mehr und mehr verblassen.

Auch Sarah sollte er in ihrem Eisgrab in Frieden ruhen lassen, alles andere würde ihn zurückwerfen. Ja, er musste sich radikal auf seine Zukunft ausrichten, am besten in einer neuen Umgebung, am besten durch eine Beschäftigungstherapie, etwa im Handwerk.

Das mögliche Versagen seines Suizidversuchs beschäftigte Ralf am stärksten. Schon denkbar, die 80 Meter würde er vielleicht nicht in einem hinabstürzen, mehrfaches Anstoßen und Abgleiten könnten ihn abbremsten. Auch die Ermunterung zum Aufbau eines gänzlich neuen Lebens war eine Idee, aber er war sich im Zweifel, ob er dazu überhaupt die Kraft aufbringen konnte.

Unweigerlich glitt er in die Unsichtbarkeit ab, ohne diese bewusst zu wählen. Wie gelähmt saß er zumeist in seinem Zimmer ohne jedes Ziel. Nur mehr das Allernötigste konnte er zuwege bringen, sogar das Zähneputzen schaffte er nicht mehr regelmäßig. Allenfalls hinaus auf die Bank des nahen Parks reichte es noch, aber auch dort saß er teilnahmslos herum, ohne jede konkrete Vorstellung, wie es mit ihm weitergehen sollte.

Nach und nach fand er dann doch in kleinen, mühevollen Schritten den Weg zurück in eine Wirklichkeit, die eine total andere geworden war, bösartig und feindselig. So recht fassen konnte er es immer noch nicht, aber er musste sich daran gewöhnen, es war so, wie es nun mal war, das herbe Schicksal hatte ihm in seiner ganzen Brutalität unweigerlich eine Weiche gestellt, es ging nicht weiter geradeaus, er musste abbiegen, und das auf einen neuen, noch gänzlich unbekannten Weg.

Diese Zeit mit Sarah, sie war unwiederbringlich. Nur ein einziges Jahr, aber auch für dieses musste er dankbar sein, schöner konnte es nicht sein. Doch wie sollte es nun für ihn konkret weitergehen? Ratlos stand er da, immer noch unfähig, dazu einen klaren Gedanken zu fassen.

Erst nach Wochen zeichnete sich für ihn eine Idee zum Entkommen ab. Es blieb nur ein einziger Weg zum Überleben: Er musste sich auf die Suche machen, auf die Suche nach einer ganz anderen Welt, keiner heilen Welt, sondern einer nach und nach heilenden. Und an dieser Heilung musste allein er arbeiten und kein anderer.

Am geeignetsten schien ihm für diesen Neuanfang eine gänzlich abgelegene, der Zeit entrückte Umgebung. Da erinnerte er sich an die Abtei Maria Laach. Dorthin war er früher einmal mit seiner Klasse von Andernach aus zu Fuß gewandert, vorbei am verschlafenen Laacher Vulkansee. Mehr als ein Jahrzehnt mochte das jetzt her sein.

Nach der etwas länglichen Führung durch die Abtei, durch einige Nebengebäude und herab zu den Terrassenteichen der Fischzucht hatte Pater Pius sie damals mit seinem Segen verabschiedet. Er war seinerzeit noch kurz bei ihm geblieben, denn er hatte irgendwo gelesen, Konrad Adenauer habe nach seiner Amtsenthebung als Kölner Oberbürgermeister gleich nach der sogenannten Machtergreifung 1933 hier ein Jahr lang Zuflucht gefunden. Diese Zeit sollte er überwiegend in der Bibliothek der Abtei verbracht haben. Wenn möglich, wollte er gerne mal einen kurzen Blick in diese Bibliothek werfen, so seine Bitte an Pater Pius.

Der war damals sichtlich erfreut über sein Interesse, sehr gerne wollte er ihm die Bibliothek zeigen, zumal er für sie verantwortlich war. Zusammen schritten sie über den langen Flur und der Pater hatte ihm die große, schwere Tür geöffnet.

Solch eine prachtvolle Bibliothek hatte Ralf noch nie gesehen. Das waren keine einfachen Regale, die dort standen, reine Kunstwerke waren das, eines neben dem anderen zu beiden Seiten. In der Mitte die Lesetische, auch diese feinste Tischlerarbeit aus edlen Hölzern. Drei Klosterbrüder saßen dort, vertieft in ihre Bücher, daran erinnerte er sich noch genau. Pater Pius hatte ihn zu einem Stuhl weiter hinten geführt. Das sei der Platz, an dem habe Bruder Konrad stets gesessen. Nein, er hatte ihn nicht mehr dort angetroffen, von Bruder Martin habe er das bei der Übergabe der Bibliotheksleitung erfahren. Auch wisse er nicht, wofür Bruder Konrad sich interessiert hatte, aber er habe hier sehr viel Zeit lesend verbracht.

Bald hatten sie sich dem Ausgang genähert und Pater Pius hatte ihn bei der Verabschiedung geradezu verheißungsvoll angeblickt und leise gefragt: »Wir sind 51 Brüder, willst du der 52. werden?«

Ganz verdutzt sei er damals gewesen, daran erinnerte er sich noch genau, doch er wollte nicht sogleich absagen und redete sich irgendwie heraus. Gleichwohl begleitete ihn dieses Angebot durch sein weiteres Leben. Wann immer er mit seiner Situation unzufrieden oder bisweilen sogar verzweifelt war, tauchte es wie eine geheime Versuchung auf, dieser ungeliebten Welt in eine andere, bessere zu entfliehen.

Die Erinnerung an die lange zurückliegende Begegnung mit dem Mönch ließ diese Versuchung jetzt wiederaufleben und brachte ihn auf die Idee, sich fürs Erste hier eine Zuflucht zu suchen, um dann weiterzusehen. Also machte er sich wiederum von Andernach aus auf den Weg dorthin. Unterwegs liefen die seither vergangenen Jahre wie ein Film in seinem Kopf ab, das Gymnasium, seine erste heftige Beziehung, das Abi, das Industriepraktikum bei VW, die erste hochalpine Bergtour im Alleingang, das Studium mit den Nebentätigkeiten zu dessen Finanzierung, seine erste Stelle, das erste Auto, seine Reisen und vieles mehr.

Nach einer Stunde erreichte er den Scheitelpunkt des schattigen Anstiegs. Hier endete der frisch ergrünte Laubwald und gab den Blick frei auf eine zeitlos anmutende Oase der Ruhe und Abgeschiedenheit. Der tiefgründig schweigende Kratersee nahm das Auge des Wanderers unausweichlich gefangen. Fast schien es ihm, als müsse sich diese Insel der Stille fernab des Zeitenstroms heute noch von jenem ungeheuren, wahnwitzigen Spektakel vor über zwölf Jahrtausenden erholen, hatte sie damals doch ihr gesamtes Inventar leichtfertig der Versuchung eines einzigen spektakulären Feuerwerks geopfert. Alles hatte sie auf eine Karte gesetzt und bedenkenlos ihr Innerstes verschleudert, gleichsam wie in einem Feuersturm der Leidenschaft. Sorgsam hatte dann der See seinen Mantel des Schweigens über den abgrundtiefen Krater ausgebreitet, wohl um die Folgen dieses Ausbruchs ungezügelter Gewalt zu verbergen und vergessen zu machen.

Auf der gegenüberliegenden Seeseite zeigte sich ihm jetzt die Abtei des Klosters Maria Laach wie ein mühevolles Bestreben gottesfürchtiger Generationen der Vergangenheit zur Befriedung und Kultivierung dieser einstmals so ungeheuerlichen Szenerie. Gerade setzte ihr fernes Geläut ein, als wolle es ihn begrüßen.

Als er sich der Abtei näherte, fiel sein Blick im Hof auf eine ergreifende Bronzestatue. Die hatte er damals noch nicht gesehen. Ein vom Schicksal gebeugter, hagerer Mann saß dort in einem langen Gewand auf einem Sockel. Ein unsichtbares zentnerschweres Gewicht schien auf seinen Schultern zu lasten und ihn schier zu erdrücken, doch alles in ihm war in aufgebrachter Bewegung. Den Kopf mühsam erhoben, richtete er seinen Blick in tiefster Verzweiflung fragend, ja flehend gen Himmel, die Arme nach oben gestreckt, beide Hände geöffnet, wie zum Empfang einer erlösenden Gnade, die seine bittenden Augen vergeblich zu suchen schienen. Der Ausdruck der inneren Not und Verzweiflung vor dem übermächtigen Schicksal war so lebendig, dass die Statue ihn unweigerlich festhielt. Wie auf dem kleinen Schild zu lesen, war es ein Werk von Hildegard Bienen. Ralf setzte sich auf den Mauerrand neben die Statue, irgendwie gehörten sie jetzt zusammen. Warum hatte ihn die Künstlerin in derart verzweifelter, geradezu hoffnungsloser Lage in Bronze gießen lassen? Wäre es hier im Kloster nicht angebrachter gewesen, ihn die Zuwendung des Allmächtigen spüren zu lassen?

Vor dem Eingang zur Abtei rechnete Ralf jetzt kurz nach. Schon möglich, Pater Pius könnte durchaus noch dort sein, vielleicht sogar als Bibliothekar, wie seinerzeit. In der Abteikirche fand er alles gänzlich unverändert und schritt weiter Richtung Bibliothek. Behutsam öffnete er die schwere Tür und betrat den Lesesaal. Durch die schmalen Fenster weit oben schlug die Sonne staubig leuchtende Schneisen durch das gedämpfte Licht des Raumes hinunter bis zum Boden, als wolle sie den Studierenden in ihrer Abgeschiedenheit von der Herrlichkeit des Tages und des Lebens draußen künden. Zwei Mönche saßen dort ganz in ihre Bücher vertieft, ein dritter auf der Leiter suchte wohl gerade in den hohen Bücherregalen nach einem Band. Die kunstvolle Täfelung aus dunklem Holz verlieh dem Raum in seiner konzentrierten Stille eine ehrwürdig entrückte, zeitlose

Ausstrahlung. Ihrer souveränen Ruhe, zugleich stumme, unaufdringliche Mahnung zum Studium der alten Schriften und zur Besinnung auf das über Generationen hinweg wesentlich Gebliebene, konnte sich hier so leicht keiner entziehen.

Geräuschlos schlich er weiter. Von der hinteren Seite öffnete sich eine kleine Tür und ein Bruder mit einem Stapel Bücher auf den Armen trat herein. Ob das Pater Pius war? Zögernd schritt er auf ihn zu. Doch, doch, er konnte es schon sein – und er war es.

Nein, erinnern könne er sich an ihn nicht mehr, gab der Pater freimütig zu. Zunächst führten sie ein Gespräch über die Bibliothek und deren Aufteilung nach Autoren, Thematik und Epochen. Bald aber steuerte Ralf sein Thema an. Wie es denn sei mit Gästen und einem Aufenthalt im Kloster. Ja schon, so der Pater, das Kloster biete da durchaus was an. Sogleich wollte er nicht mit der Tür ins Haus fallen, am besten, er sei erst mal da als Gast, das Weitere werde sich dann schon finden.

Ihm schwebte vor, im Klosterbetrieb einige handwerkliche Aufgaben zur Entlastung der Mönche zu übernehmen, damit würde er besser und schneller Kontakt zum Klosterleben und den Klosterbrüdern finden. Nein, Novize wollte er eher nicht werden.

Vom Gästebüro erhielt er ein kleines Zimmer zugewiesen, eine ehemalige Klause. Dort ließ er sich mit seinem Rucksack erst mal auf einem Schemel nieder.

Ganz allein war er da oben auf dem Flur nicht, etliche andere Gäste legten hier eine Besinnungswoche ein, die hier schon seit längerem angeboten wurde. An der Seite des Refektoriums saßen die Gäste mittags und abends zum Essen, unweit der Brüder. Beim Rundgang nach dem Essen traf er an den Teichen der Forellenzucht einen Bruder, grüßte ihn und kam mit ihm ins Gespräch. Der beklagte, diese ganze Anlage sei leider mehr und mehr heruntergekommen, seitdem Bruder Fischmeister in die seligen Gefilde aufgenommen wurde. Früher sei hier von Becken zu Becken ein heiteres Geläut erklungen. Da lief das Wasser nicht einfach über das Blech hinweg hinunter zum nächsten Becken, so wie jetzt. Kleine Wasserräder hätten Walzen angetrieben und die brachten viele Glöckchen in verschiedenen Tonlagen zum Erklingen. Wenn man genau hinhörte, konnte man sogar geistliche Melodien erkennen.

Ralf schaute sich genauer an, was davon noch übrig geblieben war. Etliches, aber die Restaurierung erforderte gewiss viel Zeit und Mühe. Ob er sich da einbringen konnte? Am besten, er sprach dazu noch mal Pater Pius an, der war dafür sicher nicht zuständig, aber er hatte gewiss eine Stellung in der Abtei, die hilfreich sein konnte.

Und so war es dann auch. Gerne könnte er da tätig werden, nur würde das sicher längere Zeit in Anspruch nehmen, und halb fertig sollte es dann auch nicht liegen bleiben. Das kam ihm gut zupass, schließlich wollte er ja nicht schon nach einer Woche das Kloster wieder verlassen.

Also machte er sich an die Arbeit. Zunächst inspizierte er das Werkstattlager, dann die Vorräte an Blech und dergleichen. Messingbleche waren das da draußen, die mussten zumindest teilweise erneuert werden, die

Walzen sogar ganz. Von den Glöckchen war fast keines mehr da.

Als er draußen die defekten Leitbleche entfernte, kam ein Bub, vielleicht zehn oder elf Jahre alt, zögernd näher und schaute interessiert zu, was er da reparierte. Bald sprach Ralf ihn an, ob er vielleicht mithelfen wolle. Ohne Antwort trat der Bub näher und nahm ihm gleich das alte Blech ab und legte es zu den anderen Abfällen. Bald kamen sie ins Gespräch über das, was hier alles zu richten war. Julius war sein Name, da unten im Biohof wohnte er. Ralf fragte ihn noch nach der Schule und den Ferien, die unmittelbar bevorstanden, und Julius antwortete ihm bereitwillig. Als die Turmglocken die Abendhore ankündeten, verabredeten sie sich für den nächsten Tag.

Julius erwies sich als sehr geschickt, daher ging die Arbeit gut voran. Nach einer Woche waren sie bereits so weit, die neuen Bleche zu montieren. Da näherte sich schon wieder dieser Bruder Sebastian. Der tat zwar so, als würde sein Interesse dem Fortgang ihrer Arbeiten gelten, doch augenscheinlich suchte er die Nähe zu Julius. Meist hing sein Blick an dem netten, hübschen Buben, und das immer wieder. Gewiss, das war ein ganz liebes Kerlchen, aufgeweckt und tüchtig bei der Arbeit. Ralf hatte den Eindruck, Julius entzog sich Bruder Sebastian lieber, als auf seine Annäherungen einzugehen. Vor allem dessen Betatschen war ihm sichtlich zuwider. Auch von seinen Drops nahm er keine an, die blieben immer an den Zähnen hängen und Lutscher mochte er auch nicht, zumindest nicht von ihm. Zu Ralf hingegen hatte Julius ein deutlich anderes, vertrauensvolles Verhältnis. Sie beide waren eher Kollegen, auf gleicher Augenhöhe, und Julius dankte es ihm mit echter Freundschaft.

In seiner Klause dachte Ralf abends darüber nach, ob er da aufgerufen war, vorsorglich aktiv zu werden. Nur wie? Mit Julius offen darüber reden? Oder nur in Andeutungen? Die würde er noch weniger verstehen. Und überhaupt hatte er ja nur so ein ungutes Gefühl. Am besten, er spräche mal mit seinem Vater, wer weiß, wie lange er überhaupt noch im Kloster bliebe.

Schon tags drauf fragte er Julius, ob er wohl mal seinen Vater besuchen könne. Der Junge schaute ihn etwas verwundert an, dann kam ein zögerndes »Ja, schon«. Unten im Klosterhof, am besten im Bio-Hofladen könne er ihn antreffen, am bestens abends.

Also ging er am frühen Abend hinunter zu den Parkplätzen und nebenan zum Hofladen. Der Vater lud gerade Apfelkisten ab, er solle schon mal reingehen, er komme gleich nach.

Ralf wusste nicht recht, wie er beginnen sollte, doch bald kam er zum Thema. Der Bauer schaute ihn mehr und mehr verwundert bis ablehnend an. Vermutlich hatte er sogar den Eindruck, *Ralf* habe dieses abwegige Interesse an seinem Buben. Doch als er ihm erklärte, er würde mit Julius' Hilfe die Forellenzucht da drüben in Ordnung bringen, hellte sich seine Miene merklich auf. Ja, ihr Julius habe ihnen schon viel davon erzählt, auch von ihm, mit Leib und Seele sei er dabei.

Gott sei Dank, jetzt war eine Vertrauenssituation entstanden, die eine vernünftige Unterhaltung möglich machte. Vielleicht sei es das Beste, so die hinzugekommene Mutter, wenn Julius da überhaupt nicht mehr hingehe und sich künftig vom Kloster fernhalte.

Das wäre richtig schade, meinte Ralf. Zusammen gehe die Arbeit dort weit besser voran und auch die Unterhaltung mit Julius würde ihm fehlen. So einigte man sich darauf, Julius bis zur Fertigstellung unter seiner Aufsicht dabei zu lassen. Überhaupt würden sie das fortan im Auge behalten und dankten ihm für seine Besorgnis.

In den vergangenen drei Wochen war die Arbeit an den vier Wasserspielen zwischen den fünf Teichen flott vorangegangen. Nun war es an der Zeit, sich umzuschauen, wo man die Glöckchen herbekam. Das war gar nicht einfach, denn sie mussten verschiedene Töne erklingen lassen, um eine Melodie zu erzeugen. Dazu waren auch noch vier Walzen erforderlich, die man mit Noppen an bestimmten Bohrungen bestücken konnte. Das erklärte er Julius Punkt für Punkt, und der schien alles genau zu verstehen, zumindest nickte er nach jedem Detail.

Als die Walzen fertig waren, machte sich Ralf mit Julius an die Arbeit. Noch hatten sie keine Melodie ausgewählt, erst mal ging es darum, die Glöckchen überhaupt zum Klingen zu bringen. Dazu steckten sie einige Noppen wahllos in einzelne Löcher der Walze, die sie dann in die beiden Lager rechts und links legten, damit sie sich drehen konnte. Schon floss das Wasser in deren seitliche Antriebsfächer und die Walze begann zu rotieren. Sobald eine Noppe ein Glöckchen streifte, ertönte es.

Ralf und Julius schauten sich begeistert an und

schlugen ihre Hände zu einem High-five aneinander, toll, wie das auf Anhieb funktionierte! Nur die Glöckchen klingelten wild durcheinander, denen mussten sie erst mit Umstecken der Noppen noch eine Melodie beibringen. Und das war schwierig. Welche Noppe kam in welches Loch und welches Glöckchen in welche der sieben Spuren der Walze? Das wollte Ralf erst mal seinem kleinen Kollegen überlassen, mal abwarten, was der da zustande brachte.

Julius fing sogleich an zu probieren, erst mit einem Noppen, dann dem zweiten, dritten und vierten. Hin und her steckte er die Noppen, bis es etwas melodischer klang. Ralf war erstaunt, der Junge hatte Talent, wer weiß, vielleicht sogar das absolute Gehör. Eigentlich wollte er ja eher eine geistliche Melodie zustande bringen, doch dann entschloss er sich, Julius nicht ins Handwerk zu pfuschen.

Eine ganze Woche war der zugange, bis alle vier Geläute so einigermaßen anhörbar vor sich hin bimmelten. Immerhin, allen Besuchern gefiel das, wenn sie bei der Führung dort vorbeikamen.

Bisweilen spürte Ralf einen Bewegungsdrang, den er in der Abtei nicht recht ausleben konnte. Daher begann er, draußen am See zu laufen. Zuerst nur zwei bis drei Kilometer, bald vier und fünf, bis er so fit war, den ganzen See zu umrunden. Sieben Kilometer waren das und die taten ihm richtig gut, obwohl er meist recht ausgepumpt ankam. Aber wohl fühlte er sich und war dann bei guter Stimmung. Woher das kam, wusste er noch aus der Schule von seinem Sportlehrer. Beim Laufen und anderen Anstrengungen kam es zu irgendwelchen Ausschüttungen der Drüsen, Endorphine oder so ähnlich, die besorgten das. Man war also selbst Herr seiner Stimmung und brauchte dazu weder Alkohol noch Nikotin und schon gar keine Drogen, nur eine Überwindung der Bequemlichkeit musste man aufbringen. Und dafür wurde man belohnt. Pater Pius hatte schon recht, Müßiggang war der Seele Feind. Demnach war also die Bewegung der Seele Freund. Bislang hatte Ralf seinen Körper und seine Seele stets als untrennbare Einheit gesehen. Neulich machte der Prior in seiner Predigt da jedoch einen Unterschied. Allein die Seele sei rein, der Körper sündig und befleckt. Merkwürdig, wie konnte das Haus, in dem die reine Seele wohnte, unrein sein, und wie schaffte sie es, sich darin rein zu halten? Nun, die Unreinheit und Befleckung hatte mit der sogenannten Beiwohnung zu tun, deshalb hatten sich die Brüder in Keuschheit zu üben, so der Prior. Da konnte Ralf nur den Kopf schütteln.

Zum festen Termin wurde für Ralf bald das Komplet am Abend. Heute sangen sie das *Laetatus sum*, das Lob der Fröhlichkeit, später das *Veni sancte spiritus* so inbrünstig, dass Ralf ihre tiefe Hinwendung zum Allmächtigen ganz unmittelbar wahrnahm. Wie es ihm schien, setzten die Mönche alles auf die Hoffnung, vom Allmächtigen erhört und in Gnade angenommen zu werden. Diesem Ziel widmeten sie ihr diesseitiges Leben ganz und gar.

Anschließend ergab sich die Möglichkeit, mit Pater Pius ins Gespräch zu kommen. Eigentlich wollte Ralf ihn fragen, woher sie ihre Fröhlichkeit beim Singen des

*Laetatus sum* bezögen, doch dann schien es ihm besser, danach zu fragen, ob und wie sie bei ihrer Hinwendung zu Gott dessen Anwesenheit und sein Erhören verspürten.

»Gott blickt vom Himmel auf uns zu jeder Stunde und sieht an jedem Ort unser Tun. Die Engel berichten ihm zu jeder Zeit davon. Beachten wir also, wie wir vor dem Angesicht Gottes und seiner Engel sein müssen«, zitierte der Mönch eine Benediktinerregel. Dazu wollte Ralf besser schweigen, denn das schien ihm geradezu das Gegenteil dessen, was er wissen wollte, klang es doch eher nach Überwachung als nach Zuwendung. Also fragte er besser danach, woher die Fröhlichkeit kam, die sie gerade besungen hatten. Aus dem Klang ihres Gesangs in ihren Ohren komme sie, so Pater Pius. Das verstand er gut, sie kam also aus ihnen selbst, nicht aus einer göttlichen Zuwendung. Genau so empfand er das auch.

Weil er nun schon mal beim Fragen war, schob er noch eine generelle Frage zum Ertrag des Klosterlebens nach. Auch dazu antwortete ihm der Pater mit einer Benediktinerregel: Wer im klösterlichen Leben und im Glauben voranschreite, dem werde das Herz weit und er laufe in unsagbares Glück. Ralf verstand ihn, es war eine Verheißung. Aber er wollte jetzt nicht weiter kritische Fragen aufwerfen, denn ihm war klar, ein Leben in verheißungsvoller Erwartung war allemal besser als ein Verharren im Unglauben. Nur einen Haken hatte das, zumindest für ihn: Man musste glauben können.

War er unfähig zu glauben, womöglich von Natur aus? Schwierig. Glauben konnte für ihn keine Einbahnstraße sein, allein getragen von einer nahezu unglaublichen Verheißung. Es brauchte zumindest Anzeichen einer Antwort auf seine Fragen, etwas, was ihn glaubend machte. Und das konnte nicht aus ihm allein kommen, es brauchte eine spürbare Zuwendung von außen, in welcher Form auch immer. Die Bibel wusste das wohl auch und arbeitete mit göttlichen Erscheinungen, Wundern und Weissagungen. Ralf wusste noch nicht wie, aber er wollte dieser Frage nachgehen: Gab es etwas, was ihn von außen berührte, ihn leitete und weiterbrachte, oder blieb er ganz auf sich allein gestellt?

Abends machte er noch einen kleinen Rundgang. Ins Wäldchen da drüben hatte er bislang noch nicht geschaut. Da lagen sie alle beieinander, die Klosterbrüder vergangener Jahre und Jahrzehnte. Ob sich ihre Hoffnungen auf ein Fortleben im Paradies erfüllt hatten?

Tags darauf kam Ralf am Seehotel nebenan vorbei und entschloss sich, da mal reinzuschauen. Das war schon was für gehobene Ansprüche. Im Fahrstuhl hatte er den falschen Knopf gedrückt, es ging runter statt rauf. Die Tür unten öffnete sich, ein Pfeil wies zur Sauna. Weiter hinten eine schmale Tür, auf der stand *Yoga*, darunter in kleineren Buchstaben: *Zhang Chengzhi*.

Als er recht unentschlossen einige Schritte weiterging, öffnete sich die Tür und ein kleinerer Mann, vermutlich ein Inder, trat hervor. Freundlich lächelnd, wie die meisten Asiaten, grüßte er ihn.

Ralf erwiderte seinen Gruß ebenso freundlich, bereits mit der Absicht, mit ihm ins Gespräch zu kommen. Als Zhang Chengzhi stellte der sich vor, und ganz gewiss habe er einen Augenblick Zeit für ihn.

Ja, immer dienstags gab es abends bei ihm Yoga-Stunden. Neben einzelnen Hotelgästen kam da eine feste Gruppe von fünf oder sechs Personen aus dem Umland zu ihm, sogar aus Koblenz. Ganz bestimmt könne er sich da anschließen. Acht Euro müsse er leider für die Stunde verlangen, denn er sei hier zur Miete.

Wie es schien, hatte er sogar mehr Zeit als nur einen Augenblick, denn er begann, ihn mit der Art seiner Yoga-Übungen vertraut zu machen, dazu gab es nämlich ganz unterschiedliche Ansätze. Seine Übungssequenzen enthielten im Wesentlichen Atemübungen, Sonnengruß, Asanas und Tiefenentspannung mit Übergang zur Meditation, die ihm besonders wichtig sei. Bei der ging es um das Zurruhebringen der Gedanken und des Bewusstseins, aber auch um die Gewinnung von Einsichten, die einem sonst meist vorenthalten blieben. Bisweilen gelinge es sogar, verborgene Möglichkeiten und Talente in sich zu entdecken. Das hörte sich interessant an, und Ralf meldete sich umgehend an.

Die Anfangsübungen glichen denen, die er von der Gymnastik her kannte, zu der er früher gegangen war, auch die Asanas erinnerten ihn an die isometrischen Übungen von damals. Zhangs Anleitungen zur Meditation waren für ihn jedoch Neuland, denn das Zurruhekommen der Gedanken war bislang nicht sein Ding gewesen. Nahezu unaufhörlich zogen sie durch seinen Kopf, sobald er wach war, und selbst im Traum setzte sich das bisweilen in skurriler Weise fort.

Jetzt sollten sie alle die Augen schließen und geschlossen halten, um sodann an ein imaginäres Fenster zu treten, durch dieses hinauszuschauen, um die dunklen Wolken und den Regen draußen zu sehen. Nach einer Weile würden sie das ganz allmähliche Abflauen des Regens und den nach und nach heller werdenden Himmel erkennen, sodann den Durchbruch vereinzelter Sonnenstrahlen, schließlich die weite, grüne Wiese und den vom Sonnenschein erleuchteten Horizont. Jetzt durften sie ihre Augen wieder öffnen. Die ganze Zeit über sollten sie an nichts anderes gedacht haben als an das, was er sie hatte sehen lassen. Diese Übung gehöre zum *Niyama*, der Konzentration auf sich selbst, eine Voraussetzung für den Zugang zur Meditation. Gleich sollten sie die Übung noch einmal wiederholen und versuchen, sie so langsam wie möglich ablaufen zu lassen, am besten über fünf Minuten.

So recht gelang es ihm noch nicht, das brauchte Übung, doch mit der Zeit würden seine Gedanken und das Bewusstsein bestimmt zur Ruhe kommen, so Zhang. Schon ging es an die nächste Wiederholung.

Heute war wieder Dienstag, da stand Zhang mit seinen Yoga-Übungen auf dem Programm. Um *Santosha*, die Zufriedenheit, sollte es diesmal gehen, sei doch der Mangel an ihr ein Hauptübel der modernen Gesellschaft. Dazu war es erforderlich, sich ganz auf ihr Zustandekommen zu konzentrieren. Man musste sich an einen einzigen Augenblick der Zufriedenheit erinnern, liege der auch noch so lange zurück. Es konnte dauern, bis er wieder ganz präsent wurde. Daran sollten sie festhalten, solange es irgend ging, denn damit nahm man der Unzufriedenheit ihren Raum. Wenn das noch nicht gelang, musste man nach einem Augenblick des

Glücks suchen, ein soeben bestandenes Examen, den ersten Kuss oder was auch immer, und dieses Gefühl verinnerlichen, solange es ging. Für Ralf war das keine Frage, schon flog er mit Sarah vom Neunerköpfle über das traumhafte Tannheimer Tal hinweg.

*Swadhyaya* stand am nächsten Dienstag bei Zhang auf dem Programm, da ging es um Übungen zum Selbststudium.

Die Klosterbrüder drüben suchten nicht nach ihrer Selbsterkennung und Selbstfindung, sondern nach einem imaginären Allmächtigen, der sich ihrer gnädig annahm. Mehr als *ora et labora*, beten und arbeiten, konnten sie dazu nicht beitragen. Zum andächtigen Beten waren auch ihre eindrucksvollen Gregorianischen Gesänge zu zählen, gesungene Gebete. Auch der eigenen Erbauung dienten sie. Darüber hinaus blieb ihnen nur die Hoffnung, erhört zu werden. So sah Ralf ihr allein auf Gott ausgerichtetes Bemühen. Falls sie dabei an sich dachten, galt es der Hoffnung, von ihm erhört zu werden. Ihr Selbststudium blieb dabei eher auf der Strecke.

Beim Swadhyaya hingegen ging es darum, in sich hineinzuhören, sein Inneres auszuleuchten und sich in den Übungen jeweils auf ein bestimmtes Ziel der Vervollkommnung auszurichten. Gewiss, das brauchte verdammt viel Übung, schließlich musste man dazu lernen, sich so, wie man war, unvoreingenommen zu betrachten. Letztlich ging es um die Erfahrung seines wahren Seins und um die Vereinigung mit diesem. Erreichte man das, kam es zur Verschmelzung mit dem kosmischen Bewusstsein und dessen Vereinigung mit dem wahren Selbst. Dies brauchte ein geduldiges, systematisches Training.

Auch Zhang bekannte, dazu lange an sich gearbeitet zu haben. Ralf erschien das fast wie eine mystische Religion, mal abwarten, ob dies etwas für ihn war.

*Pratyahara*, das sei die hohe Schule des Yoga. Fast andächtig schien Zhang in seinem Bemühen, ihnen dies nahezubringen. Zur Verschmelzung des wahren Seins mit dem kosmischen Bewusstsein werde es sie führen. Aber Ralf verstand ihn nicht recht, vermutlich war er noch nicht so weit, um das zu erschließen, aber das würde sich vermutlich noch zeigen.

Der Weg von Zhang Chengzhi zur Abtei führte am Klostergarten vorbei und er hatte vor der Vesper noch Zeit. So betrat er ihn durch den steinernen Torbogen und sah sich drinnen erst mal um. Gepflegt sah hier alles aus, sehr gepflegt. Bruder Timotheus trat zu ihm und hieß ihn willkommen, sicher hielt er ihn für einen Besucher. Wofür er sich besonders interessiere, fragte er ihn, denn hier gebe es vieles zu sehen. Nach kurzem Überlegen nannte Ralf den Kräutergarten, davon hatte er zumindest ein wenig Ahnung, denn Kräuter hatte er gern auf seinem Teller.

Sogleich erwähnte Bruder Timotheus Hildegard von Bingen, die Äbtissin aus dem frühen Mittelalter. Von ihr hatte Ralf schon gehört, kannte sich da aber nur oberflächlich aus. Dem konnte der Bruder Gärtnermeister abhelfen. Vertreterin der Mystik sei sie gewesen, mit der Religion, Medizin, Musik, Ethik und Kosmologie habe sie sich beschäftigt, und das schon im frühen 12. Jahrhundert. Sogar heilig gesprochen wurde sie später.

Sodann führte Bruder Timotheus ihn durch seinen

Kräutergarten. Ein Pflanzenname folgte dem anderen, alles komplizierte Fremdwörter aus der Botanik, da schaltete er bald ab, sollte er sich diese kryptischen Namen alle merken? Und wofür diese Kräuter alles gut waren, kaum zu glauben. Er brauchte einige davon zum Würzen und das langte ihm, jedoch hielt er durch bis zum Ende der Führung und bedankte sich.

Auf dem Weg zur Vesper beschäftigte ihn die Heiligsprechung, nicht nur die der Hildegard. Diese höchste geistliche Würdigung eines Gläubigen gab es ja heute noch und sie bedurfte einer Wundertätigkeit dessen, dem sie zuteilwurde, fast ausnahmslos Männern. Welche Wunder hatten die vollbracht? Bisweilen reichte es wohl auch, solche an jemandem ohne eigenes Zutun zu erkennen. Erleuchtungen gehörten wohl auch dazu, verbunden mit Aufträgen, die daraus folgten und wahrgenommen wurden.

Was waren Wunder eigentlich? Nur Unglaubliches, rational Unerklärbares, Überirdisches? Hatte diese Hildegard solches allein mit ihren Kräutern geschafft? Wie auch immer, er wollte jetzt erst mal genauer darauf achten, ob und wie die Vesper gewürzt war.

Beim Mittag fragte er sich, woher seine Zweifel an der Heiligen Schrift eigentlich rührten. Da gab es etliches, zum Beispiel die Wundertätigkeit Christi. Jetzt erinnerte er sich an einen Vortrag in seinem Club. Da hatte ein renommierter Augenarzt ihnen sozusagen die Scheuklappen von den Augen genommen.

Um die biblische Wundertätigkeit und deren Verkennung ging es dem Professor. Dazu zeigte er ein Bild aus einer uralten Bibel. Jesus stand dicht vor dem Blinden und machte ihn gerade sehend. Dazu legte er seine beiden Hände an dessen Schläfen und die Daumen auf dessen geschlossenen Augäpfel.

Genau so habe man bis in die Neuzeit Patienten mit grauem Star »kuriert«, erklärte ihnen der Professor. Mit festem Druck der Daumen auf die Augäpfel und einem kräftigen Ruck nach unten habe man damals die undurchsichtig gewordenen Linsen hinabgedrückt. Dadurch konnte das Licht nun frei durch den Glaskörper hindurch auf die Netzhaut treffen. Zwar sei das dann zu sehende Bild sehr unscharf gewesen, aber der Patient sah Licht und Umrisse. Mit der Zeit lernte das Gehirn, diese unscharfen Bilder etwas nachzubearbeiten, wodurch die Erkennbarkeit besser wurde. Wenn es da überhaupt so etwas wie ein Wunder gab, dann diese Leistung des Gehirns, so der Professor.

Die anschließende Diskussion im Club hatte sich vorwiegend um die Fragen gedreht, warum es überhaupt der vielfachen Wundertätigkeit Christi bedurfte, und weshalb sogar bis heute die heilig zu Sprechenden solche Wundertätigkeit vorzuweisen hatten.

Bald war man sich einig, diese Bibeltexte dienten vor allem dazu, schwächelnde Gläubige und sogar Ungläubige zum Glauben zu verhelfen. Aber waren die Menschen früherer Zeiten so viel naiver gewesen als heute?

Ralf hatte schon früher mal mit einem Geistlichen über solche Wundertätigkeit gesprochen. Dem war damals sichtlich nicht recht wohl dabei. Möglicherweise seien zumindest etliche dieser Wunder früher mal von Mönchen beim Abschreiben der Bibel, damals einzige Möglichkeit zur Vervielfältigung, erfunden worden, um die Ungläubigen endlich zum Glauben zu bewegen, so seine Vermutung. Diese Diskussion damals hatte ihn ein Stück weiter vom christlichen Glauben entfernt.

Wäre er mit Moslems zusammengetroffen, hätte seine Skepsis bezüglich des Korans ihn vermutlich schon sein Leben gekostet, so die viel zitierte Sure 2. Aber gerechterweise musste man berücksichtigen, diese Anweisung Allahs zur Tötung der Ungläubigen galt nicht generell, sondern nur für diejenigen, die versuchten, gläubige Moslems vom Glauben abzubringen.

Doch auch die Bibel kannte in Psalm 139 ein Tötungsverlangen aller Ungläubigen, und das sogar von Gott selbst. *Ach Gott, wolltest du doch die Gottlosen töten*, hieß es dort. Da sollte man etwas vorsichtiger mit der Islam-Kritik sein.

Die Verheißung eines ewigen, freudvollen Lebens nach dem Tode im trauten Kreis von Gesinnungsbrüdern und attraktiven Jungfrauen zog sich durch den gesamten Koran. Das größte Wunder war Allah selbst. Weitere Wunder bezogen sich zumeist auf Muhammad und seine erstaunlichen Leistungen als gänzlich Ungebildeter, des Lesens und Schreibens Unkundiger, jedoch von Allah geheimnisvoll Inspirierter. Erstaunlich viel hatte der Islam mit der Bibel, insbesondere mit dem Alten Testament und den fünf Büchern der Tora gemein.

Ralf schüttelte ein wenig den Kopf, nein, weit her war es mit seinem Glauben nicht, da ging es ihm wohl ähnlich wie Sarah. Eine Neigung zum Glauben verspürte er durchaus, aber dazu hätte es keiner Wunder, dafür eher glaubwürdiger Ansatzpunkte bedurft.

Nach dem Komplet war noch reichlich Zeit, und er

schlug wieder den Weg hinunter zum See ein, dort auf der Bank hatte er ja seinen Platz zum Sinnieren. Immer noch hatte er den eindringlichen Klang der geistlichen Lieder in den Ohren und das Bild der Mönche beim andächtigen Gesang vor Augen. Wurden sie gerade erhört? Vielleicht tat er ihnen bitter Unrecht, aber konnte das auch von einer bloßen Einbildung herrühren? Die Mönche mochten ihm solche Zweifel verzeihen.

Auf dem Rückweg kam er stets am Seehotel vorbei, in dem er vor einiger Zeit das Bräustüberl entdeckt hatte. Ob er sich heute mal ein Glas Wein genehmigen sollte? Schon lange hatte er keins mehr getrunken.

Hinten am Ausschank entdeckte er einen freien Tisch und setzte sich. Ein Viertel Riesling aus dem nahen Ahrtal bestellte er, nein, zum Essen brauche er nichts.

Als er das Glas fast zur Hälfte geleert hatte, setzten sich zwei Brüder zu ihm an den Tisch. Dieser sei so etwas wie der Stammtisch der Mönche, aber er solle doch bitte sitzen bleiben, so die beiden. Kurz danach kamen drei weitere dazu, darunter sogar der Abt, den er noch gar nicht kannte.

Alle tranken Bier, und das mit sichtlichem Genuss, denn schon nach dem ersten Schluck war der Krug halb leer, begleitet von einem tiefen, wohligen Atemzug und Abwischen der Lippen mit dem Handrücken.

Ralf war erstaunt. Waren das Brüder, die hier neben ihm gerade ins Weltliche abglitten? Die fünf saßen da wie herkömmliche Gäste, allein ihre Kutten wiesen sie als Benediktiner aus. Wie passte das zusammen? Auch ihre Unterhaltung beschäftigte sich meistens mit dem

Tagesgeschehen da draußen, sogar für Politik und Fußball schienen sie sich zu interessieren. Nach und nach schlossen sie auch ihn in ihre Unterhaltung ein. Der Abt fragte ihn, woher er käme. Als der ihm von seiner handwerklichen Tätigkeit hier im Kloster berichtete, wurde er im Handumdrehen einer von ihnen. Von der Geistlichkeit und den Benediktinerregeln war an diesem Abend keine Rede. Er hatte eher den Eindruck, die Klosterbrüder hier im Klosterstüberl wollten einfach auch mal säkulare Luft atmen.

Mit etwas schlechtem Gewissen bestellte er sich noch ein zweites Viertel Riesling, denn das hier ging sicher noch einige Zeit weiter. Und er wunderte sich, die Brüder mussten doch schon um halb sechs zur Morgenhore, wie schafften die das bloß? Nun, er war ja auch noch nie da gewesen, vielleicht konnte man die ab und zu auch mal schwänzen.

Ralf spürte seine beiden Viertel inzwischen recht deutlich, aber das war gar kein so schlechtes Gefühl, auch gedanklich konnte er da mal alle Fünfe gerade sein lassen und diese ungewohnte Leichtigkeit genießen.

Kaum hatte er die Tür seiner Klause hinter sich geschlossen, legte er sich, so wie er war, auf sein Bett und schlief sogleich ein.

Irgendwann bekam er Besuch, Besuch von einem Traum, der sich da zu ihm in seine enge Klause eingeschlichen hatte. Dieser unsichtbare Gast tat ihm irgendwie gut, denn nun war er nicht mehr so allein. Bald nahm dieser ihn an seine Hand, führte ihn hinaus in die weite Welt, hinauf in die Lüfte. Sein Paraglider nahm Fahrt auf, Richtung Süd, bald schon nahte die schneeweiße Zugspitze. Um sie drehte er eine Runde, dann noch eine und etliche weitere. Wie von fremder Hand gelenkt, führten diese Runden ihn jetzt wieder hinab, bis er den Schnee unter seinen Füßen spürte.

Und schon zeigte sich ihm auf glitzerndem Eis das Paradies, denn dort erblickte er seine Sarah! Da saß sie, von der Sonne bestrahlt, im tiefen Schnee und winkte ihm zu, als habe sie hier auf ihn gewartet. Sogleich wollte er sie umarmen und sprang zu ihr, doch schon stieß sein Kopf an den kleinen Nachttisch. Der kippte krachend um, und er erwachte in einer brutalen Realität, die er nicht sogleich erkannte oder erkennen wollte.

Schließlich besann er sich darauf, wo er war. Und der Kopf tat ihm weh. Vom Stoß oder vom Wein, egal, er schmerzte. Aber nicht der allein, auch tief im Inneren empfand er Schmerz, jedoch einen anderen. Und er wusste, der würde ihm erst mal bleiben.


Am nächsten Tag wollte er sich dieser Bibliothek mit ihren tausend und mehr Büchern widmen, denn bislang hatte er sie immer nur in ihrer Gesamtheit bewundert, aber noch nie ein einziges Buch in der Hand gehabt. Gleich neben dem Eingang sah er den dicken Fundstellenkatalog liegen, in den musste er sich erst mal einarbeiten. Am besten, er fing mal mit A an. An… Anfa… Anfang … des Lebens. Das klang vielversprechend, da könnte er sich jetzt mal klug machen. Vielleicht fand er wieder so was Interessantes wie damals im Deutschen Museum, wo es um den Urknall des Kosmos ging.

Rasch entdeckte er das gesuchte Buch, wie angegeben unten im Regal IV links. Ein junger Chemie-Student namens Stanley Lloyd Miller hatte 1953 zusammen mit seinem Kommilitonen Harold Urey die Fachwelt mit einem simplen Experiment völlig verblüfft: In einem Glaskolben hatten sie schlicht und ergreifend Wasser zum Sieden gebracht. Dessen Wasserdampf vermengten sie mit Methan, Ammoniak und Wasserstoff zu einem Gemisch, wie es vermutlich in der Urzeit mit den Vulkanschwaden über die Erde hinweggezogen war. Dieses Gemisch ließen sie durch einen Glaskolben strömen, in dem sie mittels Elektroden Funken erzeugten, wodurch das Gemisch zu Reaktionen angeregt wurde. Auch das konnte so ähnlich in der Urzeit tief unten in den Vulkanen passiert sein, wenn etwa Gewitterblitze das Gemisch zu Reaktionen anregten. Im Ergebnis entstanden dabei im Experiment der beiden Studenten überraschenderweise Aminosäuren, die Grundbausteine des Lebens. An dieser Schwelle zum Leben hätte es also schon damals passieren können, daraus die ersten Einzeller zu erzeugen. Ralf schüttelte den Kopf – wieder so eine Geschichte, die der Bibel widersprach.

Dafür hätten beide später auch den Nobelpreis verdient gehabt, doch sie bekamen ihn nicht, weil beide zuvor verstarben und der Preis nur an Lebende vergeben wurde. Hatte sie vielleicht der Unwille und die Strafe des Schöpfers getroffen?

Nach der Vesper ging er die wenigen Schritte hinunter zum Laacher See und setzte sich auf den Steg. Auch dieser See war einst durch vulkanische Eruptionen entstanden. Sicher hätten auch dort ganz unten in der Tiefe die allerersten Schritte zum Leben auf der Erde ihren Ausgang nehmen können, nur kamen diese Eruptionen hier viel später. Noch eine ganze Weile blickte er versonnen über das Wasser hinweg, denn still und unschuldig ruhte der See, als sei er an solcher Gottlosigkeit nie beteiligt gewesen.

Doch diese Idylle konnte eine trügerische Ruhe vortäuschen, denn unlängst hatten die Geologen etwas Erstaunliches festgestellt: Weit unter dem See herrschte alles andere als Ruhe, weil bereits Vulkangase an die Oberfläche sprudelten. Bis zu 45 Kilometer unter ihm war es immer noch gewaltig am Brodeln. Vor bald 13.000 Jahren waren etwa 6 Kubikkilometer Materie emporgeschossen und dann sogar bis in Schweden und Italien vom Himmel gefallen.

Bald neigte sich der Tag, es war Zeit, sich zum Komplet und den Gregorianischen Gesängen der Brüder einzufinden. Ihr Chor gefiel ihm besonders, da konnte man sich gut in die Gefühlswelt der Mönche hineinfinden und ein wenig mitsummen.

Später in seiner Klause ging ihm die Schöpfungs-Simulation der beiden Studenten noch mal durch den Kopf. So simpel sollte alles Leben begonnen haben? Eine absurde Geschichte … Er musste an die Alchemistenküche von Goethes Doktor Faust denken, der wollte ja auch herausfinden, was die Welt im Innersten zusammenhielt, war aber letztlich daran gescheitert. Nur gut so. Da war dieser Urknall des Kosmos schon deutlich beeindruckender.

Inzwischen gab es für Ralf eine neue Aufgabe. Die Turmuhr lief zwar wie gewohnt, doch das Glöckchen war verstummt. Ob er da vielleicht mal nachschauen könnte?, wandte sich Bruder Franziskus, der Hausmeister, an ihn.

Zur Turmuhr hinauf führte eine steile Treppe, dann eine Leiter und zuletzt einige quer liegende, lose Bretter. Die Uhr selbst war nicht das Problem, nur der Anschlaghammer für die Glocke hing herunter, kein Wunder, wenn die keinen Ton mehr von sich gab. Jetzt musste er erst mal den Werkzeugkasten holen. Als er unten ankam, sah er Julius dort stehen. Er musste ihn gar nicht erst fragen, zu gerne mochte er da mit ihm hinaufsteigen. Aber er sollte erst mal seinen Vater um Erlaubnis fragen, ganz ungefährlich war das nämlich nicht.

Als Ralf mit dem Werkzeugkasten zurückkam, stand Julius schon wieder da. Ja, er durfte, nur vorsichtig solle er sein.

Behänd kletterte er voran, Ralf hinterher. Zuerst erklärte er ihm oben, wie der Anschlag ausgelöst wurde und warum er nicht mehr funktionierte. Dann stieg Julius rüber zur Uhr und betrachtete sie interessiert, doch Ralf musste ihm noch einiges dazu erklären. Julius staunte, wie groß die Zeiger waren, den größeren konnte er sogar direkt vorrücken sehen.

»Wenn die Uhr mal stehen bleibt, hält dann auch die Zeit an?«, fragte er ihn.

Ralf lächelte, nein, nein.

»Warum nicht?«

»Weil die Zeit nie anhält, selbst dann nicht, wenn die Uhr anhält. Das war schon so, als es noch gar keine Uhren gab.«

»Dann kann man die Zeit sicher auch nicht zurückdrehen, oder?«

»Nein, das geht leider, leider gar nicht.«

»Warum leider?«, wollte Julius wissen.

»Weil man sie manchmal liebend gern zurückdrehen würde, und seien es nur fünf Minuten«, antwortete Ralf.

Er wischte sich rasch übers Auge, als wäre ihm da etwas hineingekommen.

»Und kann man gar nichts machen, um die Zeit anzuhalten?«

»Nein, rein gar nichts, es sei denn, man könnte die Erddrehung anhalten.«

»Und wenn man die nur ein bisschen bremste, würde dann die Zeit langsamer vergehen?«

»Ein bisschen schon, aber das würde man kaum bemerken.«

»Schade, dass man die nicht ausbremsen kann«, sagte Julius beklommen. »Dann würden die Ferien länger dauern.«


Am Folgetag begab sich Ralf wieder in die Bibliothek. Lediglich zwei Klosterbrüder saßen dort, einer beugte sich über sein Buch, der andere schien eingeschlafen zu sein, kein Wunder, mussten sie doch schon in aller Herrgottsfrühe an der Morgenhore teilnehmen. Doch das Buch, das er suchte, über den Anfang des Lebens, war nicht zu finden, vielleicht war es gerade ausgeliehen. Stattdessen nahm er sich Herder vor, von ihm hatte er bislang kaum etwas gelesen. Johann Gottfried hieß er, um die Mitte des 18. Jahrhunderts irgendwo in Ostpreußen geboren.

Ziemlich weit oben standen seine Werke, da musste

die Leiter her. *Ideen zur Geschichte der Menschheit*, das klang interessant. Etwas zerlesen war das Buch, einige lose Seiten schauten schon heraus.

Vorsichtig blätterte er Seite für Seite um. Weiter hinten fand er zwischen den Seiten einen etwas zerknitterten handschriftlichen Zettel. Was war denn das?

Er traute seinen Augen nicht: eine flüssige, einigermaßen lesbare elegante Handschrift, nach rechts geneigt, darunter ein Name: JWGoethe, das *G* mit einer geschwungenen Unterlänge, eine zweite, noch längere, nach dem letzten *e*.

In einem Anflug von Erregung hielt er das Blatt gegen das Licht, das aus den schmalen Fenstern strömte. Nein, das war kein Faksimile, das Papier war hauchdünn mit einem Fettfleck, zwei kleinen Löchern und einem Einriss, dazu vergilbt und faltig, fast schon in Auflösung begriffen. Das konnte nur ein Original sein, zumal es mit fahler, ins Hellblaue verwässerter Tinte beschrieben war.

Als er las, was darauf geschrieben stand, wurde sein Herzschlag schneller:

*Mein Wunsch Sie zu sehen, wird, hoffe ich morgen erfüllt werden und wenn meine Gegenwart gleich keine Hülfe bringen kann, so ist die Ableitung der Gedanken, bei einem dauernden Übel, doch immer schon etwas.*
*Karl befindet sich in seinem neuen Zustand ganz leidlich, nur beim Eintritt der Nacht tritt auch, wie es bei Kindern immer geschieht, die Sehnsucht nach dem gewohnten Zustande ein.*
*Ich wünsche daß Sie sich wie bisher erhalten mögen.*

*Ich habe vieles, worüber ich Ihre Gedanken zu verneh-*
*men wünsche.*
*Weimar am 8. November 1799*          *JWGoethe*

Unglaublich, der große Meister selbst, reiner Wahnsinn!
Ralf war regelrecht von den Socken. Wie nah ihm dieses Urgestein kam, gerade so, als blicke er ihn an und ermutige ihn zum Lesen seines Briefs. Ein irres Gefühl.

Und schon beschlich ihn ein Gedanke, den er jedoch rasch zurückwies: Dieser Zufallsfund hatte in Herders Buch ganz und gar nichts zu suchen. Wie er da überhaupt hineingelangt war? Wenn er ihn mitnahm, niemand würde ihn da vermissen, ganz gewiss nicht. Mann, solch einmalige historische Dokumente wurden doch bei Sotheby zu abenteuerlichen Beträgen versteigert, davon konnte man wer weiß wie lange leben.

Dennoch, es wäre Diebstahl. Aber ein minder schwerer, denn niemand würde geschädigt. Doch es ging ums Prinzip, stehlen oder nicht stehlen, ganz einfach. Ihm war schon klar, würde er ihn sich aneignen, stünde alsbald sein zweites Ich neben ihm und blickte verächtlich auf sein erstes herab. Sollte er sich das antun?

Wie unter einem Zwang steckte er das Blatt ein, nachdem er es sorgfältig in Papiertaschentücher eingewickelt hatte. Erst mal, denn er konnte ihn ja immer noch zurückbringen, und das von jetzt auf gleich. Und schon schoss wie ein Blitz ein Gedanke durch seinen Kopf: Mit der Versteigerung konnte er Sarahs Bergung und Beerdigung bezahlen. Doch schnell schob er diesen Gedanken wieder weg – Sarah wäre es nicht recht gewesen, wenn er für sie ein Unrecht beging.

Aber zurücklegen wollte er den Fund auch nicht, zumindest *noch* nicht.

Und wenn er erwischt würde? Von wem denn, etwa von den beiden schläfrigen Mönchen? War er erst mal draußen, konnte er sagen, das sei ein Erbstück seiner Oma, das er als Goethe-Fan stets wie einen Talisman bei sich trage. Den Diebstahl könnte man ihm gewiss nicht nachweisen, selbst wenn es danach aussah, bestimmt wusste keiner von der Existenz des Dokuments in Herders Buch.

Am besten, er forschte vorsorglich gleich mal nach, wie eine solche Vererbung hätte ablaufen können. Doch das war gar nicht so einfach, ewig lang musste er mit Hilfe des Fundstellenkatalogs suchen und suchen.

Also, Goethe selbst hatte fünf Kinder, von denen vier bald nach ihrer Geburt verstarben, allein ein August Walter von Goethe hatte überlebt, jedoch war er zwei Jahre vor seinem Vater in Rom verstorben. Goethe selbst hatte verfügt, alle seine handschriftlichen Unterlagen zu seinen Werken seien dem Staat Sachsen-Weimar-Eisenach zu übergeben, lediglich private Briefe und dergleichen blieben davon ausgenommen. Somit war davon auszugehen, dass sein Enkel Walter Wolfgang von Goethe diese bekommen hatte. Der war 1885 verstorben. Vermutlich waren diese privaten Unterlagen dann in das Eigentum dessen Sohnes übergegangen, der 1918 verstarb. Von da an verlor sich die Spur. Zumindest hatte der eine Tochter, die 1945 im Bombenhagel Berlins ums Leben gekommen war. Wie seine Oma dann an den Brief gekommen sei, bliebe ungeklärt, zumindest sei dieser, seiner angeblichen Erinnerung nach, bei der Auflösung ihres Nachlasses aufgetaucht und später bei ihm gelandet. Das klang doch alles einigermaßen plausibel und war kaum zu widerlegen.

Gleichwohl war ihm ziemlich unwohl bei dieser Aufstellung, sprach sie doch für eine gehöriges Maß an krimineller Energie. Aber es war ja nur sein Denkmodell für den gänzlich unwahrscheinlichen Fall der Fälle. Und was den Diebstahl betraf, so hatte er den Brief vorsichtshalber ja nur in Verwahrung genommen, sonst könnte er aus Herder Buch irgendwann herausflattern und von der Putzfrau achtlos weggeworfen werden. Zumindest dieses Schicksal konnte ihm dank seiner Vorsorge jetzt nicht mehr drohen.

Zum Lesen kam er jetzt nicht mehr, Herders *Ideen zur Geschichte der Menschheit* musste halt warten. Gleichwohl blieb er in der Bibliothek nachdenklich sitzen. Da draußen gab es doch viel schlimmere Gauner, ohne jegliche Gewissensbisse rafften die an sich, was sie nur zu fassen bekamen, und lachten sich ins Fäustchen, clever hatten sie das angestellt, prima. Wenn das noch etliche Zeit so weiterginge, schrecklich. Doch war das überhaupt aufzuhalten?

Er musste an diese elenden CUM-EX-Gauner denken. Unlängst hatte das Fernsehen darüber berichtet. Irrsinnige Summen hatten die dem Staat und damit seinen redlichen Bürgern mit krimineller Hilfe der Banken gestohlen, über 55 Milliarden, das meiste davon hierzulande. Und sie fühlten sich pudelwohl dabei, keiner von denen hatte ein zweites Ich, das neben sie treten konnte, so moralisch verkommen waren sie. Dagegen war sein Diebstahl doch nur eine Petitesse, kaum der Rede wert, zumal niemand geschädigt wurde. Doch ihm blieb es nicht erspart, seine Gedanken von eben als das zu erkennen, was sie waren, eine windige Rechtfertigung seines Diebstahls.

Das Konventamt hatte er jetzt verpasst, an der Tageshore wollte er aber auf jeden Fall teilnehmen. Als die Klosterbrüder ihre Choräle anstimmten, hoben sie ihn sogleich in eine gänzlich andere geistliche Welt, weitab von diesen raffinierten Gaunereien da draußen. Das tat ihm gut, sehr gut sogar. Hatte das irgendwie mit einer Nähe zu Gott zu tun? Oder gar mit Gottes Nähe zu ihm? Letzteres gewiss nicht, einem Dieb würde er sich wohl kaum zuwenden. Und seine eigene Zuwendung zu ihm? Das war ein ganz eigenes, bislang offenes Kapitel. Wer weiß, vielleicht würde er hier einer Klärung näherkommen.


Als er vom Refektorium zurück in die Bibliothek kam, entschloss er sich, jetzt mal grundsätzlich darüber nachzudenken, wie menschliche Gedankengänge so abliefen. Dazu begann er, ein elementares Denkmodell zu entwerfen. Ganz einfach sollte es sein. Mit einem simplen Regal, so wie das neben ihm in der Bibliothek, begann er. Dieses hatte übereinander schmale, offene Fächer. Das wichtigste Fach war das oberste, das stellte die Agenda dar, die für das aktuelle Denken und das zielgerichtete, bewusste Wollen und Handeln zuständig war. Es wurde durch eine Art Auftragsblatt gesteuert, das dort oben abgelegt wurde. Legte man darüber ein neues Auftragsblatt, überdeckte es das alte und war nun seinerseits für die Regie der geistigen Aktivitäten zuständig. Der Mensch war ja nicht in der Lage, mehreren unabhängigen Gedanken und Aufgabenstellungen gleichzeitig zu folgen. Zwar konnte man zum Beispiel telefonieren und parallel Schach spielen, aber das höchst unvollkommen. Also eins nach dem anderen.

In den Fächern darunter lagen weitere Auftragsblätter, die dort auf ihre Vorlage dort oben warteten. Legte man dann eines davon ins oberste Fach hinauf, bestimmte dieses den Gang der Dinge, der Verstand schaltete gedanklich um. Das ließ sich willentlich recht gut steuern, aber auch von spontanen Einfällen und Ereignissen wurde es getrieben.

Bisweilen kam jedoch von irgendwo ein anderes Blatt ganz selbstständig dahergeflogen und legte sich frech aufs oberste Blatt. Das störte ungemein und hielt uns auf. Woher kam dieses Blatt? Vom Gewissen. Es kam nicht von ungefähr, hatte es doch aufgepasst, was da gerade auf der Agenda passierte, und mischte sich ein, sobald es sich moralisch aufgerufen fühlte. Somit störte es die Agenda im Abarbeiten ihres aktuellen Auftrags enorm, denn die tat sich jetzt schwer, das Für ihres Vorhabens gegen das Wider des Gewissens abzuwägen. Nicht selten kam es da zu einer regelrechten Rangelei zwischen Aktionen und Gewissen.

Immerhin war man in der Lage, dieses Blatt, das sich selbstherrlich eingemischt hatte, abzuweisen oder sogar zerknüllt in den Papierkorb nebenan zu werfen. Aber bisweilen mit begrenztem Erfolg, wenn es sich von selbst wieder entfaltete, um sich wie eine lästige Fliege erneut auf das oberste Fach zu legen. Da half dann nur eins, es in kleine Stücke zu zerreißen und ab in den

Papierkorb oder es zu verbrennen. Aber damit war das Ganze manchmal immer noch nicht erledigt: wenn sich im Nachhinein ein schlechtes Gewissen einstellte.

Dieses Modell gefiel ihm richtig gut, vor allem der letzte Teil, denn der beschrieb nichts anderes als die Gewissenlosigkeit. Dachte man etwa an den Holocaust, ihre Erfinder und Vollstrecker, so konnte das nur passieren, wenn bei ihnen dieses Zerreißen und Verbrennen des Gewissenseinspruchs unaufhörlich von früh bis spät stattfand und der Unmenschlichkeit freien Lauf ließ.

Mann, da war sie doch, diese autonome Einflussnahme namens Gewissen. Bedauerlich nur, dass man es willentlich betäuben, zurückdrängen oder sogar dauerhaft abschalten konnte.

Und schon kam ihm die Frage, wie sich das mit seinem Diebstahl von Goethes Brief nun verhielt. Denn den trug er immer noch in seiner Jackentasche mit sich herum. Nun gut, er konnte ihn ja wieder in Herders Buch zurückstecken, und schon wäre er wieder mit sich im Reinen. Aber er musste sich eingestehen, irgendwie war es kein so schlechtes Gefühl, ihn zu besitzen.

Genau genommen war es zunächst ja nur eine zufällig aufgetauchte Versuchung gewesen, in die ihn dieser Brief und nicht er selbst gezogen hatte, erlegen war er dieser noch nicht. Oder doch? *Und führe uns nicht in Versuchung*, hieß es im Vaterunser. Aber dem wollte er das nicht anlasten. Er selbst war es auch nicht, diese Versuchung war auf ihn von ganz allein zugekommen. Also musste es der große Unbekannte sein. Damit kam er schon besser zurecht.

Immerhin, er war im Besitz dieses kostbaren Fundstückes. Allerdings, war es auch sein Eigentum? Da gab es schon einen Unterschied, das wusste er aus der Schule. Auf dem Besitz konnte man sitzen, ohne ihn erworben zu haben. Hatte man ein Auto gemietet, konnte man es lediglich nutzen. Erst wenn man es gekauft und bezahlt hatte, wurde es zum Eigentum.

Was überhaupt konnte eines Menschen Eigentum sein, außer diesen Dingen, die man sich kaufen konnte?

Im Fundstellenkatalog fand er einen Hinweis auf Aristoteles: *Zwei Dinge sind es vor allem, die Fürsorge und Zuneigung der Menschen auf sich ziehen: das Eigentum und das, was man liebt.*

Thomas von Aquin unterschied zwei Arten von Eigentum, Güter zum Gebrauch, wie einen Spaten zum Umgraben, und solche, über die man verfügen konnte, etwa Äpfel zum Essen oder Verkaufen.

Karl Marx forderte die gänzliche Abschaffung bürgerlichen Eigentums. Schuhe zum täglichen Gebrauch zählten nicht dazu, wohl aber Drehbänke zur Produktion.

Auch Konfuzius hatte sich dazu geäußert. Seine Schüler schrieben damals auf, was sie aus seinem Munde vernommen hatten. *Der sittliche Mensch liebt seine Seele, der gewöhnliche sein Eigentum.*

Das verstand er sofort. Noch war er als bloßer Besitzer des Briefes ein sittlicher Mensch geblieben, doch würde er sich den Brief durch Diebstahl aneignen, um ihn zu verkaufen, würde er umgehend zum gewöhnlichen Menschen herabgestuft. Somit wollte er zumindest einstweilen mit Blick auf seine Seele lediglich Besitzer des Briefes bleiben.

Da hatte er nun reichlich Stoff zum Nachdenken. Irgendwie klang es danach, als wären allein die Bettelmönche auf dem richtigen Weg. Hatte man nur das Allernötigste, was man zum Leben brauchte, war man so frei und sittlich, wie Menschen nur sein konnten. Nur Hegel sah das wieder anders, für ihn war privates Eigentum Bedingung für individuelle Freiheit.

Am Sonntag in der Messe ging es in der Predigt um des Menschen Dasein und dessen Sinn. Die Botschaft des Priors war recht einfach: Das von Gott geschenkte Dasein verpflichte den Menschen zu einer allzeit gottesfürchtigen Lebensführung unter strikter Einhaltung der zehn Gebote.

Ihm war das zu einfach. Doch welchen darüber hinausgehenden Sinn sollte die irdische Existenz haben? Nein, Gottesfurcht und Einhaltung der Gebote konnten nicht der einzige sinnstiftende Grund sein. Genau genommen war es doch so, die Erde brauchte den Menschen überhaupt nicht, im Gegenteil, ohne ihn ginge es ihr vermutlich sogar besser, keine Ausbeutung ihrer Ressourcen, keine Belastung ihrer Atmosphäre durch allerlei Abgase und Gifte, keine mutwilligen Zerstörungen und Tode durch sinnlose Kriege. Vermutlich kamen schließlich alle anderen Planeten ohne diesen Homo sapiens bestens aus. Aber da er nun schon mal da war, was sollte seiner Existenz hier auf Erden wirklich Sinn geben? Gab es so etwas wie eine Sinnstiftung? Und wenn es sie gab, kam diese aus dem Inneren heraus und führte durchs Leben, oder wirkte sie gar von außen in geheimnisvoller Weise in den Menschen hinein? Wäre beides nicht der Fall, würde die menschliche Existenz dann womöglich sinnlos sein?

In Pater Pius′ Bibliothek wollte er dieser Sinnfrage des Daseins auf den Grund gehen. Zur Thematik Dasein und Sein gab es eine schier unübersehbare Fülle von Literatur. Viele große Geister hatten sich dazu schon ihre Gedanken gemacht. Thomas von Aquin, Schüler von Albertus Magnus, war einer von ihnen. Im Kloster Montecassino beschäftigte er sich bereits im Mittelalter mit diesen grundlegenden Fragen, ebenso Kirchenvater Augustinus. Noch weit früher, 300 Jahre vor der Zeitrechnung, hatte sich bereits Aristoteles, Schüler Platons, der Problematik des Seins und der Seienden zugewandt. Bisweilen meinten diese Philosophen, das Sein sei im Kern nur eine Idee. Andere sahen das wieder ganz anders: Es gebe nur ein einziges Sein, Gott, und alles andere sei davon abgeleitet.

Uff, tief in die Ontologie und Metaphysik ging das, auch reichlich sophistisch schien es, das überforderte ihn bei Weitem. Diese Existenzphilosophie und all die anderen Vorstellungen und Theorien, das war doch eher was für Geistesakrobaten wie Kant, Hegel, Heidegger und wie sie alle hießen, aber nichts für ihn.

Nikos Kazantzakis Inschrift auf seinem Grabstein in Heraklion fiel ihm wieder ein: *Ich erhoffe nichts, ich erwarte nichts, ich bin frei.*

Kam er ohne Sinnstiftung aus? Gab dann trotzdem etwas seinem Leben Sinn?

Bekanntlich starb die Hoffnung zuletzt, ohne sie war das Leben doch hoffnungslos. Und ohne Erwartung? Nun, Erwartung richtete sich zumeist auf etwas Positives, dem man frohgemut entgegenblickte. Wenn man sich wie Kazantzakis auch davon löste, was blieb dann noch übrig? Und ging es um ungünstige Erwartungen, dann waren es meist Ängste, und die brauchte man schon zweimal nicht.

Siddhartha Gautama hatte sich schon vor mehr als zweieinhalb tausend Jahren dazu seine Gedanken unter diesem Baum in Nepal gemacht und erwachte nach einer Woche schließlich mit einer Erkenntnis, die Ralf noch weniger begeisterte: Das ganze Leben sollte ein einziges Leiden sein, und es ging allein darum, durch bewusste Entäußerung seines Selbst bis hin zum Nichtselbst daraus einen finalen Ausgang ins Nichts ohne Wiederkehr zu finden, ein Ende, als sei man nie dagewesen.

Nein, danke. Leid hatte er genug erfahren, sollte er jetzt allein auf sein Ende im Nichts hinarbeiten?

Als er damals in China bei den buddhistischen Mönchen im Kloster war, verwunderte ihn allerdings schon, mit welcher Fröhlichkeit sie unablässig ihre Gebetstrommeln rotieren ließen. Sollte ihre so offensichtliche Fröhlichkeit allein von der Aussicht auf ein Leidensende gespeist werden? Und wenn es so sein sollte, gäbe das überhaupt einen Sinn? Dann doch besser kein Leben, wie auf den anderen Planeten.

Da boten die anderen Religionen weit mehr, sogar unglaublich viel mehr, Verheißungen vom Allerfeinsten. Doch auch mit denen hatte er seine liebe Not. Im Neuen Testament wurde den Gläubigen, Gottesfürchtigen und Gebotstreuen das ewige Leben im Paradies in Aussicht gestellt oder gar versprochen. Konnte man überhaupt mehr verlangen? Da hatte er gehörige Zweifel. Ein Argument ließ er gleichwohl gelten: Diejenigen, denen es gelang, im unerschütterlichen Glauben an die religiösen Verheißungen zu leben, hatten Hoffnungen, und mit denen lebte man allemal besser als die Hoffnungslosen.

Mehr und mehr geriet er bei diesen Betrachtungen in ein Fahrwasser, das ihm nichts Gutes verhieß. Er wusste schon, er neigte zu Übertreibungen, doch heute ließ er ihnen mal freien Lauf. Pater Pius wäre sicherlich entsetzt, wenn er ihm seine Sicht vortragen würde.

Und schon meldete der sich zu Wort und bat ihn aus dem Hintergrund, eines zu bedenken: Machte er sich nicht selbst arm, wenn er Abstand von diesen Verheißungen, ja sogar vom Glauben insgesamt nahm? Vergab er gar die Chance seiner Erweckung? Das sollte er bedenken, denn überall in der Welt gebe es Erweckte, und diese gaben an, vom Erwecker tagtäglich Zuwendung, Trost und Stärkung im Glauben zu erhalten. Sogar sprechen konnten sie zu ihm und ihre Gebete würden erhört.

Wie auch immer, heute erschien es ihm wie ein frommer Selbstbetrug.

Doch nicht genug damit, da gab es noch etwas, was er geradezu abartig fand. Ob man diesen Verheißungen Glauben schenkte oder gar auf sie vertraute, war den Gläubigen keineswegs freigestellt, sie *mussten* glauben, um diese Verheißungen zu erlangen, ihrer würdig zu sein. Das hatte nichts mit *schenken* zu tun. Verdienen musste man sich diese durch ein allzeit gottesfürchtiges Leben unter Beachtung der zehn Gebote, ergänzt um das stetige Aufsagen des Glaubensbekenntnisses und Vaterunsers. Folgte man dem nicht, fiel man den schrecklichsten Strafen der Endzeitabrechnung, dem Jüngsten Gericht mit all seiner Brutalität zum Opfer, und das obendrein zum Zeitpunkt der Wiedergeburt Christi. Eine Drohung und nichts anderes war das. Die Auferstehung musste man sich also verdienen, das hatte herzlich wenig mit Gnade zu tun. Man brauchte nur ins Matthäus-Evangelium zu schauen, schon lief es einem kalt über den Rücken. Salopp gesagt, ging es da nach dem Motto »Zuckerbrot und Peitsche«. Das ganze Leben eine unterwürfige Bewährungsprobe, die man abzuleisten hatte, Tag für Tag.

Die Kirche hatte obendrein noch zusätzlich etwas erfunden, was sie unabkömmlich machen sollte: die Erbsünde. Nur mit ihrer Hilfe konnte man von dieser befreit werde. Ererbte Sünde? Im Leben war es doch so, wenn einem das Erbe nicht gefiel, konnte man es ganz einfach ausschlagen.

Und die Sünden, wie wurde man zu deren Opfer? War gar schon der bloße Unglaube Sünde? Selbst dann, wenn man sich an die irdischen Gesetze und die gesellschaftlichen Moralregeln für das Zusammenleben hielt? Da passte zu viel nicht mit seinen Ansichten zusammen, und er war nicht in der Lage, sie derart grundlegend zu ändern oder gar über Bord zu werfen. Seine Welt war zu sehr von der hiesigen geprägt, in der er lebte, und zu wenig von einer jenseitigen, die man lediglich erhoffen konnte.

Für ihn sah es so aus, als sei der Mensch selbst und mit ihm die gesamte Menschheit ganz allein für den

Sinn ihres Lebens zuständig. Die verschiedenen Religionen zogen ihre Existenzberechtigung doch allein aus der Unfähigkeit der Menschen, ihr Glück schon auf dieser Welt selbst zu finden.

Dann, mitten in der Nacht, wachte er auf, vermutlich hatte es in ihm weitergearbeitet. Ganz klar sah er jetzt das Ergebnis seiner Bemühungen, das Zusammenwirken der menschlichen Gedankengänge zu erkennen:

Die Menschen lebten nicht in *einer* Welt, sondern in deren drei: in der Realwelt, der Vorstellungswelt und in ihrer Traumwelt.

Da war zunächst die Realwelt, die nahm der Mensch mit seinen fünf Sinnen ganz bewusst so wahr, wie sie nun mal war. Da ging es meist um eindeutige Fakten wie das Wetter, die Arbeit, die täglichen Verrichtungen und vieles andere mehr, sowie um offensichtliche Zustände wie Armut und Ungerechtigkeit.

Ganz anders die Traumwelt. Meist nahmen die Träume ihren Ausgang von Erlebnissen oder Wunschvorstellungen, bisweilen aber auch von irrealen Ängsten oder rein zufälligen Wahnvorstellungen ohne jeden Bezug zur Wirklichkeit. Ihnen war gemein, völlig unbeherrschbar im Kopf zu vagabundieren, gerade so, wie sie wollten. Wachte man auf, wurde einem recht bald bewusst, nahezu alles war Unsinn oder zumindest irreal. Schön waren manche Träume bisweilen trotzdem, andere wiederum ganz schrecklich, doch beides dauerte nur bis zum Aufwachen.

Weit mehr interessierte ihn die Vorstellungswelt, zumal sie im Wachen ihren Platz hatte und breiter aufgestellt war. Mit ihrer Hilfe konnte man in der Vorstellung seiner Zukunft zu einem erfüllteren Leben gelangen, erfüllter als das oft öde dahinschleichende Realleben allein. Und das schon hier im Diesseits, wie etwa bei der Urlaubsplanung. Dazu trugen vor allem Hoffnungen und Erwartungen zur künftigen Realität bei, die man sich selbst zurechtzimmerte oder die einem nahegelegt wurden. Diese Vorstellungen bildete man sich zumeist aus freiem Willen, bisweilen drängten sie sich einem auch auf, aber man hatte sie einigermaßen im Griff. Natürlich betraf das auch das jenseitige Leben, sofern man daran glaubte. Doch auch die Ungläubigen profitierten von beglückenden Vorstellungen im Diesseits, und das nicht zu knapp. Dazu zählten auch halbwache Tagträume und Wunschvorstellungen.

Genauer betrachtet, war diese Vorstellungswelt jedoch vielfältiger. Da gab es auch eine Verwandte, die Scheinwelt. Sie gab dem Betrachter den Anschein, als lägen die Dinge tatsächlich so, wie sie ihm gerade als mutmaßliche Realität erschienen. Früher oder später entpuppten sich diese dann als bloßer Schein. Damit widerlegten sie sich von selbst und führten meist zu Enttäuschungen.

Wie kam es überhaupt zum Anschein der Dinge in dieser Scheinwelt? Da spielte das Unterbewusstsein eine entscheidende Rolle. Dieses lag versteckt unterhalb des Bewusstseins und gab einem bei entsprechendem Training den Anschein, als handelte es sich um einen Teil der Realität. Im Griff hatte man das ganz und gar nicht. Bisweilen hielten sich diese Zustände länger und führten zu Einbildungen, die man dann mit sich herumtrug.

Wie war das mit dem Training zu verstehen? *Autosuggestion* nannten es die Psychologen. Dabei trainierte man im Hintergrund seines Bewusstseins, ohne sich darüber recht im Klaren zu sein, das Unterbewusstsein, etwas Bestimmtes zu glauben, bis es dort klappte und einen nach dessen raffiniertem Einschleichen ins Bewusstsein glauben machte, Teil der Realität zu sein.

Dieses Training vollzog sich teils willentlich, teils auch ganz von selbst, eben unbewusst.

Und warum teils unbewusst, wer oder was trieb den Menschen dazu? Irgendwo in ihm war ein geheimer Botenstoff unterwegs, der beflügelte seinen Willen, sich besser zu fühlen. Zum Teil überschnitten sich dabei Vorstellungs-, Schein- und Traumwelt.

Vorstellungs- und Scheinwelt hatten jedoch auch ihre Schattenseiten. Bei der Vorstellungswelt waren es vor allem Ängste, die man sich wiederum selbst machte oder die sich aufdrängten. Hinzu kamen enttäuschte Hoffnungen der Scheinwelt. Bisweilen brachten die das gesamte Gebäude ins Wanken. Lediglich die Traumwelt brach in der Regel beim Aufwachen von selbst in sich zusammen, und es blieb einem oft nur ein Kopfschütteln.

Dieser Durchblick zu dem, was im Menschen gedanklich ablief, brachte ihn nicht nur einen Schritt, sondern einen ganzen Sprung voran. Er konnte sich jetzt bewusst machen, in welchem mentalen Zustand er sich gerade befand, und mit diesem rational umgehen. Natürlich konnte er sich weiter irgendwelchen Fantasien und Hoffnungen hingeben, wichtig war nur, diese bewusst als solche einzuordnen. Und das verhalf ihm dazu, die Realität als solche klarer zu erkennen und gegen das Irreale abzugrenzen.

Schon war er gedanklich wieder bei den Brüdern in Maria Laach und seiner kritischen Betrachtung ihrer Gottgläubigkeit. Ob er ihnen Unrecht tat? Ihre Hingabe bei der Anrufung des Allmächtigen, ihre Bittgänge und Gebete, ihre stimmungsvollen Gesänge, ihren erwartungsvollen Blick auf den Heiland, den Retter am Kreuz, die Benetzung ihrer Stirn mit dem Weihwasser, den Rosenkranz in ihren Händen – all das konnte man als Ausdruck ihres nachhaltigen Willens zur Gläubigkeit verstehen.

Es hieß ja, des Menschen Wille sei sein Himmelreich. So könnte auch dessen unbedingter Wille, zu glauben, sein Himmelreich werden. Wenn dem so war, konnte es auch Engel, Heilige und sogar den Allmächtigen aufnehmen. Von da aus war es dann nur noch ein Schritt zur Gnade ihrer eigenen Aufnahme.

Mehr und mehr drängte sich ihm eine Erkenntnis zu seinem Aufenthalt hier im Kloster auf: Er hatte die Abgeschiedenheit von der Hektik und Kurzsichtigkeit des Alltags gesucht und sie hier im Kloster auch gefunden. Doch die hier allenthalben mit Händen zu greifende Spiritualität und ihr geradezu körperlich zu spürender Zwang zur Ausrichtung seines Lebens allein auf die Verheißungen des Jenseits überforderten ihn. Das Leben im Diesseits kam dabei schlicht zu kurz. Und genau für dieses suchte er einen Weg, der ihn aus der Dunkelheit wieder heraus ans Licht führte.

Wieder und wieder fragte er sich, welcher Weg das wohl sein konnte, und er erinnerte sich an den Psychotherapeuten, den ihm seinerzeit seine Schwester geschickt hatte. Eine Beschäftigungstherapie hatte er ihm empfohlen, am besten in einer völlig anderen Umgebung.

Schließlich kam ihm eine Idee. Einen ganz entlegenen Winkel der Erde sollte er finden, gerade so, als sei er auf dem Mond gelandet, um dort, fern aller störenden Einflüsse der Zivilisation, den Zugang zu einem neuen Leben eigener Prägung zu entdecken. Dabei ging es ihm nicht darum, in dieser Abgeschiedenheit gar sein Heil zu erlangen, er wäre schon zufrieden, würde dort seine Heilung von den erlittenen Blessuren fortschreiten, sodass er nach und nach wieder Freude am Leben zu fände.

In einem solch entlegenen Winkel konnte sein Vorhaben am ehesten gelingen, da war er sich ganz sicher. Natürlich war die Vergangenheit nicht zu verdrängen, aber die gehörte in ein eigenes Kapitel, eben ein Kapitel der Vergangenheit, aus dem nichts mehr herauszuradieren war. Jetzt wollte er ein neues Kapitel beginnen, und das auf einem weißen Blatt.

Und noch etwas gehörte dazu, etwas ganz Wichtiges. Durch die Entfremdung von der Gnade Gottes und der Bibel mit ihren Wundern und Verheißungen sollte sich ihm eine neue Sicht seines künftigen Lebens öffnen, die auf keiner persönlichen Vatergestalt Gottes beruhte, wie sie etwa in der Sixtinischen Kapelle von Michelangelo bei der Erschaffung Adams dargestellt wurde. Abkehren wollte er sich von dieser spirituellen Welt, wenngleich ihm klar war, dass dies nicht mit einem einzigen gedanklichen Federstrich zu erreichen war. Gewiss würde es immer wieder Zeiten geben, in denen sich seine Neigung zum Glauben an eine wie auch immer geartete überirdische Instanz zurückmeldete; doch das würde er in den Griff bekommen.

In Gedanken begab er sich auf eine Reise um den Erdball und gelangte zur Südhalbkugel, mitten durch die Erdachse hindurch auf der anderen Seite des Globus. Vielleicht Samoa oder Tahiti? Nein, da traf er auf zu viele Touristen.

Plötzlich kam ihm Niuatoputapu in den Sinn. Damit hatte er damals als Schüler seinen Lehrer in Bedrängnis gebracht. Sie sollten Inseln aufschreiben, für jede gab es einen Punkt. Nach der Nordhalbkugel musste demnächst die andere Hälfte drankommen. Dazu hatte er im Atlas diese klitzekleine Insel nahe dem 10.000 Meter tiefen Tongagraben gefunden, und tatsächlich, der Lehrer strich sie rot durch, im Glauben, es handle sich um seine Erfindung. Niuatoputapu, so ein abstruser Name, aber Ralf belehrte ihn damals eines Besseren.

Jetzt schaute er sich diese Insel mit Google Earth genauer an: Um die 18 Quadratkilometer groß, ziemlich rund mit einem Vulkanberg in der Mitte, dazu ein großes Korallenriff im Nordosten, ein kleineres im Süden. Etwa vier Kilometer im Durchmesser, darauf drei kleinere Orte. Rund 800 Einwohner zählte man dort. Vor einigen Jahren hatte es einen Tsunami gegeben, dem etliche Einwohner und zahlreiche Häuser zum Opfer gefallen waren. Sogar eine Sandpiste zum Landen gab es da, einmal in der Woche wurde sie von einem Propellerflugzeug angeflogen, immerhin.

Schon mal ganz gut, aber doch noch nicht ideal.

Und siehe da, etwa 200 Meter südlich der Küste entdeckte er ein Atoll, kaum 100 Meter im Durchmesser, bestimmt felsig und unbewohnt. *Nukuseilala* hieß das Atoll, dahin könnte er von Niuatoputapu aus bei gutem Wetter sogar auf der Luftmatratze paddeln oder rüberschwimmen, bei Niedrigwasser vielleicht sogar durchs Wasser waten. Das war es, was er suchte, genau das. Er lehnte sich entspannt zurück. Hui, das brachte ihn weiter, auf nach Nukuseilala hieß nun die Devise!

Jetzt war erst mal Planung angesagt. Bis Neuseeland kam man leicht, nach Auckland oder Wellington. Von dort ging es über Tonga und Vavau`u nach Niuatoputapu. Zum Königreich Tonga gehörte die Insel, ein Touristenvisum reichte für drei Monate, danach würde ihn dort ohnehin keiner mehr nach einem Visum fragen.

Genau 25 Kilogramm Gepäck konnte man mitnehmen, darüber hinaus wurde es teuer. Ein kleines Igluzelt wollte er dort aufstellen, darin eine Luftmatratze zum Schlafen und für das gelegentliche Paddeln rüber nach Niuatoputapu. Dazu halt das Nötigste an Kleidung, Zahnbürste, Nassrasierer, Schreibmaterial und Handwerkzeug. Sollte er sich überhaupt rasieren? Mal abwarten, wie die Männer dort rumliefen. 18 bis 25 Grad waren es im Winter, etwa von Mai bis Oktober, gut 30 Grad im Sommer von November bis April, aber durch die ständigen Meeresbrisen recht erträglich. Einen Netzzugang gab es nur per Satellit, doch den brauchte er nicht, im Gegenteil, und auch aufs Radio wollte er verzichten.

Abschied nehmen sollte er schon noch, zumindest von den Ordensbrüdern und Julius. Von ihm verabschiedete er sich mit festem Händedruck, wie sich das unter Kollegen und Männern gehörte. Doch der Junge hatte sichtlich Mühe, seine Tränen zurückzuhalten. Daran schloss sich seine Abschiedsrunde von den Brüdern an. Zwar waren sie nicht seine Klosterbrüder geworden, doch brüderlich waren etliche mit ihm allemal umgegangen. Abmelden vom Wohnsitz? Eher nicht. Für die kleine Wohnung bei seiner Wirtin würde er erst mal weiter Miete zahlen.

Am 19. Mai sollte es nachmittags losgehen, Direktflug von Frankfurt nach Auckland, 18.600 km für 700 €. Nach 23 Stunden Flug müsste er sich dort wohl erst mal ausruhen und sich ein wenig umsehen, bevor es dann am 21. Mai weiterginge. An die 10 Stunden dauerte der Weiterflug mit dem kleinen Propellerflugzeug, Zwischenlandungen in Nuku´alofa und Vava´u, Ankunft Niuatoputapu 9:00 Uhr.

Wie geplant bestieg er in Frankfurt das Flugzeug. Steil hinauf in die Wolken erhob sich der eiserne Riesenvogel geradezu majestätisch mit dröhnenden Triebwerken, um sich sodann in eine Linkskurve zu legen. Eigentlich die falsche Richtung, müsste er nicht nach rechts fliegen? Aber er wusste, es dauerte oft eine Weile, bis der Pilot den Flieger auf Kurs hatte.

Doch der flog weiter Richtung Nordwest statt Südost. Ralf schwante langsam, was da ablief. Vermutlich ging es über die Polroute, eher ungewöhnlich, aber gleich weit, möglicherweise gab es Probleme mit den Überflugrechten irgendwo in Nahost. Am besten er versuchte, ein wenig zu schlummern, immerhin musste er die 23 Stunden irgendwie rumbringen.

Als er nach knapp drei Stunden wieder aufwachte und zum Fenster hinausblickte, wurde er hellwach: Grönland überflogen sie gerade, und wenn er genau herunterschaute, konnte er die riesigen weißen Eisflächen ausmachen. Mein Gott, irgendwo unter etlichen dieser herabgestürzten riesigen Eisbrocken musste sie liegen, seine Sarah. Sogleich versperrten die Tränen seinen Blick hinab und ein Schaudern ergriff ihn.

Schlagartig hatte ihn die Erinnerung im Griff, unmöglich, sich ihr zu entziehen. Was für ein unfassbares Unglück damals! Zugleich stiegen wieder die alten Schuldgefühle in ihm auf, was hatte er da alles auf sein Gewissen geladen, schließlich war der Flug dorthin seine Idee gewesen.

Die Gedanken fuhren in seinem Kopf regelrecht Karussell. Nach einer Weile voller Hilflosigkeit blickte er noch mal bange hinunter, doch seine Erinnerung vollzog eine wundersame, geradezu gnädige Wendung: Ganz eng hatte sich Sarah in der Luft an ihn geklammert, vor Begeisterung gejauchzt und ihn nach der Landung ihres Paragliders, von Glücksgefühlen überwältigt, eindringlich, ja geradezu leidenschaftlich geküsst. Eine ganze Weile gab er sich dieser hilfreichen Erinnerung hin, wischte sich die Tränen mit bloßer Hand von den Augen, blickte wieder hinaus und malte mit dem feuchten Zeigefinger ein großes Kreuz auf das Fensterglas, denn da unten hatte sie gewiss keines.

Dann schloss er die Augen und lehnte sich voller Wehmut zurück. Da war sie wieder, seine Schuld. Unabweisbar hatte sie sich gemeldet und auf seiner Agenda festgesetzt. Nein, er wurde sie nicht los, sosehr er sich auch bemühte, auf andere Gedanken zu kommen.

Ralf blieb nachdenklich – da gab es also doch etwas, was einen ungerufen erfasste und tief ins Innere drang, ohne es zu wollten, im Gegenteil. Schon im Kloster beschäftigte ihn dieses Phänomen. War der Mensch doch mehr oder minder in der Lage, der Beherrschung durch dieses eigensinnige Gewissen bewusst Paroli zu bieten, bis hin zur kompletten Verdrängung oder gar Abschaltung. Doch jetzt gelang ihm das ganz und gar nicht. Vermutlich brauchte es dazu eine längere Übung. Und dann gab es da ja auch noch einen Unterschied zwischen Schuldgefühl und Gewissensbissen. Letztere kamen meist auf, wenn man etwas beabsichtigte, was einem moralisch nicht in Ordnung schien. Bei Schuld-gefühlen hingegen war es anders, da hatte sich etwas er-eignet, was man hätte verhindern können, ja müssen, es jedoch versäumt oder sogar willentlich verworfen hatte. Beiden gemeinsam war ihre Eigenwilligkeit, mit der sie einen erfassten.

Als er wieder aufwachte, hörte er immer noch dieses Brummen, das ihn Meile für Meile weiter gen Westen trug. Wie war das eigentlich, würde dieser Kurs die be-vorstehende Nacht verlängern? Sicher. Flögen sie hin-gegen die übliche Ostroute, würde die Nacht deutlich kürzer ausfallen und sogar die einzelnen Zeitzonen wür-den kürzer. Aber ankommen musste man ja auf beiden Kursen etwa gleichzeitig, schließlich waren beide Stre-cken nahezu gleich lang und die Fluggeschwindigkeit dieselbe. Die Lösung dieses Rätsels beschäftigte ihn, bis er wieder einschlief. Beide Plätze neben ihm waren unbesetzt, so konnte er die Armlehnen hochklappen und sich lang machen.

Irgendwann kam die Flugbegleiterin vorbei und breitete eine Decke über ihn aus. Davon wurde er wach und kam gleich wieder ins Nachdenken. Schließlich setzte er sich und blickte durchs Fenster. Da war er, der leuchtende Sternenhimmel, die Milchstraße und der ganze Kosmos in seiner vollen Pracht. Irgendwo flogen da oben auch die Astronauten in ihrer ISS um den Globus, fast Kollegen, auch wenn er weit unter ihnen gerade mal eine halbe Runde drehte.

Was suchten diese Astronauten da oben eigentlich? Vermutlich ging es um die Nutzung des nahen Weltraums, seien es kommerzielle Projekte zur weltweiten Kommunikation oder die Nutzung der Schwerelosigkeit für wissenschaftliche Experimente. Interessanter waren da die Flüge zu anderen Planeten, etwa zum Mars. Aber auch der war ja wie der Mond nur ein Brocken aus irgendwelchen stellaren Kollisionen. Soviel man wusste, war es sehr unwahrscheinlich, dort irgendeine Form von Leben zu finden. Bestimmt gab es da kein vulkanisches Maar wie bei Maria Laach. Und Wasser brauchte es auch für den Sauerstoff. Ralf musste den Kopf schütteln, er wusste ja, das menschliche Leben hatte wohl kaum dort unten auf dem Laacher Seegrund seinen Ausgang genommen, aber irgendein vulkanischer Krater musste es sein, in dem die Blitze einst die Bildung von Aminosäuren in Gang gesetzt hatten. Zufall oder Schöpfung? Eher Zufall, warum sollte der Schöpfer einen derart komplizierten, langwierigen Weg gewählt haben, wo er doch allmächtig war?

Bald waren nun diese 23 Stunden vorüber, quälend langsam, aber das hatte er so erwartet. Über Hawaii hinweg waren sie sicher mitten in der Nacht geflogen, inzwischen wohl auch über Tonga und sogar Niuatoputapu 300 km nördlich davon, aber diese Insel war so klein, die hätte er aus der Höhe ohnehin kaum entdecken können.

Jetzt ging der riesige Eisenvogel mit leisen Triebwerken endlich auf Sinkflug, nur noch eine knappe halbe Stunde und er hätte wieder festen Boden unter den Füßen.

Um sich die Langeweile zu vertreiben, griff er nach einer Zeitschrift in der Stecktasche des Vordersitzes. Beim losen Durchblättern fiel sein Blick auf ein ganzseitiges, eindrucksvolles Bild. Wie zu lesen war, zeigte es den in Lumpen gekleideten 64-jährigen nepalesischen Honigjäger Mani Lal in voller Aktion an seinem Arbeitsplatz einige hundert Meter über dem Abgrund. Am überhängenden Felsen hatte er seine aus Schilf geflochtene Strickleiter befestigt. Vollkommen ungeschützt vor dem Absturz in den tief darunter liegenden Wald und den Stichen der ihn hundertfach umsurrenden größten Honigbienen der Welt, der *Apis laboriosa*, hielt er sich geradezu akrobatisch mit nur einem Bein auf der Leitersprosse aus Bambus, während das andere von unten einen an den Fels gepressten Auffangkorb stützte. Mit beiden Armen stieß er gerade die von seinen Händen umklammerte Bambuslanze in die Waben des Bienenstocks am Felsvorsprung, und das flüssige Gold tropfte in den mit Ziegenfell ausgekleideten Korb. Wie es schien, machten ihm weder der schwindelerregende

Abgrund noch das wilde Surren der aufgebrachten Bienen Angst.

Vielleicht wollte Mani Lal in seinen Jugendjahren auch einmal ganz hoch hinaus, nicht auf diese gefährliche Strickleiter, sondern näher zu den Sternen oder sonst wohin. Aber dann hatte ihn das Leben heruntergeholt in die Niederungen des bloßen Daseins. Nur leben, um zu überleben? Konnte das alles sein?

Ralf hielt nachdenklich inne und steckte die Zeitschrift wieder zurück. Wie würde sich sein neues Leben auf Nukuseilala entwickeln? Immerhin war er ja nicht dort oben in Nepal, sondern auf Meereshöhe im südlichen Pazifik, das war gewiss eine ganz andere Welt. Aber der Natur ausgeliefert würden sie nun beide sein.

Als Erstes wollte er nach Nukuseilala rüber, um das Atoll zu inspizieren. Gab es da irgendwo Quellwasser? Ganz wichtig. Wenn nicht, musste er schauen, ob und wie da Regenwasser aufzufangen und in seine Folienbeutel umzufüllen war. Auch Feuer müsste er anzünden können, denn auf die Sonne und ein paar Glasscherben zur Fokussierung wollte er sich nicht verlassen. Reisig und dünne Äste wären sicher zu finden. Gewiss schwammen um das Atoll herum reichlich Fische, aber waren die auch genießbar? Auf seinem kleinen Rost würde er sie braten, dann zeigte sich schon, ob sie ihm schmeckten.

Daniel Defoes *Robinson Crusoe* hatte er nicht gelesen, die Geschichte war ja frei erfunden. Aber den Schotten Alexander Selkirg gab es, der war auf dieser einsamen Insel Tierra im Pazifik ausgesetzt worden und schaffte es, vier Jahre dort zu überleben. Defoe hatte ihn später in London getroffen und vieles zu seinem Überleben erfahren.

Aber seine Zukunft auf Nukuseilala lag ja völlig anders. Freiwillig hatte er sich auf den Weg dorthin gemacht, und er konnte zurück in die alte Heimat, wann immer er wollte. Jetzt kam vorn rechts Land in Sicht, ob das schon North Island war?

Sachte setzte der Pilot auf und ließ das Monstrum ausrollen. Ein Flugplatz wie Dutzend andere auch. Bald bog er rechts ab zum weit ausgefahrenen Rüssel. Am Gepäckband dauerte es, doch dann sah er seinen orangefarbenen Koffer und bald auch seinen Rucksack kommen. Durch die große Halle schob er den Rollkoffer zum Ausgang. Dort draußen sah es aus wie in Europas Metropolen, wirrer Verkehr, Geschäftigkeit, wohin man schaute. Bald bog er in eine Seitenstraße ab und entdeckte ein Hotel. An der Rezeption etliche Leute, dann war er an der Reihe. Ein Einzelzimmer, eine Nacht? O. k. Das Gepäck kam ins Zimmer, danach ging er gleich wieder zurück zum Airport, er musste ja den Weiterflug mit dem Propellerflugzeug buchen, hoffentlich klappte das, sonst müsste er bis zu einer Woche hier herumlungern.

Wieder draußen schaute er sich nochmals um. Das hier war das totale Gegenteil dessen, was er suchte, Hektik, Gedränge, Kindergeschrei, Hupen, ein Sanka mit heulender Sirene, abartig. Die Leute eilten nur so dahin, warum? Nirgendwo gab es hier Freibier oder Gratiswürstchen. Beides leistete er sich jetzt in dem engen Lokal, nur nicht zum Nulltarif. Dann ging`s zurück ins Hotel. Bis zum frühen Abend fiel er dort in einen regelrechten Tiefschlaf.

Eine Runde wollte er dann abends doch noch in der Stadtmitte drehen, sechs Stationen mit der U-Bahn waren das bis ins Zentrum, so die nette Frau an der Rezeption. Auch einen Verkehrsplan reichte sie ihm, rasch hatte sie die Strecke ins Zentrum markiert.

Als er aus dem Schacht die Rolltreppe hinaufkam, empfing ihn Neonlicht in allen Farben. Bars und Etablissements, wohin er schaute. Dazu überlebensgroße Plakate mit aufreizend posierenden Gespielinnen mit üppigen Rundungen, bereit zu jeglichem Zeitvertreib, hier und jetzt.

Eigentlich wollte er im Stehen nur rasch ein Pils trinken, sogar ein Carlsberg gab es hier, doch schon war er nicht mehr allein. Recht geschickt stellte sie das an, Studentin sei sie, nur ab und zu hier, um ihr Studium zu finanzieren. Was sie denn studiere? Gesellschaftswissenschaften, viertes Semester. Das wollte er mal testen. Was studierte man denn da so? Das sei ein Studium, das es bei ihr in Dänemark nicht gebe, so eine Art Gesellschaftsphilosophie. Aha, interessant, sehr interessant. Wo in Dänemark sie zuhause sei, wollte er jetzt wissen. Odense, antwortete sie prompt. Nun lud er sie doch zu einem Drink ein. Sie setzten sich an die Bar und er bestellte ihr den Cocktail, den sie ihm nannte.

Dann nahm er sie genauer unter die Lupe, und das ziemlich direkt. Ins Hotel könne er sie leider nicht mitnehmen, er habe da nur ein Einzelzimmer. Jetzt lächelte sie verständnisvoll, das stand ihr gut. Offenbar um nicht ins falsche Licht zu geraten, wurde sie nun ernsthafter. Sie sei hier mit einem Studenten aus der Schweiz zusammen, dem habe sie hoch und heilig versprochen, die Gäste hier ausschließlich zum Getränkeumsatz zu animieren.

Ihm war das ganz recht, hätte er doch ein schnelles Abenteuer mit ihr als miesen Betrug gesehen, Betrug an Sarah.

Also bestellte er ihr noch einen Cocktail und sich ein Bier. Wenn sie dann Gesellschaftsphilosophin sei, was fing man damit dann an?, war seine nächste Frage.

Da eröffneten sich viele Möglichkeiten. In die Politik wolle sie gehen.

»Zu den Grünen?«

Sie lächelte und nickte.

Das fand er natürlich absolut interessant, aber zu den Erfahrungen mit Sarahs dortigem Engagement wollte er jetzt besser nicht kommen. Stattdessen wechselte er das Thema und fragte sie, wie viele Cocktails sie hier so an einem Abend vertrage. Jetzt wurde sie sogar vertraulich und verriet ihm ein Betriebsgeheimnis: Mit der Barfrau habe sie eine Verabredung, die würde ihr stets einen alkoholfreien mixen.

Und dafür stets 12 Dollar buchen? Genau, und davon bekäme sie vier.

Dann verabschiedete er sich und sie winkte ihm noch kurz zu, um sich sogleich nach einem neuen Sponsor umzusehen. Etwas Respekt nötigte sie ihm schon ab, immerhin hätte sie sich das stundenlange Herumstehen in der Bar mit einem Dutzend oder mehr Cocktails ersparen können, wäre sie bereit, sich stattdessen an irgendeinen Dahergelaufenen zu verkaufen.

Seine weit zurückliegende Klassenfahrt nach Flensburg kam ihm in Erinnerung. Dort waren sie in einer Jugendherberge und im Schlafsaal nebenan eine Mädchenklasse aus Dänemark. Diese Blondchen hatten sich damals alles andere als zugeknöpft gezeigt, und der Klassenlehrer hatte seine liebe Not, sie auseinanderzuhalten, zumal das eine oder andere Täubchen schon auf dem Schoß seiner Primaner Platz gefunden hatte.

Um sich ins Bett zu legen, war es noch zu früh. Da er nun schon mal im Rotlicht-Vergnügungsviertel gelandet war und hier keine Gefahr bestand, erkannt zu werden, lag es nahe, die ihm entglittene halbseidene Lustwelt ein wenig zu erkunden. Was zog die Leute hierher? Mehrheitlich waren es wohl Männer mittleren Alters, die von den unsittlichen Angeboten der Etablissements magisch angezogen wurden, wenngleich sie zu Hause meist gut versorgt wurden, jedoch ohne den frivolen Kick der Halbwelt mit ihren bereitwilligen Dienstleisterinnen. Sogar ein Hauch der kriminellen Unterwelt wehte hier.

An der Maori-Bar kam er vorbei und schaute sich die heißen Bilder am Eingang erst mal genauer an. Maori, das waren doch die Ureinwohner Neuseelands, die einst aus Polynesien hierher eingewandert waren. Wie schon die Bilder zeigten, waren das hier recht junge, attraktive Frauen der Südsee, die sich da reichlich zugänglich präsentierten. Immerhin, da konnte er schon mal einen ersten Eindruck von ihnen gewinnen. Aber nicht nur das trieb ihn in die Bar, auch seine lange Abstinenz von der Weiblichkeit und deren gefühlvollen Zuwendungen. Gab es so etwas da drinnen überhaupt? Rote Herzen aus Pappe, Symbole der Liebe, blinkten und winkten am Eingang. Hatte das da drinnen überhaupt damit zu tun?

Kaum hatte er einen Platz gefunden, kümmerte sich schon eine aufreizende Südseeperle um ihn. Er beließ es bei der Bestellung eines Biers, auf die angebotene Geselligkeit nebst Betreuung verzichtete er.

Da drinnen ging es aber heftig zur Sache, Mannomann. So hatte er sich sein Abtauchen in die geheime Welt der Unsichtbarkeit nun ganz und gar nicht vorgestellt. Zwar hatte er irgendwo gelesen, in Polynesien herrschten seit jeher reichlich lockere zwischenmenschliche Umgangsformen, aber hier drängten sie sich einem förmlich auf. Aber das hier war ja nicht Polynesien, das war doch eher die kommerzielle westliche Vergnügungswelt mit all ihren Gelüsten und Auswüchsen. Sicherlich sah das auf Niuatoputapu ganz anders aus, und erst recht auf Nukuseilala.

Im Fernsehen auf dem Zimmer musste er lange zappen, bis er endlich etwas fand, eine Diskussion über die Migranten. Dabei wurde ihm klar, auch er war jetzt ein solcher, nur hatte er ein Visum von 90 Tagen für das Königreich Tonga.

Um 10 Uhr startete der Propellerflieger, schon gegen 8 Uhr sollte er einchecken. Da konnte er in dem Flughafen-Bistro noch rasch einen Kaffee trinken.

Nur gebückt kam man in diesem musealen Tiefflieger zu seinem Platz. Unter dem kleinen runden Guckloch neben seinem Einzelsitz ein Hinweis auf den dort befindlichen Anschluss der Sauerstoffmaske für den Notfall. Damit war es wohl nicht weit her, denn darin steckte ein Sektkorken. Auch die Sauerstoffmaske suchte er vergeblich unterm Sitz.

In diesem Hüpfer blieben etliche Sitze leer, da hätte er sich um seinen Platz gar nicht ängstigen müssen. Der Pilot saß vorn ohne eine Abtrennung zu den Passagieren, so konnte man ihm gut über die Schulter schauen. Vorn Scheibenwischer wie an einem Auto.

Der Start forderte die zwei Motoren wohl bis zum Äußersten, aber schließlich hob sie ziemlich flach ab, diese fliegende Kiste von anno dunnemals. Als sie ihre bescheidene Flughöhe erreicht hatte, liefen die Motoren ruhiger, und er gewann Zutrauen zu ihnen.

An die drei Stunden hatten sich diese beiden Triebwerke abzuquälen, bis der Pilot den Anflug auf Nuku´alof, die Hauptstadt Tongas, ankündigte. Um die 25.000 Einwohner zählte sie. Neben dem florierenden Tourismus lebten die Menschen hier vom Export, vorwiegend Kopra, Bananen und Vanille.

Der Aufenthalt würde Stunden dauern, da mussten sie raus ins Flughafengebäude. Immerhin gab es ein kleines Restaurant, aber das war auch schon alles. Dort saßen sie zu fünft am Tisch, aber nur zwei sprachen etwas Englisch. Aus Samoa kamen beide, um die 300 km nach Norden lag das. Einer war Maori, der andere eher Indonesier, beide waren sie Christen, wie sich aus der Unterhaltung ergab. Etwas asiatisch sah der Indonesier aus, der andere eher einem polynesischen Urvolk zugehörig, beide mit dunkelbrauner Hautfarbe, aber keineswegs negroid, melanoid oder mongoloid, wie er zu Hause noch vermutet hatte. Dabei war die Herkunft der Polynesier überhaupt ein Rätsel. Wie er der Literatur entnommen hatte, entstammte diese Bevölkerung zumindest drei verschiedenen Rassen aus ganz unterschiedlichen Regionen. Immerhin wurde der Pazifik seit tausenden Jahren von Menschen befahren. Auch hatte er gelesen, ein Völkergemisch weit entlegener Herkunft könne durchaus förderlich hinsichtlich Intelligenz und Gesundheit sein. Letztere wurde in ganz Polynesien auf eine harte Probe gestellt, wie er wusste. An die 80% von ihnen sollten fettleibig sein, auch und gerade die Kinder. Je umfänglicher der Leib, desto höher das Prestige, denn man konnte sich das leisten. Immer wieder versuchte die WHO, sie zu warnen, doch bislang ohne Erfolg.

Endlich erfolgte der Aufruf zum Boarding nach Vavau'u. Das war keine Insel, wie er es erwartet hatte, sondern eine Gruppe von 37 mehr oder weniger zusammenhängenden Einzelinseln. Neiafu hieß die größte Stadt mit etwa 6.000 Einwohnern. Sein Sitznachbar, ein Brite, kannte die Inselgruppe besser und schwärmte von ihrem Sandstrand und dem sagenhaften 200 Meter hohen Korallenriff im Norden. Eine richtige Touristenattraktion sei Vavau'n, dazu käme oft eine Vielzahl von Segelbooten, nicht zuletzt wegen der Buckelwale, die dort ihre Jungen zur Welt brachten.

Der Start glich dem in Auckland, wieder mussten die beiden Motoren ihre letzten Reserven mobilisieren. In Vavau'u gab es nur eine kurze Zwischenlandung, da sollten sie im Flieger bleiben, der bald wieder abhob.

Jetzt wurde es langsam spannend, denn nach Niuatoputapu war es nicht mehr weit. Ein echter Szenenwechsel sei das, versprach ihm sein Nachbar. Tourismus praktisch null, obgleich die Insel über ein großes Korallenriff im Nordosten verfüge, dazu ein traumhafter Strand. Ganze 800 Menschen lebten auf der Insel, gleichwohl gebe es in Hihifo, der einzigen etwas größeren Siedlung, eine Schule, eine Art Bank mit Post, einen kleinen Laden für örtliche Bedürfnisse und sogar ein Hospital, das diese Bezeichnung aber kaum verdiene, weil es dort nur einen einzigen Arzt und vier Betten gab. Auch eine besondere Frischwasserquelle hätte die Insel, Niuatoua-Quelle hieß sie, so sein Nachbar, der sich mit der Aussprache etwas schwertat. Ihrem kristallklaren Wasser würden geradezu wundersame Wirkungen nachgesagt, so die Heilung verschiedenster Leiden, Kräftigung der Manneskraft und der Treue, wobei es bei letzterer in dieser Region keineswegs immer zum Besten bestellt sei. Die Quelle sei angeblich entstanden, als ein Dämon einen Teufel aus Samoa kitzelte und dieser laut lachen musste. Ziemlich einfältig, fand er, kaum zum Lachen, wer weiß, welche Kuriositäten es sonst noch auf dieser Insel gab.

Die Bewohner seien weitestgehend Selbstversorger, Taro, Maniok, Yams, Brotfrucht, Kochbananen und allerlei tropische Früchte bauten sie an, dazu reichlich Obst, überwiegend ernährten sie sich jedoch von Fischen. Kokospalmen ermöglichten eine kleine Kopra-Produktion und die Pandanus-Fasern wurden zu Matten und Körben verarbeitet, während deren Blätter zum Dachdecken genutzt wurden.

Ralf dankte ihm für die interessanten Informationen, blickte hinaus und entdeckte weit vorn bereits eine schmale Landzunge. Nun wurde es ernst. Der Flieger machte im Tiefflug eine Schleife und man konnte die

Verwüstungen des Tsunamis vor einigen Jahren in ihrem ganzen Ausmaß erkennen, denn vieles lag noch so am Boden, wie er es hinterlassen hatte. Mit Wellblechen hatten die Einwohner notdürftige Baracken aufgebaut, in denen sie wohl seither hausten, dazu Bretterverschläge für die Tiere. Nur hier und da hatte ein Haus aus Steinen der Flutwelle einigermaßen standhalten können, so die kleine Kirche und ein Nachbargebäude, vermutlich die Schule. Der im Osten angrenzende Wald zeigte auch noch einige Sturm- und Flutschäden, sah aber insgesamt besser aus als die drei kleinen Ortschaften, die sie überflogen.

Der Pilot setzte von Südosten zu Landung an, da konnte man Nukuseilala wohl kaum erkennen, und so war es dann auch. Der Sand stob beim Aufsetzen kräftig auf, vorübergehend konnte man gar nichts mehr erkennen, dann diese kleine Hütte mit dem Container daneben, das sollte wohl das Empfangsgebäude sein. Tatsächlich, hallo, Niuatoputapu!

Sogleich musste er zum Einwanderungsbüro in den Container. Sein Visum war in Ordnung, das hatte er schnell hinter sich gebracht. Zurück ging`s wieder, das Gepäck musste man direkt am Flieger abholen. Den Koffer und den Rucksack schleppte er rüber zum Empfangsgebäude und holte erst mal Luft. Kein Taxi, kein Bus, nur ein Ständer mit ein paar Fahrrädern und zwei Handkarren. Einen davon konnte er nutzen, mit dem Versprechen, ihn alsbald zurückzubringen.

Da war er nun auf dieser Insel angekommen, von der er gelesen hatte, dass hier so gut wie nichts los sei, keine

Touristen, keine Sehenswürdigkeiten, nur der Vulkanberg und das Riff. Der Strand davor sollte angeblich traumhaft sein, aber ohne Touristen musste er wohl traurig vor sich hindösen. Auch er würde ihn verschmähen, denn sein Weg führte nach Süden zum Atoll Nukuseilala. Dazu hatte er im Führer lediglich diesen eigenartigen Namen gefunden, das Atoll musste also kaum der Erwähnung wert sein. Nun, er wollte sich überraschen lassen, mit ihm als Bewohner würde es nicht mehr gänzlich unbewohnt bleiben. Und schon stiegen in ihm reichlich überhebliche Gedanken auf: Wer weiß, womöglich würde man später einmal dieses Inselchen googeln können, mit seinem Namen als Eremit.

Wie kam er nun voran? Weiter vorn entdeckte er einen schmalen Weg, der führte nach Norden, Richtung Hihifo. Da war es an der Zeit, seine Karte von Niuatoputapu rauszukramen, die hatte er zu Hause noch rasch aus dem Internet kopiert.

Anderthalb Kilometer musste er sein Gepäck karren, dann zeigten sich die ersten Hütten aus Wellblech und Brettern. Weiter vorn ein richtiges Haus aus Steinen, das war gewiss dieser Laden, von dem sein Sitznachbar gesprochen hatte.

Als er den Laden betrat, kam hinter dem Vorhang eine recht üppige Frau mittleren Alters hervor und erwiderte freundlich seinen Gruß. »Yes I do«, antwortete sie auf sein »Do you speak English?«. Immerhin, da war er richtig. Nein, ein Hotel gab es im Ort und auf der ganzen Insel nicht, aber einzelne Fremdenzimmer, auch sie habe zwei solche, beide noch frei. Prima, er nickte zustimmend.

Sogleich rief sie nach Jaimia, ihrer Tochter, die sollte ihm das Zimmer zeigen. Flink eilte die herbei und grüßte ebenso freundlich. Für hiesige Verhältnisse war sie richtig schlank, dazu schmückte eine Südsee-typische Frisur mit Stirnlocken und schulterlangen, schwarzen Haaren mit gelber Rüsche ihren Kopf. Mit ihren aparten Gesichtszügen und den leicht versonnenen dreinblickenden dunklen Augen konnte sie sich schon sehen lassen, keine Frage. Eine Südseeschönheit? Doch schon, aber ihn störte ein wenig ihre ungewohnt fremdländische Ausstrahlung, die ihn auf Abstand hielt. Wer weiß, wie diese jungen Frauen fernab der Zivilisation hier gestrickt waren. Vermutlich kam auch er ihr nicht minder fremdländisch vor. Immerhin schaute sie ihn schon mal an, sodass sich ihre Augen begegneten. Gänzlich uninteressiert schien ihm ihr Blick nicht, aber er kannte seine Neigung zur Schönfärberei seiner Wirkung auf Frauen.

»Your daughter?«, fragte Ralf. Beide antworteten zugleich mit »Yes«. Immerhin, man konnte sich verständigen, denn etwas Englisch sprachen hier oft nur die Jüngeren, aber das einigermaßen gut.

Das Zimmer lag zur ebenen Erde, nach hinten raus. Da konnte er zumindest die erste Nacht verbringen. Beim Zurückgehen erblickte er durch eine Türöffnung ein Kind, das im rosa Hemd auf dem Fußboden mit Klötzen spielte. »Your daughter?«, fragte er Jaimia. Sie schüttelte lächelnd den Kopf, das stand ihr gut. »It´s my son, two and a half years old.« Gleich kam der herbei und sie strich ihm liebevoll übers Haar. Nach einem Vater wollte er nicht fragen, vermutlich war der bei der

Arbeit, vielleicht gab es einen solchen auch gar nicht, denn er hatte ja gelesen, hierzulande sei das mit der Treue so eine Sache. Mit Jaimias Mutter kam er ins Gespräch, dabei erfuhr er, ihr Mann sei vor einigen Jahren der sieben Meter hohen Flutwelle des Tsunamis zum Opfer gefallen. Das tat ihm leid. Nur ein Dutzend seien damals umgekommen, weil die meisten rechtzeitig auf den Berg geflüchtet waren, nur leider ihr Mann nicht. Vermutlich hatte er das warnende Geläut nicht gehört. Bedingt durch die Lage dieser Insel, direkt auf dem pazifischen Feuerring neben dem 10 Kilometer tiefen Tongagraben, traten Tsunamis hier häufiger auf.

Nun war der Empfang hier auf der Insel doch recht freundlich und problemlos ausgefallen, besser als erwartet. Recht früh suchte Ralf sein breites Bett auf, er hatte keine Ahnung, wie spät es hier inzwischen war, zumal irgendwo in der Gegend auch noch die Datumsgrenze verlaufen sollte. Reichlich müde fühlte er sich und schlief bald ein, obgleich es noch nicht dunkel war.

Oliana, seine Wirtin, hatte ihm ein Frühstück in der Küche bereitet, etwas ungewohnt, aber durchaus schmackhaft. Dazu hatte sie eine Flasche Wasser von der wundersamen Niuatouaquelle gestellt, die sollte er am besten jeden Tag trinken.

Jetzt musste er hier erst mal Fuß fassen. Wie er seine Siebensachen rüber nach Nukuseilala schaffen sollte, war ihm noch keineswegs klar. Aber jetzt machte er sich erst mal auf den Weg zum großen Korallenriff, angeblich die einzige Attraktion der Insel. Auf der Karte studierte er den Weg zum Riff genauer und marschierte neugierig drauflos. Knapp drei Kilometer waren das, der Vulkanberg lag weiter rechts. Respektabel sah der aus, obgleich nur 157 Meter hoch. Im Norden war die Insel weitgehend bewaldet, hier und da kleinere Wiesen und ein Teich, die Wege reine Trampelpfade. Weiter hinten Staudenpflanzen mit Mammutblättern, von denen hatte er schon gelesen, *Gunnera* hießen diese Riesen-Rhabarberstauden.

Das Riff machte Eindruck auf ihn. Warum kamen eigentlich keine Urlauber hierher, zumal der breite Strand mit den Palmen jeder Urlaubskarte Ehre bereiten würde? Von da aus steuerte er nun die Südküste an. Kaum war er aus dem Wäldchen herausgetreten, lag im hell glitzernden Sonnenschein weit ausgebreitet der Pazifik vor ihm, darin, wie schwimmend auf einem Tablett dargereicht und zum Greifen nah, sein niedliches Atoll Nukuseilala. War dieses traumhafte Atoll ein Bild seiner Fantasie, eine Fata Morgana oder doch Wirklichkeit? Und wenn es Wirklichkeit war, dann war es eine überwältigende. Ihm war, als wolle das Meer ihn mit den sanft heranrollenden Wellen umarmen und mit dem Atoll als Begrüßungsgabe willkommen heißen. So lange hatte er darauf gewartet, und nun stand er an diesem Ufer und blinzelte die Tränen weg. Bis zum späten Abend wollte die Freude über diese gänzlich unerwartete, geradezu persönliche Begrüßung nicht aus seinem Gesicht weichen, es war Liebe auf den ersten Blick.

Jetzt konnte er auch mal testen, wie weit er zu Fuß im Wasser vorwärtskam. Langsam tastete er sich voran, erst über sandigen Grund, dann über einen glitschigen, bisweilen steinigen Untergrund. Immerhin, bis fast halb rüber kam er gut voran, dann reichte ihm das Wasser bis zur Brust. Gut, dass heute die See ruhig war, kaum Wellen, nur leichter Seegang auf und ab. So kam er sogar zu Fuß ganz rüber, allerdings ging ihm ab und zu ein kleiner Wellenausläufer über den Kopf, fast so, als wolle er ihn streicheln. Falls jetzt Hochwasser war, käme er bei Niedrigwasser sogar bequem rüber.

Es war seine Pazifik-Taufe, noch nie zuvor hatte er Hautkontakt gehabt mit diesem riesigsten aller Ozeane, wo immer er an seinen Ufern war. Lauwarm und ziemlich weich zeigte sich das Wasser. Als er das sandige Ufer drüben erreichte, begann er, mit seinem Atoll zu sprechen: Hallo Nuki, schön bei dir zu sein, ich denke, wir werden uns gut verstehen. Sodann die ersten Schritte auf seinem Inselchen, was für ein Gefühl! Zum Königreich Tonga gehörte es, doch für ihn war es jetzt *sein* Königreich. Durfte man es einfach in Besitz nehmen und auf ihm wohnen? Nun, er campierte hier ja nur in seinem Zelt. Vermutlich gab es hier gar keine Regelungen bis in alle Einzelheiten, wie zu Hause. Nukuseilala war eine von tausend unbewohnten Inseln im südpazifischen Meer, da hätte man viel zu tun, wollte man sie alle verwalten.

Auf der Luftmatratze wollte er später den erleichterten Koffer mehrmals rüberbugsieren, vermutlich war der wasserdicht, zumindest sah seine Kunststoffhaut danach aus. Den Rucksack würde er dann besser in den Koffer umpacken. Erleichtert blickte er nach Niuatoputapu herüber, zumindest das Übersetzen schien gelöst.

Am Mittag startete er seine Transporttour, das Wasser war inzwischen am Ablaufen, da hatte er genügend

Zeit. Erst blies er die Luftmatratze auf, dann zog er den halb vollen Koffer drauf und ab ging`s auf die erste Überfahrt.

Das klappte recht problemlos, zurück war er schon nach einer knappen Stunde. Noch viermal diese Tour, dann lief das Wasser langsam wieder auf. Einigermaßen ermattet legte er sich ins Gras und döste vor sich hin, den Arm über den Augen, im Kopf die Bilder von eben.

Inzwischen war es später Nachmittag geworden und er machte sich auf die Suche nach einem geeigneten Zeltplatz. Am besten einen, von dem er nach Niuatoputapu rüberschauen konnte. Dabei erkundete er zugleich sein Atoll, groß war es nun wirklich nicht. Siehe da, ziemlich in der Mitte entdeckte er eine kleine, enge Schlucht. Als er hinunterblickte, meinte er, Wasser zu erkennen. Mit einer akrobatischen Übung gelangte er hinunter, tatsächlich gab es Wasser, wenig, aber immerhin. Dann warf er ein paar Blätter hinein, die bewegten sich langsam, also floss es, irgendwo musste eine Quelle sein. Eine Hand steckte er noch rasch ins Wasser, kein Salz, prima! Wer weiß, vielleicht war das auch so ein Wunderwasser wie das der Niuatoputapuquelle.

Diese Nacht wollte er noch in seinem Zimmer bei Oliana und Jaimia verbringen, also watete er gemächlich und zufrieden wieder rüber.

Vor dem Einschlafen stellte sich ihm die Frage, wie er das heute Erlebte einzuordnen habe. Woher kam dieses berührende, ja beglückende Gefühl bei seinem ersten Blick auf das Atoll? Das lag an diesem Tag gewiss genauso im Meer wie all die vielen Jahrzehnte oder gar Jahrhunderte zuvor. Kaum war er aus dem Wäldchen herausgetreten und sogleich vom bloßen Anblick Nuk-useilalas entzückt. Da war sie, die erste Seite seines neu-en Kapitels! Und weitere würden folgen, da war er sich ganz sicher. Zufrieden schlief er ein.

Oliana hatte ihm wieder das Frühstück in der Küche zubereitet und dieses Wasser dazugestellt. Gern hätte sie gewusst, woher er kam, was er vorhatte und wie lange er zu bleiben gedenke.

Also bleiben würde er noch gern eine weitere Nacht, falls er mit dem Zeltaufbau heute nicht zurande käme. Aus Austria stamme er und habe vor, sich hier ein wenig umzusehen, vielleicht auch länger. Mehr wollte er ihr jetzt nicht erklären, das würde sie vermutlich auch gar nicht verstehen.

Jetzt kam Jaimia mit ihrem kleinen Sohn dazu, *Ahio* hieß er. Ein ganz liebes Kerlchen mit wachen Augen. Welche Bedeutung der Name habe, fragte er. Sie lachte ganz lieb und strich ihm wieder übers Haar, *Hurricane* bedeute das. Ob er denn auch solch ein Wirbelwind sei? »Sometimes, only sometimes«, war ihre Antwort.


Nun galt es, das Atoll genauer zu erkunden, vor allem musste er den Zeltplatz aussuchen. Dabei war mancher-lei zu berücksichtigen. Höher sollte er liegen, damit der Regen abfließen konnte, er einen besseren Überblick hatte und vor allem die Wellen bei stürmischer See ihm nichts anhaben konnten. Ein Feuerplatz sollte in der Nähe einzurichten sein, etwas windgeschützt. Auch ein überstehender Fels wäre nicht schlecht, den könnte er mit der kleinen Schaufel noch etwas unterhöhlen, um dort im Trockenen einiges zu verstecken.

Danach hatte er vor, das Ufer genauer zu inspizieren, denn ihm war da eine Idee gekommen. Vielleicht könnte er irgendwo ein kleines Becken mit einem schmalen Zufluss anlegen, in das der eine oder andere Fisch sich bei Flut verirrte. Mit einem größeren Ast oder etwas Ähnlichem könnte er den Zulauf dann blockieren und den Fisch mit bloßer Hand fangen. Doch zunächst musste er herausfinden, wie hoch der Tidehub sich hier in etwa 20 Grad südlicher Breite einstellte.

Als Zeltplatz entschied er sich für einen, der nahe am Ufer etwas erhöht lag. Von da aus hatte er einen freien Blick hinüber. An der Kopfseite des Zelts schaute auch ein kleiner Fels raus.

Als er das Zelt aufgestellt und seine Sachen etwas geordnet hatte, entschied er sich doch, hier auf dem Atoll seine erste Nacht zu verbringen.

Zwischendurch wachte er ab und zu im Dunkeln auf und wusste zunächst gar nicht recht, wo er sich befand. Über ihm der klare Sternenhimmel, dazu ein leichtes Rauschen – richtig, auf Nukuseilala war er, und schlief beruhigt wieder ein.

Als er die Luftmatratze etwas zurechtschieben wollte, hörte er draußen ein leises Gurren. Was konnte das sein? Mit dem Fuß schob er den Spalt am Eingang etwas zur Seite. Siehe da, er war hier nicht allein. Ein großer, recht merkwürdiger Vogel flog gerade im fahlen Morgenlicht hoch auf einen Baum und ließ sich da nieder, die Füße am Ast festgekrallt, Rumpf und Kopf hingen nach unten, soweit er das erkennen konnte. So ein seltsames Tier hatte er noch nie gesehen. Es musste wohl eine Art Fledermaus sein, aber mit viel größeren Flügeln. Richtig, das hatte er doch gelesen, einige der seltenen Flughunde sollte es hier noch geben. Aber nach Hund sah der hier nicht aus, soweit er das erkennen konnte. Jetzt kam er wieder herunter auf seine zwei, aber nicht vier Beine und zupfte am Gras. Wohl ein Vegetarier, wie es schien. Ob der nur zufällig dahergeflogen kam? Oder war das hier womöglich sein Revier? Dann musste er sich jetzt wohl oder übel auf einen Mitbewohner einstellen.

Nein, eine Oliana gab es hier nicht und folglich auch kein Frühstück. Zwei, drei trockene Brote hatte er ja noch vom Reiseproviant und eine PET-Flasche Mineralwasser übrig, immerhin, zu einem mageren Frühstück reichte es. Bald schien es ihm, als hätte sich diese kleine Insel Nukuseilala mit ihm über Nacht angefreundet und er mit ihr. Kein Wunder, ganz bezaubernd hatte sie sich ihm schon beim Erwachen in der Früh gezeigt. Eos, die Göttin des Lichts, hatte ihm und der Erde ihre sonnenfingrige Morgenröte über den Horizont hinweg geschickt, so sahen es zumindest die alten Griechen. Und warum sollte er das nicht auch so sehen? Deren Göttervielfalt mit ihren spezifischen Zuständigkeiten gefiel ihm weit besser, waren sie doch den Menschen viel näher und für das Geschehen hier auf Erden zuständig und nicht für irgendwelche Zukunftsträume im Jenseits.

Auf der Suche nach einer geeigneten Stelle für sein Fischfangbecken bot sich ihm weiter im Süden, nahe dem kleinen Riff, eine ganz neue Idee zu einer solchen Anlage. Vom Ufer her gab es einen schmalen Zulauf, dahinter eine etwas breitere Vertiefung im Riff. Etwa einen Meter war dieser Zulauf breit. Den brauchte er nur zuzusperren, um den Fisch zu fangen, wenn sich denn einer hineingetraut hatte. Mit einem Ast oder dergleichen würde das wohl kaum gehen. Aber er konnte sich aus Reisig ein Netz flechten, um den Fisch einzusperren. Mit zwei größeren Steinen würde er das Netz im Zulauf am Riff festhalten und schon konnte der Fisch nicht mehr fliehen. Doch jetzt musste er zunächst beobachten, wie weit das Hochwasser anstieg, vielleicht sollte er den Zulauf mit seiner kleinen Schaufel noch etwas vertiefen.

Dazu grub er eine ganze Weile erst den Sand, dann unzählige Steine und schließlich festes Erdreich heraus. Etwas breiter sollte sein Fischfangbecken noch werden, dann wollte er abwarten, ob und wie hoch das Wasser reinlief. Dazu legte er sich nebenan in den Schatten des Strauches und sann so vor sich hin. Nach einiger Zeit schaute er zur Markierung des Wasserstandes und stellte fest, es herrschte gerade ablaufendes Wasser. Also musste er bis morgen in der Früh warten.

Beim Zeltaufbau war eine Metallstange von knapp einem Meter übrig geblieben. Damit konnte er eine Sonnenuhr aufbauen. Er musste die Stange ziemlich schräg ins Erdreich stecken, damit ihr Schatten zur Mittagszeit die kürzeste Länge aufwies. Dieser Schatten wanderte im Laufe des Tages dann von rechts über die Mitte nach links. Dazu brauchte er nur noch etliche Steine am Boden als Stundensteine auszulegen und schon konnte er in etwa die Zeit ablesen.

Genau genommen brauchte er eigentlich gar keine Uhrzeit, ein Blick zur Sonne würde reichen, um in etwa die Tageszeit abzuschätzen. Doch für den Fischfang war es schon gut, da konnte er immer die Zeit für Flut und Ebbe ablesen, wenn er jeden Tag die zwei Steine dafür um eine Stunde umlegte.

In aller Frühe beim Morgengrauen weckten ihn die Vögel mit ihrem Gepiepse, denn Gesang konnte man das kaum nennen. Das kannte er zwar von zu Hause, aber hier war es wesentlich lauter, vermutlich gab es drüben am Riff eine Vogelkolonie, die sich dort wegen der reichlich vorhandenen Nahrung angesiedelt hatte. Wie ihm schien, mussten da auch einige andere Vögel beteiligt sein, denn ihr Gesang hatte einen etwas fremdländischen Klang. Oder bildete er sich das nur ein? Schon möglich, schließlich konnte hier ja alles anders sein. Außer einigen Möwen hatte er bislang lediglich einen Kormoran und ein paar Erdtauben entdeckt. Die anderen, Fregattvögel, Blaunoddis, Rotfußtölpel und was da sonst noch hauste, hielten sich wohl eher bei den Bäumen und Sträuchern auf oder waren beim Brüten.

Die Wellen liefen inzwischen über den Sand hinweg gerade noch ein wenig in sein Becken hinein, also galt es, den Zulauf vom Meer noch etwas tiefer zu legen. Bis zur nächsten Flut am Abend musste er dann warten, um zu sehen, ob genügend Wasser hineinfloss.

Es reichte, doch kein einziger Fisch schwamm im Becken. Klar, der Zulauf war zu eng. Stundenlang arbeitete er am nächsten Tag daran, ihn zu verbreitern.

Am Tag darauf schwamm tatsächlich ein kleiner Fisch darin. Als er ihn fassen wollte, glitt er ihm sofort wieder aus der Hand. Also musste er den Ablauf mit einem Reisigbüschel versperren, daran hätte er gleich denken können. Immerhin, es sah so aus, als könnte das funktionieren.

Neben dem Becken baute er mit den herausgegrabenen Steinen einen kleinen runden Wall auf, um darauf seinen Drahtrost zu legen. Alsbald stellte er sich einen Appetit anregenden brutzelnden Fisch vor. Den musste er zunächst nicht nur fangen, sondern auch noch schlachten. Davor war ihm schon etwas bange, denn er war seit jeher ein Tierfreund, zumal er auf einem kleinen Bauernhof aufgewachsen war. Bislang hatte er noch nie gefischt. Einen Fisch schlachtete man wohl mit einem kurzentschlossenen Schlag auf den Kopf zur Betäubung mit nachfolgendem Herz- oder Kiemenstich. So hatte er es in einer Anleitung gelesen.

Am Folgetag blieb das Becken bis auf einige Kleinfische leer, doch tags darauf war ihm nicht nur ein recht ansehnlicher Fisch in die Falle gegangen, sondern er hatte auch noch rechtzeitig seinen Fluchtweg mit diesem Reisigbüschel versperren können. Jetzt versuchte er, ihn mit der Hand zu fangen, doch ein ums andere Mal war der Fisch schneller. Dann konnte er ihn greifen, aber sogleich entwischte der glitschige Hering ihm wieder aus der Hand. Das hatte er sich einfacher vorgestellt. Sollte er ihn besser mit seiner Angel rausholen? Richtig leid tat ihm das todgeweihte Tier, denn es war ihm anzusehen, wie es um sein Leben fürchtete. Da zog er kurzerhand das Reisigbüschel aus dem Ablauf, und raus war er.

In seinem mühevoll angelegten Fischfangbecken sollte er besser nicht fischen, da bot sich doch das Meer draußen weit eher an. Köder brauchte er dazu, die gab es bestimmt bei den Fischern in Hihifo.

Aus dem Zelt holte er jetzt seinen letzten Brotfladen und eine Wasserflasche. Wenn er seinen flachen Brustkorb von oben herab bis zu seinem Minusbauch herunter betrachtete, zeichnete sich bereits die eine oder andere Rippe ab, so langsam sollte er sich mal ernsthaft um seine Versorgung kümmern. Schon war er auf dem Weg nach Hihifo.

Etwas vergisst man immer, wenn man auf große Reise geht. Bei ihm war es seine Sipsi-Flöte aus Kappadokien. Zu gerne hätte er abends beim Sonnenuntergang ein wenig auf ihr gespielt und dabei an Sarah und ihrer beider Glückseligkeit in Kappadokien gedacht.

Immerhin, er hatte sein Taschenmesser dabei, sechs kleine Werkzeuge konnte er aus dem herausklappen, sogar eine kleine Säge und einen Bohrer. Damit müsste es ihm doch gelingen, aus Bambusrohren eine Flöte zu schnitzen. Gewiss würden ihre Töne etwas verändert klingen, aber vielleicht auf ihre Art ebenso ergreifend.

Ein paar Bambusrohre hatte er kurz vor der Küste drüben schon entdeckt, eins davon könnte das Flötenrohr bilden. Wie er zu einem funktionstüchtigen Mundstück kam, würde er sehen. Als er damals von Kappadokien nach Hause kam, hatte er sich dafür interessiert, wie eine Flöte überhaupt funktionierte. Die Puste des Flötisten musste durch einen flachen Spalt auf einen Keil treffen, um von dem teils durch eine Öffnung nach oben hinaus, teils in Richtung der Luftsäule abgelenkt zu werden. Dadurch wurden Druckschwingungen erzeugt, die sich auf die Luftsäule übertrugen. Über das

Öffnen und Schließen der Löcher mit den Fingern auf dem Luftrohr änderten sich die Druckverhältnisse in der Säule und damit die Töne. Verflixt schwierig dürfte es werden, diesen schmalen Spalt hinzukriegen. Am besten wäre es, ein Ober- und ein Unterteil zu schnitzen, um beide übereinander zu einem Mundstück eng zusammenzufügen, damit zwischen ihnen dieser schmale Spalt blieb. Wenn er das geschafft hätte, müsste er das Mundstück mit dem Bambusrohr der Luftsäule verbinden. Für das zweiteilige Mundstück sollte er jedoch besser ein hartes Aststück verwenden. Mit einer Nagelfeile und der Minisäge am Taschenmesser müsste er schon zurechtkommen.

Am besten, er schaute sich zuerst mal nach Ästen um, möglichst von Buchen, falls es hier solche gab. Bald stand er mitten im Atoll vor einem Bruchholz-Verhau, gut möglich, dass es von einem starken Sturm stammte. Äste gab es da viele und er zerrte einen heraus. Der Durchmesser des Astes passte etwa, also begann er mit dem Sägen. Das war eine ziemliche Tortur, doch schließlich war es geschafft.

Wieder am Zelt angekommen, begann er, das Oberteil behutsam längsseitig abzusägen. Davor kam dann der obere Austritt der Blasluft, gefolgt vom Keil zur Luftteilung fürs Luftrohr. Daran sollte sich dann der Übergangsstutzen zum Bambus-Mittelrohr anschließen.

Doch dazu brauchte er ein besseres Werkzeug, am besten eine feine Raspel oder Feile. Vielleicht sollte er seine Wirtin mal fragen, ob sie so was hatte.

Oliana war nicht anzutreffen, aber Jaimia. Mit einem fröhlichen Lächeln begrüßte sie ihn, fast so, als freue sie sich echt, ihn zu sehen. Sie werde nebenan im Werkzeugkasten nach einer Feile suchen, am besten, er käme gleich mal mit.

Der eiserne Kasten war verdammt schwer. Als sie ihn auf den Tisch heben wollte, rutschte sie zur Seite aus, ließ den Kasten los und drohte, mit ihm hinzufallen. Reaktionsschnell fing Ralf sie auf. Ganz fest drückte er sie dabei an sich, damit sie ihm nicht aus den Armen nach unten entglitt. Dabei spürte er ihren Atem und hielt sie ein wenig länger in dieser engen Tuchfühlung, als unbedingt nötig gewesen wäre. Sie hatte das wohl gespürt und schickte ihm einen Blick, der so oder so zu deuten war. Wohl eher so. Oder doch so? Ahio kam jetzt durch die Tür gelaufen, da war die Spannung schlagartig weg.

Der Kasteninhalt lag verstreut am Boden, darunter zwei kleine Feilen. Die kleinere wollte er sich ausleihen, hob sie auf und zeigte ihr am Flötenkopf, wozu er sie brauche. Das interessierte sie, und schon kam ihr Kopf seinem wieder recht nahe, um das genauer anzuschauen. Auch hierzu hätte etwas mehr Abstand durchaus genügt, wenn man wollte. Ralf zeigte ihr, wo das Problem lag, war aber nicht so ganz bei der Sache. Keine Frage, sie waren sich gerade ziemlich nahegekommen, sogar ihre Haare hatten leicht seine Wange berührt.

Da lagen noch allerlei Werkzeuge und viele Kleinteile am Boden herum, die aus dem Kasten herausgefallen und jetzt wieder aufzulesen waren. Erst bückte sie sich und ging auf ihre Knie, doch Ralf wollte ihr das Einsammeln nicht allein überlassen und ging gleichfalls zu Boden. Erneut berührten sie sich ab und zu beim Sammeln und sie lächelte ihm bisweilen mehr als nur freundlich zu. War das eine Art Angebot?

Etliche kleinere Teile waren unter den Werktisch bis zur Wand gerollt. Um sie einzusammeln, rutschte Ralf auf den Knien unter den Tisch. Kaum hatte er eine Handvoll Teile in den Kasten zurückgelegt, rutschte sie ebenfalls unter den Tisch und half ihm. Jetzt wurde es dort für beide richtig eng. Als fast alles wieder im Kasten lag, drehte sie sich auf den Rücken, schloss ihre Augen und meinte: »Gleich haben wir´s geschafft.«

Wozu er die Flöte brauche, wollte sie jetzt noch wissen. Dabei öffnete sie ihre Augen und schaute ihn im Halbdunklen unterm Tisch so an, als ginge es ihr um mehr als diese simple Frage.

Zum Spielen stimmungsvoller Melodien aus Anatolien brauche er sie, antwortete Ralf leicht irritiert.

Und wo würde er die spielen?

Auf Nukuseilala, wo sonst.

Das würde sie gern mal hören. Dann verließ sie wohl der Mut, denn weiter wollte oder traute sie sich jetzt nicht zu fragen und kroch wieder unter dem Tisch hervor.

Auch Ralf war nicht mutiger, sonst hätte er sie eingeladen, ihn dort in seiner Einsamkeit mal zu besuchen.

Auf seinem Rückweg kam er ins Nachdenken und wurde unsicher, wie er seine Begegnung mit ihr einzuschätzen hatte. Der Werkzeugkasten war sicher aus Versehen runtergefallen. Allenfalls zwei bis drei Sekunden länger als nötig hatte er sie an sich gedrückt, doch sie hatte es bemerkt.

Und dann, als sie da unter dem Tisch lag, die Augen geschlossen, wie in Erwartung, dass er etwas tat … Aber vielleicht hatte er das Ganze auch überinterpretiert, womöglich war da gar nichts, denn für ihn war es noch immer ein Rätsel, wie die jungen Polynesierinnen hier tickten.

Sobald er das Anstecken an den Flötenkopf dank Jaimias Feile zustande gebracht hatte, gab es schon mal ein Erfolgserlebnis: Beim Blasen durch das Bambusrohr, erklang ein Ton. Ziemlich tief, aber das lag an der Rohrlänge. Bevor es an die Fingerlöcher ging, musste er das Rohr nach und nach kürzen, bis sich ein Grundton hören ließ, am besten das A. Nachdem er das A in etwa gefunden hatte, wurde es richtig schwierig. Hatte er erst mal ein Loch gebohrt, lag der zugehörige Ton fest. Da half nur Probieren. Es dauerte Tage und Tage, bis er mit dem Klang der Flöte zufrieden war. Nicht ganz so sehnsuchtsvoll wie die Sipsi in Kappadokien, eher fröhlich. Aber er konnte versuchen, weichere Bambusrohre zu finden, das Mundstück war ja umsteckbar.

Abends auf seinem Atoll war dann Premiere. Seine kleinen Melodien aus Kappadokien hatte er noch im Kopf. Die waren jetzt recht gut zu spielen, aber von den melodischen Klängen der Sipsi, die leider zu Hause im Fach lag, waren sie doch recht weit entfernt.

Mit den anatolischen Melodien im Ohr schlief er schließlich ein, wachte aber bald wieder auf, ohne genau zu wissen wo er sich befand. Richtig, auf der Terrasse in Kappadokien war er gerade noch. Und schon meldete er sich wieder, dieser unvergleichliche Klang der Sipsi. Doch etwas hatte sich jetzt dazugesellt, ein Hauch von Traurigkeit. Passte das zusammen, Sehnsucht und Traurigkeit? Irgendwie schon. Denn zum Sternenhimmel hinauf wollte er nicht blicken, für ihn lag sie immer noch unter den dicken Eisbrocken.

An Zhang Chengzhis Anleitungen zur Entspannung musste er jetzt denken. Denen wollte er sich nun zuwenden, um leichter Schlaf zu finden. Zuerst kamen die äußeren, muskulären Übungen dran, dann der Übergang zu seiner inneren Entspannung.

Also schloss er die Augen, um ganz fest an etwas und nur an dies zu denken. Dazu wählte er seinen ersten Blick auf den Pazifik mit Nukuseilala. Nach und nach kam die Begeisterung für diese traumhafte Szenerie zurück, und es gelang ihm, daran festzuhalten und zu keinem anderen Gedanken abzugleiten, nicht einmal zu Sarah. Zugleich spürte er, wie er sich entspannte, begleitet von einem ganz eigenen Gefühl des Losgelassenseins. Gewiss, er war hier in endloser Freiheit, aber das war eine Freiheit ganz anderer Qualität als zu Hause, schwer zu beschreiben, aber ungemein wohltuend.

Gleich am Morgen fiel es ihm ein: Richtig, die Feile, die er mitgenommen hatte, musste er zurückbringen. Ob er sie wieder allein antreffen würde? Und falls ja, wie sollte er sich verhalten? Einfach drüber weggehen und so tun, als sei da nichts gewesen? Vielleicht war da ja auch gar nichts. Vielleicht aber doch. Eine verpasste Gelegenheit? Am besten, er achtete darauf, wie sie sich verhielt. Würde sie ihn wieder so erwartungsvoll anschauen? Vielleicht, vielleicht auch nicht.

Doch Oliana öffnete die Tür und begrüßte ihn so herzlich wie einen alten Bekannten. Nein, Jaimia sei mit Ahio zum Arzt, der fühle sich nicht gut. Sicher kämen die bald wieder, denn sie müsse dann zur Post.

Als die beiden vom Arzt kamen, sah er es sogleich, heute war kein guter Tag für Jaimia, aber er wollte besser nicht fragen. So drehte sich ihr Gespräch um Allgemeines. Auf die Schule hier sei sie gegangen, da lebte der Vater noch und sie konnten das Schulgeld für sie aufbringen. Englisch hatte sie auch gelernt, halt das, was man zur Verständigung brauchte, und im Aufbaukurs noch ein wenig mehr. Mit dem Tsunami hatte sich dann alles geändert. Ein paar Tränen traten in ihre Augen und Ralf fasste Mut, sie zu trösten. Als er spürte, dass es ihr guttat, legte er behutsam seinen Arm um ihre Schulter. Auch das war kein Fehler, wie ihm schien.

Mit seiner Verpflegung war es inzwischen knapp geworden, von Fischen allein wollte oder konnte er sich nicht dauernd ernähren, da musste mal was anderes her, und seien es nur diese Brotfladen. Im Laden von Oliana gab es sicher auch manch anderes, das Versorgungsschiff hatte er erst vor einigen Tagen gesehen, da gab es bestimmt Auswahl.

Als er dann Jaimia im Laden antraf, blickte sie immer noch besorgt drein. Wo denn ihre Fröhlichkeit geblieben sei, fragte er sie. Es dauerte eine ganze Weile, bis sie ihm antwortete. Es war ihr anzumerken, wie schwer sie sich dabei tat. Doch dann kam sie mit ihrer Sorge heraus. Schon seit Längerem sei ihr aufgefallen, mit Ahio stimmte etwas nicht. Der Arzt wollte eine ernstere Erkrankung nicht ausschließen und habe Laborproben verschickt, und die hatten jetzt seine Besorgnis nicht entkräftet, sondern eher erhärtet. Dann bat sie ihn in den Nebenraum und berichtete ihm genauer, was sie bedrückte. Das war eine ganz ungewöhnliche Geschichte, von der er schon früher etwas in einem Vortrag gehört hatte.

Damals berichtete der Verhaltensforscher Irenäus Eibl-Eibesfeld, in Papua-Neuguinea und vielen Inseln der Südsee sei es durchaus üblich, Neugeborene unversorgt sich selbst zu überlassen, wenn den Müttern ihr Zustand nicht lebenstüchtig genug erschien. Um sich damit leichter zurechtzufinden, ging man davon aus, das Leben und Empfinden fange erst einige Wochen nach der Geburt an.

So war er nicht gänzlich überrascht, als Jaimia ihm ihre Beichte ablegte. Überrascht war er nur, dass sie ihn ins Vertrauen zog, obgleich sie sich noch gar nicht richtig kannten. Vermutlich musste sie irgendwie ihren Kummer loswerden, egal an wen.

In Polynesien sei es oft üblich, dass werdende Mütter zur Geburt ganz für sich allein Gunnera-Felder aufsuchten. Deren Stängel seien zwar giftig, aber die Mammutblätter besäßen eine aseptische Ausdünstung, die das Neugeborene wie auch die Mutter vor Infektionen schütze. Gleich nach der Abnabelung durch die Mutter schaute diese das Neugeborene genau an, um sein Erscheinungsbild zu bewerten, den Geburtsschrei, die Atmung, die Hautdurchblutung, die Beweglichkeit, etwaige Missbildungen und etliches mehr. Wenn sich dabei auffällige Schwächen und Mängel zeigten, sei es gängige Übung, das Neugeborene mit ein paar abgerissenen Mammutblättern zuzudecken und allein nach Hause zu gehen.

Und wo war da ihr Problem?, fragte er sie.

Auch bei Ahio hätten sich damals einige Schwächen gezeigt, doch habe sie es einfach nicht übers Herz gebracht, ihn dort auf dem Feld unter den Blättern seinem Schicksal zu überlassen, obgleich sie diese schon über ihn gelegt hatte. In der Folgezeit habe sich Ahio dann doch recht gut entwickelt und sie sei heilfroh gewesen, ihn nach Hause mitgenommen zu haben. Nein, einen Vater habe er nicht, der hätte ihr vermutlich schon damals heftige Vorwürfe gemacht, als sich in den ersten Wochen bei ihm noch einzelne Schwächen zeigten. Doch nun sähe es so aus, als würden seine Probleme wieder aufkommen. Er beruhigte sie, so gut er konnte.

Zwei Tage später nahm er Kontakt zu Kahekili, dem Arzt, auf. Der vermutete ein Problem mit der Schilddrüse, ganz sicher war er sich da aber nicht. Mit seinen beschränkten Möglichkeiten hier käme er da nicht weiter, insbesondere nicht, wenn eine komplizierte Therapie angezeigt sei. In dieser Region herrsche die weltweit höchste Rate beim Schilddrüsenkrebs und Leukämie, so der Inselarzt. In den 30 Jahren von 1966 bis 1996 hatten die Franzosen etwas weiter im Osten 200 Atombombentests über der Erde und dem Meer durchgeführt und den besorgten Bewohnern stets aufs Neue versichert, diese seien für sie gänzlich ungefährlich, obgleich sie genau wussten, das dies dreist gelogen war.

Und was schlug er vor?

Am besten, man würde Ahio rüber zu den Fidschi-Inseln bringen, ins Krankenhaus von Suva, da war man auf so was besser eingestellt.

Und wie kam Ahio dahin?

Das seien knapp 350 Kilometer, jeden Mittwoch kam von dort ein kleiner Postflieger mit Paketen, Zeitungen, Lebensmitteln und anderen Waren. Nachmittags fliege er dann wieder zurück, um die zweieinhalb Stunden dauere der Flug. Ab und zu hatte der schon mal den einen oder anderen seiner Patienten mit nach Suva in die Klinik genommen, berichtete Kahekili.

Aber seine Mutter müsste ihn begleiten, ginge das?

Nun, das sei zwar ein recht kleiner, einmotoriger Flieger mit nur zwei Sitzen vorn, aber für solch ein Kind wie Ahio müsste auch noch Platz sein, etwa gleich hinter den Sitzen bei den Warenkörben.

Jetzt wollte Ralf mal die Kosten kalkulieren. Was musste man für den Flug veranschlagen?

Umgerechnet 300 Dollar hatte er bisher für den Hin- und Rückflug verlangt. Für die Untersuchung und die Therapie müsse man wohl mit bis zu 1.000 Dollar rechnen, auch müssten die beiden ja noch eine Woche bis zum Rückflug Unterkunft finden, das waren dann noch mal an die 500 Dollar, schätzte Kahekili.

Wieder zurück in seinem Zelt, begann Ralf zu rechnen und schaute erst mal in seine Dose unter dem Fels. Umgerechnet gut 4.000 Dollar waren da noch drin. 1.000 davon waren für die Rückreise. Je Woche brauchte er etwa 20, in zwei Jahren also etwa 2.000 Dollar.

Mithin würde er immerhin an die 1.000 beisteuern können, Jaimia und ihre Mutter vielleicht auch um die 300. Und der Rest?

Da kam ihm eine Idee. Um die 800 Einwohner hatte Niuatoputapu. Wenn man eine Sammlung für Ahio durchführte und im Mittel pro Person einen Dollar bekam, dann wären das zusammen noch mal 800, das würde reichen! Notfalls könnte man bei der Postbank sicher auch ein kleines Darlehen aufnehmen.

Schon am nächsten Tag unterbreitete er Jaimia seinen Vorschlag. Sie schaute ihn mit ungläubigem Staunen an.

Aber Ralf gab den Entschlossenen, so und nicht anders hatte das zu laufen. Gleich am nächsten Tag sollte die Sammeltour beginnen, sie als Mutter mit ihm als Helfer.

Der erste Tag war nicht ganz so gut gelaufen, umgerechnet 140 Dollar waren zusammengekommen. Sie hatten da schon auch etwas aufs Mitleid gesetzt, und es zeigte sich tatsächlich ein spürbarer Zusammenhalt auf der Insel. Allerdings musste man berücksichtigen, fast alle waren recht arm, zwei oder drei Dollar waren schon viel für sie, zumal sie auch noch oft Schulgeld aufzubringen hatten. Haupteinkunftsquelle waren ihre Flechtarbeiten. Pandanusmatten flochten sie, zumeist in der Stube von früh bis spät. Draußen liefen ein paar Schweine, Ziegen und Hühner herum, auch mal ein Hund. Strom gab es nicht, die Leitungen hatte der Tsunami zerstört.

Für Ralf war die Sammelaktion zudem eine willkommene Möglichkeit, einem Teil der Inselbevölkerung zu begegnen, wenn auch nur kurz. Ein richtiges Gemisch verschiedener Ethnien traf man da an, aber wie es schien, lebten die ganz spannungsfrei zusammen, von denen konnte man was lernen. Vermutlich lag deren Vermischung schon lange zurück, aber immerhin, sie schien geglückt. In einem Punkt ähnelten sie sich jedoch alle, Fettleibigkeit war Trumpf. Richtig dünn waren meist nur die Armen und die Sonderlinge, so wie er. Ganz besonders fiel ihm beim Sammeln auf, wie freundlich alle waren, nirgends stießen sie auf Ablehnung, ganz im Gegenteil.

Fast sieben Stunden waren sie auf den Beinen, und Jaimia schlug ihm vor, bei ihnen in dem Fremdenzimmer zu übernachten, um morgen fit für die nächste Sammeltour zu sein.

Das schien ihm eine gute Idee, und bald nach dem abendlichen Imbiss machte er sich lang in diesem breiten Bett für die beleibten Polynesier.

Auch Jaimia brachte nebenan Ahio zu Bett und spielte für ihn mit der Ukulele ein Lied zur guten Nacht. Kein einziges Wort des Liedtextes mit den fremdartigen Lauten verstand er, aber ihre Stimme schlich sich derart unabweisbar in sein Inneres, dass er seinen Ohren kaum trauen wollte. War es denn möglich, hier am Ende der Welt eine junge Frau zu finden, deren Stimme einen im Handumdrehen gefangen nahm? Nein, das kam von keiner CD, er hatte sie ja noch mit der Ukulele in Ahios Zimmer gehen sehen. In westlichen Ländern würde sie gewiss als polynesische Folksängerin gefeiert. Und hier? Da sang sie allein für ihren kleinen Jungen. Nicht nur, er meinte herauszuhören, wie sie wohl auch ein wenig für sich selbst sang. Schade, jetzt war das Lied zu Ende.

Bei bisherigen Gesprächen mit ihr war ihm nichts dergleichen aufgefallen, vermutlich wechselte ihre Stimme erst beim Singen in diese unnachahmlich melo-

156

dische, teils melancholische Tonart mit ihrem ganz authentischen Timbre. Vielleicht hatte sie ja in der Schule Gesangsunterricht erhalten, aber das allein konnte es nicht sein.

Nett fand er sie von Anfang an, aber richtig begehrenswert eher nicht oder noch nicht, da war immer noch eine gewisse Distanz zu diesem fremdartigen Wesen. Doch es hatte jetzt nur dieses einen Liedes bedurft, um das ein ganzes Stück weit zu ändern. Immerhin, sie waren sich damals in der Werkstatt, sei´s unbeabsichtigt oder nicht, körperlich ganz nah gekommen, aber richtig gefunkt hatte es damals zumindest bei ihm noch nicht. Das lag sicher auch daran, dass er seine Augen noch nicht so recht auf diese ungewohnten, aber durchaus augenfälligen Reize der Polynesierinnen ausgerichtet hatte.

Ihre Stimme klang noch eine ganze Weile in seinen Ohren nach, bis auch er einschlief.

Irgendwie hatte er dann in der Nacht schon was bemerkt, war aber nicht ganz aufgewacht. Als er sich später in seinem Bett umdrehte, schien es ihm, als sei er da nicht allein.

»Nothing else, I only want to be somewhat closer to you, nothing else«, flüsterte Jaimia ihm zu.

Wie sollte er das verstehen? Fühlte sie sich etwa verpflichtet, seine Hilfe körperlich abzudienen? Wenn es so gemeint war, kam es für ihn zur Unzeit. Überhaupt sah er so was nicht als einseitige Dienstleistung an, da war schon Beidseitigkeit gefragt, ohne die lief bei ihm rein gar nichts. Also drehte er ihr den Rücken zu und nahm sich vor, morgen mal ganz offen mit ihr darüber zu sprechen. Mit diesem Vorsatz schlief er bald wieder ein.

Es war noch früher Morgen, als er aufwachte. War da nicht was? Oder hatte er das nur geträumt? Zumindest lag er allein im Bett.

Am Folgetag war der Ertrag höher, immerhin waren es diesmal umgerechnet knapp 240 Dollar. Dafür waren sie weite Wege geradelt, bis hin nach Vaiopao, Falehau und zurück.

Zufrieden legte er sich abends wie tags zuvor in das komfortable Bett und wartete auf ihr Gutenachtlied nebenan. Doch an diesem Abend gab es keines. Schade, dann eben ohne Lied. Trotzdem, in diesem breiten Bett konnte man sich wohl fühlen, schon was anderes als auf seiner engen Luftmatratze. Richtig, er wollte doch mit ihr über ihren Besuch letzte Nacht sprechen, daran hatte er nicht mehr gedacht.

So konnte es ihn auch nicht verwundern, wenn er irgendwann in der Nacht wieder Besuch bekam. Ganz als stilles Mäuschen wie letzte Nacht gab sie sich jetzt nicht mehr, bald kuschelte sie sich an ihn heran, obgleich das Bett doch breiter war. Aber auch diesmal war sie damit zufrieden und verschwand irgendwann am frühen Morgen auf leisen Sohlen.

Ein wenig wunderte er sich schon über ihre Enthaltsamkeit. Junge Polynesierinnen hatten in der Regel zusammen mit den jungen Männern recht früh ein freizügiges Beziehungsleben mit wechselnden Partnern, das war hier ganz normal und keineswegs anrüchig. War man da nicht mit dabei, machte es einen unattraktiv, fast so wie daheim ein schlechter Tänzer. Dazu brauchte es oft gar keine Verliebtheit, es mussten halt beide nur gerade Lust dazu haben. Das hatte er mit einigem Staunen einem Buch über polynesische Gebräuche entnommen, als er sich auf seine Reise vorbereitet hatte. Doch dieses Buch war schon über 20 Jahre alt, ob das auch heute noch so war?

Jetzt kam nur noch diese eine Nacht, bislang hatten sie 380 Dollar eingesammelt, vielleicht würde es zum Schluss noch reichen.

Auch diese Nacht würde wohl wie die zwei zuvor verlaufen. Und so kam es auch, doch diesmal blieb sie bis zum frühen Morgen. Vielleicht war es besser, wenn er ihre Besuche als ganz natürlichen Dank hinnahm. Unangenehm waren sie ihm keineswegs. Hatte sie von ihm mehr erwartet? Vielleicht, vielleicht auch nicht. Bestimmt aber brauchte sie ganz einfach menschliche Nähe in ihrer Sorge um den kleinen Ahio. Und die hatte er ihr nun drei Nächte lang geben können. Weiter reichenden Absichten standen ihm immer noch seine Gefühle für Sarah im Wege.

Vom Typ her war sie eher Tahitianerin mit hellerer Haut und fast schwarzen Haaren, unter ihnen gewiss eine der attraktiveren. Eine Südseeschönheit? Ja doch, schon. Aber mit ihrer Stimme war sie konkurrenzlos. Ralf wunderte sich, aber es war schon so, seit er ihr Singen gehört hatte, war sie in seinen Augen begehrenswerter geworden und auch wertvoller. Keine Frage, es gab so etwas wie eine innere Schönheit, die nach außen strahlte.

Gerade bei ihr kam aber noch eine Qualität ganz eigener Art hinzu, die ihm bislang noch nicht so spürbar begegnet war. Ein ganz natürliches, bescheidenes, aber zugleich selbstsicheres Lebensgefühl, das eine schwer beschreibbare Anmut eigener Prägung mit sich brachte.

Mit Ahio war sie dann drei Tage später am frühen Nachmittag in diesem Postflieger gestartet, von ferne hatte er dessen Startgeräusche noch vernommen.

Abends im Zelt musste er an Ahio denken. Ob die radioaktive Reststrahlung der 200 überirdischen Atombombenexplosionen der rücksichtslosen Franzosen hier in der Südsee auch seine Schilddrüse krank gemacht hatte? Was die sich überhaupt dabei gedacht haben? Immerhin lebten in dieser Region an die fünf Millionen Menschen. Vermutlich hielt man die damals für weniger wertvoll, halt ungebildete Urmenschen, die da eher sinnlos vor sich hin vegetierten, da kam es auf etliche mehr oder weniger nicht an. Wichtiger war, diese Massenvernichtungswaffen zu besitzen, je mehr und je vernichtender, desto besser. Massenvernichtung, ein abartiger Begriff. Die Massen, das waren unzählige Menschen mit ihren Habseligkeiten. Vernichtung erklärte sich schon aus dem Wort selbst: Da ging es um etwas, das eben noch existierte und dann, von einem Augenblick auf den nächsten, ins Nichts befördert wurde.

Um Macht und Übermacht ging es da, weit mehr als bei den Tieren. Die Raubfische töteten ihre schwächeren Artgenossen, um sich am Leben zu halten, das konnte man ihnen kaum verübeln. Noch nie hatte er von Fischen gehört, die andere umbrachten, nur um sie auszurotten, das war leider den Menschen oder Unmenschen vorbehalten. In früheren Kriegen standen sich Streitmächte im Felde gegenüber. Allerdings bestand deren Aufgabe nicht im Streiten, man stand dem Gegner ganz persönlich gegenüber, und genau den hatte man zu töten. War es vollbracht, war so mancher nicht mehr der, der er eben noch gewesen war.

Bei Massenvernichtungswaffen gab es diese posttraumatische Nachwirkung allenfalls für den einen, der zur Auslöschung von hunderttausend Leben oder mehr den Knopf gedrückt hatte. Dadurch war dann, wie einst im alten Pompeji, eine Feuersbrunst wahllos, wie ein anonymes Schicksal, über alle hergefallen.

Sein Denkmodell von Maria Laach kam ihm in den Sinn. Es gab da bisweilen wohl so etwas wie einen abartigen Vernichtungstrieb, der sich der Agenda eigenwillig bemächtigen konnte und nicht zu bremsen war. Der war brandgefährlich, wenn das Gewissen zu schwach war, um erfolgreich dagegenzuhalten. Waren davon nur kranke Hirne betroffen wie Rassisten und Glaubenskrieger?

Das waren alles ganz ungute Gedanken. Besser, er wandte sich jetzt seiner Meditation zu, um gesunden Schlaf zu finden.


Heute Mittag war die Woche herum, da musste Jaimia mit Ahio zurückkommen und Ralf war gespannt zu hören, was da in Suva herausgekommen war. Also watete er durchs Niedrigwasser rüber und steuerte die Landepiste auf halbem Weg nach Hahifo an. Sicher würde es noch dauern, aber er hatte ja Zeit.

Als kleinen Punkt entdeckte er schließlich den Inselhopser weit vorn über dem Horizont. Nach der Landung stieg erst der Pilot, dann Ahio und zuletzt Jaimia aus und machten dabei kleine Sprünge hinunter auf den Boden. Ahio lief sogleich um den Flieger herum, das war schon mal ein gutes Zeichen. Jaimia eilte auf Ralf zu und fiel ihm um den Hals, das war ein noch besseres Zeichen. Ganz Erfreuliches hatte sie zu berichten, die Schilddrüse war es schon, aber ein Eingriff war nicht erforderlich, eine Injektion und verschiedene Tabletten reichten aus, um ihn zu kurieren, allerdings musste er die Medikamente lange Zeit einnehmen. Und statt der 1000 Dollar hatte es nur knapp die Hälfte gekostet. Sie wollte ihm die restlichen 500 sogleich zurückgeben, aber er bestand darauf, sie für die Medikamente zurückzulegen.

Zusammen gingen sie nun zu Oliana, um ihr zu berichten, wie gut alles gelaufen sei. Die freute sich riesig, Tränen des Glücks zeigten sich in ihren Augen und Ralf umarmte auch sie ganz herzlich.

Inzwischen war es Anfang Oktober, der Sommer war im Anzug, da sollte er sich einreiben, um keinen Sonnenbrand zu bekommen. Später, wenn er dann erst mal gebräunt war, brauchte er das nicht mehr. Endlich fand er die Tube im Rucksack. Aber er fand noch mehr, seine kleine Taucherbrille, an die hatte er gar nicht mehr gedacht.

Zum Tauchen war es besser, zum kleinen Korallenriff rüberzugehen, da fühlten sich die Fische wohler und waren hier folglich in großer Zahl anzutreffen. Richtig abtauchen konnte und wollte er nicht, eher lag er auf dem Wasser als darin, so gut trug es. Der leichte Seegang hob und senkte ihn ein wenig, das war richtig angenehm. Mit dem Kopf tauchte er etwas tiefer ein, um weiter runterzuschauen. Ein ganzer Schwarm kleiner, auffallend bunter Fische zog da gerade vorbei, doch er konnte sie nicht zuordnen. *Ichthyologie* nannten die Experten die Fischkunde, das war schon alles, was er dazu wusste, völlig unbeleckt war er da. Gleichwohl konnte man diese so schwerelos und elegant dahingleitenden Tiere bewundern, unabhängig von der Kenntnis ihrer Gattung. Mit ihrem spielerischen Wedeln zur Fortbewegung ähnelten sie den Skifahrern, wenn diese mit eleganten Schwüngen die Abhänge herunterkamen. Jaimia hatte ihm geraten, nahe dem kleinen Korallenriff zu bleiben, weiter draußen hielten sich Rochen, Schwertfische und sogar kleinere Wale und Haie auf. Wirklich gefährlich seien die zwar nicht, aber es gab da auch Überraschungen.

Recht heiß war der Tag heute, da tat das Abflauen zum Abend hin gut, und er griff nach dem Brotfladen, denn ein Fisch war heute wieder nicht in seine Falle gegangen.

Eine ganze Weile döste er so vor sich hin, er wollte sich jetzt keinerlei Gedanken machen, einfach mal an gar nichts denken und seine Ruhe haben. Das war gar nicht so einfach, es brauchte Übung, um das zu erreichen, aber schließlich war es ihm gelungen und er eingeschlafen.

Als er die Augen wieder öffnete, war die Sonne wohl gerade untergegangen. Nach und nach zeigten sich in der Dämmerung die ersten Sterne. Venus oder Mars? Ralf war auch in Sachen Sternkunde ein absoluter Laie. Aber genau genommen brauchte man diese Kenntnisse auch nicht, um sich am Sternenhimmel zu erfreuen.

Ob es auf diesen unzähligen Planeten wirklich keine wie auch immer geartete Wesen gab? Und sollte es so sein, waren dann die Sterne da oben alle überflüssig, nur so zur Dekoration des Abendhimmels für die Menschen hier unten? Schwer vorstellbar.

Immerhin bewegten sie sich um die Erde, aber auch das nur zum Schein, tatsächlich drehte sich ja die Erde, und die gaukelte einem deren Bewegungen am Himmel vor. Nicht ganz, es waren ja Planeten, und die bewegten sich schon auch, alles im All war in Bewegung, das hatte er damals im Deutschen Museum gelernt. Nur von einem war da nicht die Rede, von den schwarzen Löchern. Und die waren ungeheuer gefräßig, denn nach und nach konnten sie alles da oben verschlucken. Dennoch waren ihre Mägen gänzlich unsichtbar, vielleicht weil sie so klein waren wie einst das All vor seiner Explosion? Wie war man eigentlich auf die Existenz dieser ominösen Löcher gekommen? Er hatte dazu vor längerem einen Artikel über diese merkwürdigen Quarks in der Kosmos-Zeitschrift beim Friseur gelesen. Diese Löcher hatte noch nie jemand gesehen, selbst nicht im größten Teleskop der Welt, und niemand würde sie je sehen, denn sie entsprangen allein den Kalkulationen des Gravitationsgesetzes eines Herrn Newton. Zudem hatte Albert Einstein deren Existenz bereits vorausgesagt. Die Sternbahnen verliefen üblicherweise nahezu geradeaus, doch bisweilen bog ihr Kurs ab. Nicht nur sie, sogar das Licht, dieses Leichtgewicht, tat desgleichen. Da musste es eine überaus starke Kraft geben, die dafür verantwortlich war. Und diese ungeheure Kraft war einer extrem schweren Masse und deren Anziehungskraft zuzuschreiben, nur war diese Masse eben unsichtbar. Längerfristig war das sehr gefährlich. Kamen die Planeten dem Einzugsgebiet der schwarzen Löcher zu nahe, wurden sie von ihnen eingefangen, mussten abbiegen und fielen schließlich in sie hinein, einer nach dem anderen. Und jeder eingefangene Stern erhöhte mit seiner Masse die Anziehungskraft dieser ominösen Löcher.

Konnte solch ein abartiges Szenario einer göttlichen Schöpfung entsprungen sein? Damit würde sie ja vom Beginn an den Keim ihres Untergangs in sich tragen. Er schüttelte den Kopf, noch ein Grund, warum ihm die biblische Schöpfungsgeschichte mehr als unglaubwürdig erschien. Jetzt war er doch wieder ins Nachdenken gekommen, da gab es keinen Knopf zum Abschalten.

Als es dämmerte, hörte er wieder dieses Zupfen draußen. War er wieder am Werk, der merkwürdige Flughund? *Fluhu* hatte er ihn getauft. Zu den Säugetieren sollte er sogar gehören, hatte Jaimia ihm erklärt, selbst die Paarung sollten diese Tiere kopfüber hängend vollziehen. Da musste die Natur mit den vielen Genen irgendwie durcheinandergekommen sein, anders waren diese sonderbaren Vögel kaum zu erklären.

Bald gab es Ruhe da draußen, entweder hatte Fluhu genug gefressen oder in der Dunkelheit nichts mehr gefunden. Traumlos schlief er bis zum aufkommenden Morgenlicht.

Verdammt noch mal, konnten die sich in der Kolonie da drüben nicht gedulden, bis es hell wurde? Schon wieder hatte ihr lautes Gepiepse ihn in aller Herrgottsfrühe geweckt. Da kam er auf eine Idee. Schon griff er nach seiner Sipsi, um sich an ihrem Frühkonzert zu beteiligen. Kaum hatte er einige Töne hinausgeschickt, trat wie auf Befehl Ruhe ein. Wie das? Gewiss waren sie von diesen andersartigen Tönen verunsichert. Also flötete er weiter. Es dauerte nicht lange, bis sie sich zurückmeldeten. Jetzt ganz aufgeregt, so, als wollten sie ihre Artgenossen vor etwas warnen. Bald danach schwiegen sie wieder und ließen ihn noch etwas weiterschlafen.

Als er später vollends aufwachte, nahm er sich vor, heute sein künstliches Fischfangbecken ertragreicher zu gestalten. Zunächst wollte er jedoch, wie jeden Morgen, hinausschauen, um sich an der vor ihm liegenden Szenerie zu erfreuen. Dabei sah er weiter vorn etwas im Sandstrand liegen. Beim Näherkommen erkannte er einen schmalen Holzkasten, vermutlich hatte die Flut ihn in der Nacht angeschwemmt. Der lag da gerade so, als hätte ihn der Postbote dort zum Abholen hingelegt, weil er niemanden angetroffen hatte. Aus massivem Holz war er. Ralf trug ihn zum Zelt rüber, aber mit seinem Taschenmesser konnte er nichts ausrichten.

Vermutlich galt auch hier die Regel, Strandgut gehörte dem Finder. Was konnte da nur drin sein? Als er den Kasten kippte, rutschte etwas darin herum. Ein größeres Werkzeug zum Öffnen der Kiste musste her. Also entschloss er sich, das Fundstück nach Hihifo zu schleppen. Da hatte er sich was aufgeladen, denn der Kasten war recht unhandlich, mehrfach musste er eine Rast einlegen, um den Findling im Griff zu behalten

Oliana begrüßte ihn, wie stets, sichtlich erfreut. Was schleppte er denn da heran? Ein Fundstück, vom Meer in der letzten Nacht angespült, er brauche ein geeignetes Werkzeug zum Öffnen. Im Werkzeugraum fand er nichts Brauchbares, aber im Nachbarraum eine Säge, mit der ging er zu Werk.

Inzwischen war auch Jaimia mit Ahio dazugekommen, und alle standen gespannt um die Kiste herum. Ein rostiger Blechkasten war drin. Auch der widersetzte sich dem Öffnen eine Weile, bis er endlich seinen Inhalt freigab.

Alle staunten ungläubig, Ahio sogar mit offenem Mund. Perlen lagen darin, schwarz und anthrazit, erbsen- bis kirschgroß. Wie Oliana wusste, stammten die vermutlich aus Muscheln um das Tuamotu-Archipel, sofern es Naturperlen waren, doch auch Zuchtperlen konnten es sein. Woher sie das wusste? Minkabh, ihr Mann, kannte sich da aus. Eine Tahiti-Halskette mit solchen Perlen habe sie sogar vorn im Laden, aber die sei allen hier zu teuer. Seit Jahren warte sie vergeblich darauf, dass ein wohlhabender Weltumsegler vorbeikam und sie kaufte. Mit diesen Perlen habe es in der polynesischen Schöpfungsgeschichte seine besondere Bewandtnis, so Oliana.

Und welche?

Tane, der Schöpfer der Welt sowie ihrer Harmonie und Schönheit, überbrachte mit diesen Perlen das Licht in diese Welt. Sie inspirierten ihn zur Erschaffung der leuchtenden Sterne, die ihrerseits den Himmel erhellten. Danach übergab Tane die Perlen an Rua Hatu, um den Ozean zu beleuchten.

Was für eine tolle Geschichte!

Aber Jaimia hatte in der Schule noch weit mehr dazu

gelernt. Oro, der Gott des Krieges und des Friedens, erbat sich die Perlen, um damit um seine irdische Geliebte zu werben. Nachdem er damit Erfolg hatte, übergab er die Perlen an Te Ufi, der sie in den polynesischen Lagunen ablegte. Dort schmückten seither Okana und Uaro, die Geister der Korallen, die Fische des Pazifiks mit all ihren wundervollen Farben. Auch eine ganze Reihe weiterer Götter gab es da noch in Polynesien.

»Und keine einzige Göttin?«, wollte Ralf wissen.

»Ja schon, aber nur wenige«, so Jaimia. »Papatuanuku, die Urmutter Tongas, und Hina, die Mondgöttin, sind Frauen, aber die Männer stellen ganz klar die Mehrheit. Tumatauenga, der Kriegsgott, Tawhihirimatea, der Wettergott, Tangaroa, noch ein Wettergott, Rongo, der Gott des Landbaus, Haumia, der Gott des Wildwuchses, Ta´aora, der Gartengott, Tangaloa, der Schöpfer Tongas, Maui, der Sonnengott, und Rangiuni, der Vater des Himmels, sind alle polynesische Götter.« Und das waren nur die wichtigsten.

»Donnerwetter, da kommt ja einiges zusammen«, wunderte sich Ralf. »Aber deren unterschiedliche Zuständigkeiten betreffen ja alle das Leben auf der Erde, ist denn wenigstens Rangiuni für das himmlische Paradies zuständig?«

»Nein, nein, der ist nur für unseren Himmel mit seinen Wolken und dem Regen sowie für Blitz und Donner zuständig. Ein wie auch immer geartetes traumhaftes Jenseits kennt man hier gar nicht.«

Interessant, die kamen hier also ganz ohne Verheißungen aus. Zudem waren diese Gottheiten mit ihren aufgeteilten Zuständigkeiten nicht nur der Erde, sondern auch den Menschen auf ihr weit näher als die Alleinherrscher der monotheistischen Religionen. Sehr interessant.

Jetzt widmeten sich alle wieder dem Perlenfund. Ralf war regelrecht baff. Welchen Schatz hatte er da an Land gezogen, Dutzende dieser fantastischen Perlen mit derart interessanter Geschichte, unglaublich.

Sogleich ließ er sich Olianas Halskette aus dem Laden zeigen. Ziemlich klein, die Perlen, 12 Stück zählte er. Was sollten die denn kosten? Um die 100 Dollar, meinte sie, in Samoa und Fidschi würde die etwa das Doppelte bringen und in Tahiti noch mal das Doppelte, weil die Touristen dort wussten, diese Perlen waren bei ihnen zu Hause noch weit teurer.

Ralf fing an zu zählen. Eine Hand voll, das waren um die 12, danach 6 Hände, zusammen also etwa 70. In Samoa waren das demnach an die 1000 Dollar und zu Hause noch weit mehr.

Wie war diese schmale Holzkiste wohl ins Meer geraten? Vielleicht von Bord gerutscht, oder mit einem Schiff untergegangen? Nur gut, dass der kleine Blechkasten in dem größeren Holzkasten lag, sonst wäre er vermutlich untergegangen.

Olianas und Jaimias Erzählungen zur polynesischen Schöpfungsgeschichte gefielen ihm mindestens so gut wie sein Perlenfund. Schon Kahekili hatte ihm erzählt, dass fast alles aus der polynesischen Kultur und Historie durch die Kolonialisierung der Europäer in Vergessenheit geraten war, zumal es an schriftlichen Zeugnissen mangelte. Soweit Ralf es überblickte, gab es da keine Religion, die mit traumhaften Verheißungen des Jenseits arbeitete und dafür den unbedingten Glauben einforderte. Tane, Rua Hatu, Te Ufi, Oro und wie sie sonst noch hießen, hatten bestimmte Zuständigkeiten, wie das auch in der Antike üblich war. Den alten Griechen und Römern ging es vorrangig um ihren Nachruhm. Den wollten sie sich durch ruhmreiche Taten in ihrem Leben sichern. Auch diese polynesischen Götter ähnelten wohl der Göttervielfalt der Antike, waren also eher menschlich als göttlich. Daher gingen sie auch menschliche Verbindungen ein und zeugten Halbgötter. So auch der Gott Oro mit der Zuständigkeit für Krieg und Frieden bei seinem Werben um eine irdische Geliebte.

Und überhaupt, die alten Polynesier hatten mit ihrem Oro jemanden, der für Krieg und Frieden zugleich zuständig war. Da waren sie den Griechen und Römern weit voraus, denn die hatten nur Ares und Mars als bloße Kriegsgötter. Für den Frieden waren Frauen zuständig, und die konnten sich meist nicht gegen die Männer durchsetzen.

Ob es vielleicht am kleinen Korallenriff von Nukuseilala auch Austernmuscheln gab? Er würde mal die paar Meter hinabtauchen, um nachzusehen. Gäbe es welche, könnte er Jaimia eine Perle oder sogar eine Perlenkette aus eigenen Tauchgängen schenken. Weniger als Werbung, wie beim Oro und seiner Geliebten, denn zugeneigt schien sie ihm inzwischen auch so schon. Oder entsprang das wieder nur seiner Einbildung und gedanklichen Schönfärberei?

Die allermeisten Muscheln hatten von Natur aus keine Perlen, die bildeten sich nur, wenn das Wachstum der Muschel gestört war, etwa durch ein Sandkorn, und die Muschel über lange Zeit versuchte, den Fremdkörper mit immer neuen Perlmuttschichten abzukapseln.

Heute wollte er mal schauen, ob es beim kleinen Riff überhaupt Muscheln gab. Mit seiner Tauchmaske und dem Schnorchel konnte er so um die zwei Meter tief tauchen. Fantastisch, diese Farbenpracht und die vielen Fische da unten, allein das lohnte schon den Tauchgang. Okana und Uaro aus der Perlen-Mythologie der Polynesier waren hier fleißig am Werk gewesen, und wie. Die reinsten Künstler, die hatten wirklich was los, ganz anders als die Graffiti-Schmierer zu Hause.

Drüben am Riff entdeckte er die erste größere Muschel. Doch er zögerte – würde das gewaltsame Aufklappen ihr Ende bedeuten? Dann überwand er sein Zögern, schnappte sie und tauchte mit ihr auf. Schließlich mussten ja alle verenden, wenn man sie kochte.

Wie vermutet war es eine Niete. Zehn Versuche wollte er sich genehmigen, wenn bei denen keine Perle zu finden war, würde er es dabei belassen. Bei der achten fand er eine, aber eine ganz kleine. Also ließ er es erst mal dabei bewenden.

Auf den Vulkanberg wollte er zumindest einmal, um von dort Ausschau zu halten. Der war zwar nur 157 Meter hoch, doch das würde sicher reichen, um einmal die ganze Insel im Überblick zu haben. Der Fußweg hinauf war ein reiner Trampelpfad, auf dem ging sicher nur ab und zu jemand rauf. Als er den oberen Rand der Caldera erreichte, stellte er fest, dass sich der Weg echt gelohnt hatte. Nicht nur wegen der tollen Rundumsicht, auch der Blick hinunter in den Schlund des Rachens des inzwischen erloschenen Vulkans erinnerte den Betrachter daran, dass hier einst glühendes Erdreich hoch hinaus in den Himmel geschleudert wurde. In irgendeinem Vulkan wie diesem musste vor ewigen Zeiten das Leben seinen Anfang genommen haben. Und was alles daraus entstanden war! Schwer zu glauben, aber das Experiment der beiden Studenten aus England wurde ja vielfach wiederholt und führte immer zum gleichen Ergebnis, den Aminosäuren, Grundbausteine des Lebens.

Ralf versuchte ein wenig den Vulkankrater hinabzugleiten und rutschte gleich mehrere Meter die Schräge hinunter. Beim Aufstehen ging das Rutschen hurtig weiter, bald war er zehn Meter tiefer gelandet und schon folgten die nächsten Meter. Schließlich war er ganz unten auf der Kratersohle angelangt.

Hier, etwa 40 Meter unter dem Kraterrand, sah es jedoch verdammt öde aus. Kein Grashalm, nur braunschwarze Schlacke und Totenstille. Lediglich ein Vogel flog gerade oben drüber, der hatte wohl gleich erkannt, dass es da unten nichts zu holen gab, und zog weiter. Am besten, er würde auch gleich den Rückweg antreten, doch dazu musste er zunächst den steilen Geröllhang wieder hinaufklettern. Doch erst mal wollte er sich hier unten noch etwas umschauen. Dieser Krater hatte längst ausgedient, sein wildes Leben war seit vielen Jahrtausenden verloschen. Nicht mal zur Auffüllung mit Meerwasser hatte es gereicht, dafür war er zu hoch emporgestiegen und nun sich selbst überlassen.

Irgendwoher kam in Ralf das vage Gefühl auf, als wolle dieser bislang schweigsame Krater ihm ganz persönlich etwas mitteilen. Unschlüssig begann er da unten in dem öden, verlassenen Kegel einige Runden auf seiner Asche zu drehen, immer links rum, dann rechts rum, andere Wege gab es nicht. Was für ein Unterschied zu diesem bezaubernden Laacher Kratersee und seinem sieben Kilometer langen Rundweg.

Diese Aminosäuren im höllisch heißen Krater der Urzeit, was konnte aus ihnen geworden sein? Nun ja, irgendwann der erste Einzeller. Vermutlich hatte der sich dann lange Zeit immer wieder geteilt, um zu überleben, denn eine andere Chance hatte er wohl kaum. Doch dann musste aus ihm bei der Teilung zunächst ein Zweizeller und nach und nach ein Vielzeller geworden sein. Später dürfte dieser den Sprung zur Beweglichkeit geschafft haben. Damit konnte er irgendwo eine kochende Wasserpfütze gefunden haben, die ihn mit ihrem Dampf einen großen Schritt weitergebracht hatte. So ging das ewig langsam voran, bis er es schaffte, sich durch weitere Teilungen zu vermehren. Damit eröffnete sich ihm der nächste Entwicklungssprung. Und dem folgten mit der Zeit unzählige weitere. Vor etwa 100 Millionen Jahre dürften dann die ersten Primaten aufgetaucht sein, aus denen sich vor rund 15 Millionen Jahren die ersten Menschenaffen entwickelten. So hatte er die zeitliche Abfolge der Erdgeschichte damals in der Schule gelernt, falls es nicht gerade Religionsunterricht gab. Danach ging es schrittweise voran zum Homo sapiens.

Ralf hielt seinen Rundgang an. Er musste an ein Bild denken, das zu Hause an der Wand hing, den Altar der Menschheit von Dix. Aus der Spitze eines gläsernen Kelchs heraus hatten sich die Menschen der Vorzeit Schritt um Schritt von ganz unten bis hinauf zum oberen breiten Rand des Kelchs entwickelt, umgeben von einer Plattform, dem Altar der Gegenwart. Dort standen sie nun zuhauf, und es sah so aus, als wüssten sie nicht recht, wie und wohin es weitergehen sollte. Über ihren Köpfen schienen runde schwarze Löcher zu schweben, waren es Bedrohungen? Mit erhobenen Händen versuchten alle, sie von sich abzuwehren, doch erfolglos. Rechts und links von ihnen standen Leitern, doch auch die endeten im Nichts.

Ihre Hilflosigkeit übertrug sich jetzt auf ihn, nein, auch er konnte ihnen keinen Ausweg weisen. Aber sie erschienen ihm in ihrer Ratlosigkeit da oben auf dem Altar als seine Brüder und Schwestern. Nein, es war kein Traum, er war wach und Herr seiner Sinne, lediglich die Augen hatte er geschlossen.

Inzwischen zog die Dämmerung herauf und noch immer stand er da herum. Und er blieb, denn ganz allein war er jetzt nicht mehr. Wie viele Generationen mussten ihm vorausgegangen sein, um ihn jetzt hier auf diesem Kratergrund stehen und an sie denken zu lassen? Nach und nach stellten sie sich ihm zur Seite, ein berührendes Gefühl. Sie alle waren doch seine Verwandten, Generation für Generation. Und was hatten sie nicht alles durchgemacht, um diese Kette bis hin zu ihm nicht abreißen zu lassen!

Mittlerweile war es stockfinster geworden, die schmale Sichel des Mondes konnte daran nichts ändern. Da musste er hier unten auf dem Boden bis zum Sonnenaufgang bleiben und legte sich in den Sand. Zumeist blieb er wach oder halbwach, zu viel zog durch seinen Kopf. Wenn er zwischendurch kurz einschlief, gesellte sich kein Traum zu ihm, lediglich ein Gefühl tiefer Verbundenheit mit diesen vorausgegangenen Generationen, allesamt seine Verwandten. Was für ein Familientreffen in diesem öden Krater! Ob es da nicht doch irgendeine Form der Unvergesslichkeit gab, und sei sie auch kaum spürbar, wie der bloße Hauch des Windes, der ihn gerade streichelte?

Als es hell wurde, machte er sich auf den Weg zurück nach Nukuseilala. Auf der Ostseite des Kraters fand er festeren Untergrund, da kam er besser hinauf. Auf dem Weg hinab erkannte er den unschätzbaren Wert dieses Vulkanberges, denn in den letzten Jahren konnte er mit Hilfe des neuen Warnsystems die Bewohner im Norden Niuatoputapus meist rechtzeitig vor dem Zugriff des Tsunamis retten, indem er sich ihnen beim Auslösen der Sirene als rettender Zufluchtsort anbot. So kamen beim letzten großen Tsunami 2009 nur noch wenige ums Leben. Doch ihre Häuser wurden zumeist zerstört. Noch heute arbeiteten sie am Wiederaufbau.

Bei der Suche nach schmaleren Bambusröhrchen für seine Sipsi-Nachbildung hatte er auch solche entdeckt, die sich nach oben hin kontinuierlich verjüngten. Jetzt erinnerte er sich daran, wie er als Schüler eine Panflöte gespielt hatte. Schwierig war das anfangs, aber dann hatte er den Dreh raus und es hatte richtig Spaß gemacht. Sie sollte vom griechischen Hirtengott Pan stammen. Sogar *El Cóndor Pasa*, diese stimmungsvolle peruanische Volksmelodie, konnte er damals ganz eindringlich spielen, auch eine kurze Partie von Mozarts *Zauberflöte*. Eigentlich müsste diese Flöte weit einfacher zu bauen sein, aus unterschiedlich langen Bambusröhrchen mit einer scharfen oberen Kante. Die Röhrchen mussten in ihrer Länge und Breite abnehmend nebeneinander angeordnet werden. Auch das Abstimmen war viel einfacher, denn die Länge der Luftsäule konnte man von oben oder unten mit Korkstücken oder Ähnlichem ganz bequem verkürzen.

Die sich verjüngenden Bambusrohre hatte er drüben auf der Insel rasch wiedergefunden, jetzt sollten sie hier auf Nukuseilala erst mal einige Zeit trocknen, dann ging's an die Arbeit. Spät am Abend kam wohl wieder Fluhu vorbei. War es eigentlich immer derselbe Vogel? Vermutlich schon, denn diese Exemplare waren recht selten. Nein, der Fluhu störte ihn nicht, dieser Nachtschwärmer zupfte ja nur am Gras.

Nach dem Einschlafen sah er sich im Traum auf dem Meerwasser liegen, mit Blick hinunter zu den Fischen, die dort schwerelos in dichten Schwärmen dahinzogen. Bald schon fiel auch von ihm die Schwere ab, nun war er einer von ihnen. Wie im Geleitzug zogen sie miteinander in andere Gefilde des Pazifiks, wer weiß, wohin. Es ging um nichts, um rein gar nichts, allein darum, zur Ruhe zu kommen. Und die kam zu ihm und hieß ihn willkommen.

Tags darauf dauerte es etliche Stunden, bis die Röhrchen in Reih und Glied nebeneinanderstanden. Dann ging's ans Schnitzen der scharfen Kanten oben, sodann an die ersten Abstimmungsversuche. Dazu füllte er erst mal von oben Sand ein, damit konnte er die Höhe der Luftsäule fein dosiert verändern. Bald hörte sich die Tonleiter schon recht sauber an, vielleicht besaß er doch so etwas wie ein absolutes Gehör. Danach dauerte es gar nicht lange, bis er nach einigen Anläufen *El Cóndor Pasa* recht passabel spielen konnte. Es war schon so, was man in der Jugend gelernt hatte, blieb einem.

Beim nächsten Besuch hatte er seine neue Panflöte mitgebracht, um Jaimia zu zeigen, womit er die letzte Woche zugebracht hatte. Auch dieses peruanische Lied vom *El Cóndor Pasa* hatte er inzwischen fleißig geübt, und sie war davon hellauf begeistert.

Sie gab ihm etwas aus ihrer Schulzeit mit, was er gut gebrauchen konnte, ein Buch zur Fischkunde. *Seefische in den Gewässern Polynesiens*, stand auf dem Deckblatt. Trotz reichlicher Gebrauchsspuren und leicht verblichener Farben der Bilder war es recht gut lesbar.

Kaum zu glauben, über 1000 verschiedene Fischarten sollte es da geben, unterteilt in Fischfamilien, große Kaliber wie Haie, Buckelwale und Mantas, mittelgroße Rochen, dazu massenhaft kleine bunte Flitzer. Da musste er sich erst mal einarbeiten, denn sein bisheriger Kenntnisstand hierzu war eher beschämend. Doch das sollte sich jetzt ändern. Er bedankte sich herzlich, fast hätte er ihr zum Dank ein Küsschen aufgedrückt, aber Olianas Anwesenheit hielt ihn davon zurück.

Beim nächsten Treffen bat Jaimia Ralf, ihn auf Nukuseilala einmal besuchen zu dürfen, sie wolle gern mal sehen, wie er dort so hauste. Auch das Inselchen selbst interessierte sie, denn da drüben war sie noch nie gewesen.

Keine Frage, sogar gerne, und er beschrieb ihr, wo sie am besten zu ihm rüberschwimmen konnte. Ihre Sachen und ein Handtuch sollte sie drüben liegen lassen. Also verabredeten sie sich für den nächsten Tag.

Schon früh blickte er mit seinem kleinen Feldstecher immer wieder herüber, dann endlich sah er jemand kommen, das musste sie sein.

Als sie dann mit nassen Haaren überm Gesicht aus dem Wasser auftauchte, war die Überraschung perfekt. War sie das wirklich? Oder stieg da etwa eine Nymphe aus dem Meer, um ihr zuvorzukommen? Gänzlich unbekleidet war sie, allerdings schmückten etliche recht aparte, geradezu künstlerische Tätowierungen die linke Seite ihres Rückens von der Schulter bis hinunter zum Po, beide Brüste, den Bauch und ihre Oberschenkel. Bislang waren ihm bei Jaimia lediglich diese kleinen schwarzen Querbalken an ihren Schienbeinen aufgefallen.

Schon rein künstlerisch betrachtet waren diese Tattoos ein echtes Meisterwerk. Doch er sah darin mehr, eine Veredelung ihres ohnehin attraktiven Körpers zu einem echten Schaustück, das ihn richtig wertvoll machte, gleichsam eine wandelnde Ikone.

Augenblicklich erwachte sein Begehren, sich dieses Kunstwerks liebevoll anzunehmen, sei es nun eine Nymphe oder doch Jaimia.

Sie sah ihm seine Überraschung an, die galt gewiss ihren Tätowierungen, denn ihre Nacktheit war hier ganz üblich, wenn man ins Wasser ging. Diese Tattoos seien hier weit verbreitet, nichts Besonderes, und sie erklärte ihm die einzelnen Motive, um sich dann an seine Seite zu setzen. Ralf begann wie ferngelenkt, diese kunstvoll anmutenden Zeichnungen auf ihrer Haut mit seinem Zeigefinger behutsam nachzuzeichnen, und es schien ihr nicht unangenehm zu sein. Als sie sich noch näher zu ihm setzte, wurde ihm klar, wozu ihr Besuch heute gut sein sollte. Weniger zur Erkundung seiner Behausung, eher zum Erwecken seiner Natur. Dazu schien sie bereit, alles, was sie hatte, ihm hingebungsvoll zu schenken, sogar sich selbst. Ralf wurde klar, er war jetzt gefragt, da gab es keinen Zweifel. Rasch holte er noch seine Decke aus dem Zelt, denn hier auf dem Gras krabbelten etliche kleine Käfer herum, die jetzt arg stören konnten. Auch ein Handtuch brachte er für sie mit.

Was sich sodann nach und nach anbahnte, war für ihn eine ganz neue Erfahrung. Da ging es nicht um stürmisches Zusammenfinden und übereinander Herfallen, eher um Eile mit Weile. Ihrer beider Natur sollte zu ihrem Recht kommen, nicht mehr und nicht weniger. Das brauchte seine Zeit und die sollte man ihr lassen, ging es doch um das Selbstverständlichste der Welt, das keiner Erklärung, Begründung oder gar einer wie auch immer gearteten Verpflichtung bedurfte.

Zuerst kam zur Begrüßung das sachte aneinander Reiben der Nasen, sodann bei geschlossenen Augen das sanfte Suchen ihrer Lippen nach Gleichgesinnten, die zartfühlende Begegnung ihrer Zungen, schließlich der Übergang ihrer feuchten Lippen auf all die Stellen, die empfindungsbereit warteten. Ralf wusste nicht recht, wie ihm geschah, doch dann drängte sich ihm mit verschämtem inneren Lächeln eine altbekannte Melodie auf, *Ein Bett im Kornfeld* …, und so ähnlich lief das dann auch.

Anschließend blieb man so frei wie zuvor. Nichts

Ungewöhnliches war passiert, eben nur das, was der gemeinsamen Empfindung diente, und das war es allemal wert. So lief das also hier in Polynesien, gewöhnungsbedürftig, aber durchaus nachahmenswert.

Jaimia bat ihn, ihr noch etwas auf seiner Panflöte zu spielen, denn für sie war das Spiel noch nicht ganz zu Ende, eine gefühlvolle Nachbetreuung zum Auslauf, wie sie das nannte, fehle ihr noch. Also folgte er ihrer Bitte. Er wusste, El Cóndor Pasa gefiel ihr besonders, doch zuerst wollte er seine eigenen Melodien zu Gehör bringen, danach ihr Lieblingsstück. Als er es schließlich mit all seiner Hingabe in langgezogenen Tönen dahinschweben ließ und sie mit geschlossenen Augen vermutlich diesem traumhaften Vogel aus den Anden nachflog, zeigte sich ihm eine milde Veränderung ihrer Züge. Zumindest eine Andeutung traumhaften Glücks meinte er in ihrem Gesicht zu erkennen, und das stand ihr besonders gut. Dazu gab es nur eine plausible Erklärung, sie hatte sich in ihn verliebt.

Etwas Stolz kam jetzt in ihm auf. Diese Flöte hatte er eigenhändig geschnitzt und so lange geübt, bis er diese Melodie spielen konnte. Auf weit ausgebreiteten Flügeln ließ er den großen peruanischen Vogel durch die Lüfte segeln. Er ganz allein hatte in ihr etwas erweckt, das ihrem Leben gerade Sinn gab, anders war das nicht zu deuten.

An Sarah hatte er jetzt nicht mehr gedacht, doch er war sich sicher, sie würde ihm das nicht verübeln.

Doch nun stellte sich ihm die Frage, wie sich ihre Zweisamkeit mit seinem Eremitendasein hier draußen auf Nukuseilala vertragen sollte, denn die Einsamkeit half ihm, sich zu finden, daran wollte er festhalten.

Abends im Zelt holte ihn diese Frage gleich wieder ein. Er, nein sie hatte da etwas losgetreten, was nun im Raume stand. Da war er sich unschlüssig. Es war wohl das Beste, er würde die weitere Entwicklung erst mal abwarten.

Darauf hatte er förmlich gewartet, nein, sie ließ ihn nicht in seinem Zelt zur Ruhe kommen. War sie überhaupt von dieser Welt? Oder war das hier in der Südsee vielleicht eine ganz andere Welt, in die sie ihn hineingezogen hatte? Eine Fantasiewelt? Am besten, er würde noch mal rasch ins Wasser gehen und sich abkühlen, dann wäre er gleich wieder bei klarem Verstand. Und tatsächlich, das half. Erst mal den neuen Tag abwarten und weitersehen. Mit diesem Vorsatz schlief er schließlich doch ein.

Aber dieses Abwarten entwickelte sich in eine eigenwillige Richtung. Bislang hatte er Jaimias Verliebtheit noch nicht mit ebenbürtiger Gefühlstiefe beantworten können, doch nun arbeitete es in ihm, und das nicht schlecht. Zudem spürte er jetzt eine Leichtfüßigkeit, sogar ein abgehobenes Dahinschweben, vergleichbar seinen Tauchtouren über den so schwerelos durchs Wasser dahingleitenden Fischen. War das die Nachwirkung ihres Zusammenseins? Hatte sie es geschafft, einen Anker in seine Seele zu werfen, um ihn einzufangen?

Einige Tage später meinte Jaimia, Ralf etwas eingestehen zu müssen. Der hautnahe Kontakt zu ihm, wie sie es nannte, habe ihr wirklich gutgetan, den wolle sie auch keineswegs verlieren, aber es sei noch etwas viel Wichtigeres hinzugekommen, ihr »falling in love with him«. Das hatte sie bisher noch nie so erlebt, es habe ihr inzwischen regelrecht den Kopf verdreht, und sie wisse nun nicht, mit ihrer Sehnsucht umzugehen. Hierzulande sei so ein tiefes Verliebtsein eher selten oder zumindest wieder schnell vorüber. Ob das bei den Europäern anders sei, wollte sie von ihm wissen.

Ralf wusste nicht recht, was er dazu sagen sollte. Also fragte er sie, was sie da mit *Hautkontakt* meinte.

»Ganz einfach, man spürt die Berührung des anderen ganz direkt, und wenn sie vorbei ist, eben nicht mehr, so wie beim Kuss. Aber neulich war das ganz anders, da ereignete sich etwas, das weit ins Innere drängte und dort haften blieb, und nicht nur bis zum nächsten Tag. Es ist nirgends genau und doch überall zu spüren, ein ganz eigenwilliges, berückendes Gefühl, das einen nicht zur Ruhe kommen lässt.«

»Und das hast du früher nicht so gekannt?«, wollte er jetzt wissen. Da er nun schon mal dabei war, schob er noch rasch eine Frage nach: »Hattest du früher denn häufiger Hautkontakt zu den jungen Gipfelstürmern hier auf der Insel?«

Mit ihrer Antwort ließ sie sich Zeit. »Doch schon, hin und wieder, aber das war nichts Besonderes, das war bei fast allen Jugendlichen so eine Art Freizeitbeschäftigung. Zumindest die jungen Burschen wies man nicht ab, es sei denn, man hatte wirklich keine Lust. Und hatte man Lust, war das noch längst keine wirkliche Verliebtheit.«

Aha, so war das also. Und ihre jugendlichen Vorgänger, waren die ihm alle egal? So ganz nicht, aber das waren halt die hier üblichen Freizeitbeschäftigungen,

wie sie das nannte, da musste man über diese recht frei-
zügigen Gepflogenheiten der Südsee wohl oder übel
hinwegsehen.

Ralf hüstelte ein wenig, das gab ihm Zeit zum Überlegen. Gewiss, er hatte sie wirklich gern, richtig verliebt
war er bislang zumindest in ihre unvergleichliche Sing-
stimme gewesen. Nun, da sie ihn so gefühlvoll verführt
und sein Begehren erweckt hatte, war eine neue Situation eingetreten. Wenn er sie als Tattoo-Ikone so am
Meeresrand gedanklich vor sich stehen sah, vielleicht
sogar mit einem Lied auf den Lippen, kam er nicht daran vorbei, sich einzugestehen: Ja doch, auch er hatte
sich in sie verliebt, und das mit Haut und Haar.

Doch irgendwie stand immer noch Sarah im Hintergrund. Sie war weit wählerischer, wie sie ihm mal
bekannte, denn die allermeisten hatten nicht das nöti-
ge Mindestgewicht auf ihre Waage gebracht. Er schon,
aber das Schicksal hatte es dann anders gewollt. Könnte
sie ihn jetzt in seiner Verliebtheit sehen, würde sie ihn
vermutlich freigeben, da war er sich ziemlich sicher. Ja
schon, aber auch an irgendeine über den Weg gelaufene
Exotin aus einem fernen Naturvolk, weiß Gott woher?
Und das ohne Abitur, Doktortitel und anspruchsvolle
beruflichen Ambitionen?

Nun ja, dafür aber mit einer Stimme wie selten auf
dieser Welt, dazu ein zum Kunstwerk veredelter Körper
und eine Seele, die Zuwendung suchte und diese reichlich gab. Sie zu lieben, das war jetzt *seine* Entscheidung,
die genau genommen schon längst gefallen war. Doch
erst jetzt hatte er sich dazu bekannt und sich somit endlich freigeschwommen.

Ohne rechten Grund, eher aus innerer Unruhe, kam er vormittags unangemeldet bei Jaimia vorbei. Er wollte nur mal schauen, wie sie ihre Tage in Hihifo so verbrachte, denn eine Vorstellung davon hatte er bislang nur lückenhaft.

Beim Wischen der Regalfächer im Laden traf er sie an. Auf den ersten Blick erkannte er sie gar nicht, denn sie trug eine Wickelschürze und ein buntes Kopftuch. Angenehm war es ihr sicher nicht, in dieser Kluft von ihm bei der Arbeit angetroffen zu werden, gleichwohl begrüßte sie ihn einigermaßen freundlich. Anfangs ließ sich kein rechtes Gesprächsthema finden, bis er begann, sie nach ihrem üblichen Tagesablauf auszufragen.

Hier im Laden helfe sie Oliana beim Einkaufen und den Bestellungen sowie beim Verkauf, auch bei der Abrechnung, Buchhaltung und allem, was da so anfalle. Wie er gerade sehe, müsse von Zeit zu Zeit auch der Laden und das ganze Haus aufgeräumt und geputzt werden.

Na ja, nicht gerade vergnüglich, so sein knapper Kommentar. Wie es schien, hatten sie sich momentan nicht viel zu sagen, richtig peinlich.

Doch dann fuhr sie fort: In der Schule habe sie noch eine Teilzeitstelle, Musik und Kunst unterrichte sie dort an zwei Vormittagen in der Woche, gelegentlich in Vertretung auch Englisch. Nein, richtig studiert habe sie das nicht. Da kam eines Tages ein Lehrer, den hatte das Königreich Tonga geschickt. Der wohnte einige Wochen bei ihnen und hielt in der Schule verschiedene Kurse für Lehrer ab, so auch für sie.

»Doch, doch, das Königreich Tonga gibt es immer

noch«, beteuerte sie ihm auf seine ungläubige Frage.

»Und wie läuft dein Unterricht so ab?«, wollte er jetzt genauer wissen.

»Die Kinder singen mit mir, lernen die Ukulele spielen und trommeln, das macht vor allen den Jungs Spaß. Im Kunstunterricht malen und werkeln die Kinder, dazu schnitzen wir auch so mancherlei. Tikis zum Beispiel.«

»Tikis?«

»Das sind Kultfiguren aus der Vorzeit. Also aus der Zeit vor der Europäisierung, die hier unsere Kultur leider komplett überrollt und ausgelöscht hat. Die Tikis sind uralte Figuren aus Stein oder Holz, die im Laufe der Jahrhunderte vom Erdreich überdeckt wurden. Ab und zu tauchen solche auch heute noch bei Grabungen auf.« Und schon fuhr sie mit ihrer Arbeit fort.

Ralf war bass erstaunt, was für ein Szenenwechsel! Kürzlich noch die verführerische Nymphe, die aus dem Meer stieg, um ihn zu erwecken, jetzt die patente Frau in Arbeitskleidung, die ihm ganz nüchtern erklärte, wie sie im realen Leben ihre Frau stand. Krasser konnte der Kontrast nicht sein.

Aber er musste erkennen, das war heute überhaupt keine gute Idee, hier zur Unzeit überraschend aufzukreuzen und dumme Fragen zu stellen. Er würde sich Gedanken machen müssen, wie er diesen schwachen Auftritt wieder wettmachen konnte.

Ziellos schlenderte er Richtung Korallenriff und weiter nach Osten. Dort legte er sich in den Schatten, döste eine Weile vor sich hin und schlief zwischendurch sogar ein. Irgendwie war das heute überhaupt nicht sein

Tag. Ob er nochmal bei Jaimia vorbeischauen sollte? Besser nicht.

Auf dem Rückweg nach Hihifo kam er an einem kleinen Gartencafé vorbei, setzte sich in den Schatten einer Palme und ließ seine Augen träge umherwandern.

Plötzlich wurde er hellwach. Das war doch Jaimia, die weiter vorn einen freien Tisch ansteuerte ... War sie es wirklich? Tatsächlich, sie nahm da Platz, doch nicht allein. Ahio war dabei und ein etwas älterer Mann, ein Polynesier, wie schon von Weitem zu erkennen war. Wie das?

Sie bestellten Getränke, mehr war nicht zu erkennen. Ralf setzte sich weiter nach hinten zum Busch, der gab ihm etwas mehr Sichtschutz. Viel Unterhaltung gab es bei denen da vorn eher nicht, es schien fast so, als hätten sie sich nicht viel zu sagen, nur Ahio spielte mit einem Windrad, vermutlich hatte der Fremde das mitgebracht. Nach einer Weile bezahlte Jaimia und sie machten sich wieder auf den Weg, Jaimia mit Ahio an der Hand, daneben dieser fremde Mann.

Ralf schüttelte ungläubig den Kopf. Von einem Besucher hatte sie noch am Vormittag nichts erwähnt, war der überraschend gekommen? Er entschloss sich, noch eine Weile abzuwarten und dann dem Mysterium auf den Grund zu gehen.

Jaimia traf er zusammen mit Ahio an, der merkwürdige Besucher war inzwischen offensichtlich abgedampft. Ihr war deutlich anzusehen, wie unsicher sie war. Ralf kam jedoch gleich zur Sache und fragte sie ziemlich unwirsch, mit wem sie denn da im Café war.

»Darf ich das etwa nicht?«, entgegnete sie abwehrend und verlor sogleich den Rest ihrer Selbstsicherheit. Rasch artete das Ganze in einen heftigen Streit aus, so was hatte es bislang zwischen ihnen noch nie gegeben. Ralf war außer sich, knallte die Tür zu und verschwand.

Wer war der fremde Mann im Café? Hatte sie etwa noch eine bislang geheim gehaltene Beziehung zu einem Hiesigen? Oder war es vielleicht nur ein Verwandter, der unangemeldet vorbeigekommen war? Auch möglich.

Ralf machte sich Vorwürfe, zu schnell hatte er da auf Angriff geschaltet, wieder ein Fehler, schon der zweite heute, und ein ganz gravierender dazu. Was nun? Eine total verfahrene Situation war das. Ging da gerade etwas Unersetzliches zu Bruch?

Wie betäubt stampfte er quer übers Feld Richtung Nukuseilala. Dann aber bog er aus irgendeiner Eingebung nach links ab, Richtung Vulkanberg. Als er oben ankam, zeigte sich vom Westen her eine Wolkenfront, das passte wie bestellt.

Ratlos blickte er auf die Talsohle der Caldera hinunter. Alles war heute schiefgelaufen, alles. Und er hatte eine gehörige Portion dazu bei getragen, keine Frage. Warum nur hatte er nicht abgewartet, was sie ihm zu sagen hatte?

Nach und nach zog die Dämmerung herauf und die Wolkenfront war jetzt genau über ihm angelangt. Ihm schwante, diese Nacht im Vulkanloch konnte eine seiner dunkelsten werden.

Vergeblich wartete er auf den Altar der Menschheit, der sich ihm hier schon einmal so eindrucksvoll gezeigt hatte. Gewiss, der kam keinesfalls auf Bestellung. Sein Halbschlaf half ihm ein wenig, vielfach unterbrochen von Fragen, auf die er keine Antwort fand. Nicht einmal der von ihm so geschätzte leichte Hauch des Windes streichelte über seine Stirn hinweg, endlos verlassen fühlte er sich hier in diesem einsamen Loch.

Blass und schemenhaft zog der Altar dann doch noch im fahlen Licht des Halbmonds herauf, aber nicht ein einziger seiner vorausgegangenen Verwandten war darauf auszumachen. Stattdessen lagen diese großen schwarzen Kugeln dicht an dicht bewegungslos auf dem Boden. Wie war das zu erklären? Konnten seine Verwandten ihn nicht verstehen und waren daher demonstrativ ferngeblieben?

Reichlich verwirrt und ratlos machte er sich am Morgen auf den Weg zum Atoll, mehrfach unterbrochen von Pausen, die er einlegen musste, um Kraft zu schöpfen. Noch nie hatte er sich hier auf der Insel derart schwach und elend gefühlt.

Als er dann zum Atoll hinüberwatete, entdeckte er Jaimia vor seinem Zelt. Was für eine Überraschung, und das schon so früh, damit hatte er zuallerletzt gerechnet. Wortlos kam sie auf ihn zu und fiel ihm mit Tränen in den Augen um den Hals. Es sei ihr Fehler gewesen, ihm das zu verschweigen, ganz allein ihr Fehler, aber ihre Scham habe sie dazu getrieben. Dann beruhigte sie sich etwas, vermutlich weil Ralf sie immer noch in seinen Armen hielt. Schließlich setzten sie sich ins Gras, und das schon wieder enger nebeneinander. Beide schwiegen sich an, zu sagen gab es nichts, zu fühlen viel.

Nach einigen Minuten der Stille begann sie ihm alles zu erklären. Dieser Mann gestern, das war Thankmar, Ahios Vater, begann sie mit stockender Stimme. Der durfte Ahio einmal im Jahr sehen, an dessen Geburtstag, so ihre Vereinbarung. Und gestern war er vier Jahre alt geworden.

Davon hatte er nichts gewusst, warum hatte sie ihm das nicht gesagt?

Sogleich fuhr sie fort, ihm die ganze Geschichte zu beichten. Auf dem Sommerfest vor bald fünf Jahren sei das passiert. Das Fest war schon fast zu Ende. Wie üblich, war es hoch her gegangen und sie hatte von dieser süßen Früchtebowle wohl einiges zu viel getrunken. Thankmar war der Kellner dort, und beim Abräumen der Tische habe er sie da liegend auf der Bank vorgefunden, denn ihre beiden Freundinnen waren gerade gegangen und sie todmüde.

Nein, Gewalt habe er nicht ausgeübt, sie habe das eher willenlos geschehen lassen und sich auch nicht gewehrt. Nach Wochen sei ihr dann morgens übel geworden.

Als ihre Schwangerschaft feststand, schämte sie sich fürchterlich, denn es war ja kein Kind der Liebe, das sie da erwartete. Aber Oliana habe ganz fest zu ihr gestanden und ihr beigebracht, dass dies für Kinder keinerlei Rolle spiele. Bald nach der Geburt sei Ahio für sie dann doch ein Kind zum Liebhaben geworden und ihr richtig ans Herz gewachsen.

Nein, Thankmar habe sie davon zunächst nichts erzählt, er war ja fast 20 Jahre älter und bekam bereits graue Haare. Ein halbes Jahr später traf sie ihn zufällig und erzählte ihm von Ahio. Für den wurde Thankmar dann zum Onkel, der ihm bis heute zum Geburtstag ein kleines Geschenk mitbrachte. In Falehau wohne er und sei dort Installateur. Ja doch, in ein paar Jahren sollte Ahio erfahren, wer sein Vater sei, auch das habe sie mit Thankmar so vereinbart. Der lebe jetzt allein, Kinder habe er, soweit sie wüsste, sonst keine.

Ralf lehnte sich zurück und atmete geradezu erlöst durch. Wie leicht wäre dieses Zerwürfnis zu vermeiden gewesen, hätte er sich nur etwas vernünftiger verhalten. Nun aber war es Zeit für eine Versöhnung. Und die brachte sie wieder zurück, wohin sie gehörten, zueinander. Mehr noch, er hatte etwas dazugelernt, er musste Vertrauen zu ihr haben, denn sie würde ihm nahezu alles verzeihen, zugunsten ihrer beider Liebe, da war er sich jetzt ganz sicher.

Diese dumme Scharte, die er sich da geleistet hatte, musste er schnell wieder auswetzen, doch wie? Schon war er auf der Suche und wurde fündig.

Musik und Kunstgestaltung waren ihre Fächer, da bot sich doch eine Kombination an! Panflöten konnte sie zusammen mit den Kindern im Kunstunterricht schnitzen, um auf ihnen Lieder zu spielen, am besten mit selbst erfundenen kleinen Melodien auf selbst gebauten Instrumenten. Das war`s doch! Dazu brauchte es lediglich Bambusrohrstangen und Pandanusfasern. Mit denen konnte sie mit den Kindern die Röhrchen zu einem Bogen flexibel aneinanderbinden, so wie er das auch gemacht hatte. Das brachte den Vorteil, dass man den Bogen beim Spielen mal enger, mal weiter biegen konnte, um die Töne etwas zu variieren. Das war doch eine Idee, die sie gemeinsam verfolgen konnten, sie als Lehrerin und er als ihr Helfer.

Zufrieden lag er nun in seinem Zelt, die Welt schien

wieder heil, oder zumindest einigermaßen geheilt. Nur Ahio beschäftigte ihn noch. An die Übernahme der Vaterrolle hatte er ja schon mal gedacht, doch jetzt sah das etwas anders aus. Konnte und wollte dieser Thankmar sie übernehmen, wäre es wohl am besten, denn einen Vater sollte Ahio haben, und das möglichst bald. Aber der allein in Falehau, wie konnte das gehen?

Schon seit Längerem dachte Ralf daran, einmal weit hinaus aufs offene Meer zu schwimmen, nicht nur immer diese 200 Meter hin und her. Auf seiner Landkarte hatte er zwei Ziele ausgemacht, Hakautu´utu´u und Matavi. Diese unaussprechliche Hakau-Insel lag anderthalb Kilometer nördlich von Niuatoputapu, hatte einem Durchmesser um die 300 Meter und war sicher unbewohnt. Matavi lag etwa zwei Kilometer südlich von Niuatoputapu. Gewiss ein Atoll, allenfalls 200 Meter breit und ebenso unbewohnt.

Am besten, er würde zunächst mal nach Matavi rüberschwimmen, da konnte er direkt von Nukuseilala aus starten, in allenfalls zwei Stunden müsste er drüben sein.

Es war ein wenig windig, aber das Meer schien nur leicht bewegt. Ab ging´s gen Süden. Was er nicht sah, war die dunkle Wolkenfront, die gerade hinter seinem Rücken von Nordosten heranzog. Weiter draußen stellte er fest, dass die Strömung ihn in Richtung Südwest abtrieb, also musste er mehr Richtung Südost schwimmen, um auf Südkurs zu bleiben. Auch der Wellengang war inzwischen deutlich angewachsen, aber es war ja nicht mehr weit.

Inzwischen hatte sich ein regelrechter Geleitzug zu seinen beiden Seiten gebildet, wohl überwiegend Rochen, die in diesen Gefilden häufig anzutreffen sein sollten. Bisweilen hielt er an, um etwas Kraft zu schöpfen. Die Rochen schwammen noch einige Meter weiter, verlangsamten ihr Tempo, wendeten und kamen auf ihn zu, gerade so, als wollten sie ihn fragen: Was nun? Einer kam jetzt noch näher und schaute ihn mit großen Augen an. Auch wenn diese Fische eine nicht gerade ausdrucksvolle Mimik besaßen, so schien es ihm doch, als sei dieser Begleiter ihm durchaus freundlich gesinnt. Die anderen drehten derweil eine Art Warteschleife und folgten ihm, sobald er wieder anzog. Vermutlich hatten die Rochen ihn als Neuling in ihren Gewässern ausgemacht und waren jetzt bestrebt, ihn näher kennenzulernen.

Als er Matavi erreicht hatte, aus dem Wasser stieg und zurückblickte, bekam er einen richtigen Schreck. Damit hatte er nicht gerechnet. Aber Gewitter zogen hier meist schnell vorüber, da würde die Sonne sicher bald wieder herausschauen und der Sturm sich legen.

Das Atoll war noch kleiner, als es auf der Karte ausgesehen hatte. Ähnlich Nukuseilala eine Wildnis, in der alles wüst über- und durcheinander lag. Ob er gleich wieder zurückschwimmen sollte?

Aus den Windböen waren zwischenzeitlich Sturmböen geworden und es begann zu regnen. Das wollte er erst mal abwarten.

Dann begann es zu schütten und kräftig zu stürmen. Bald blitzte es ab und zu, aber noch war kein Donner zu hören. Da saß er nun in seiner Badehose einsam am

Strand. In einer Falle?

Was ihn besorgt machte, war die Strömung, die sich ihm da draußen bereits gezeigt hatte. Wenn die zunahm, würde er zu kämpfen haben, um wieder zurückzuschwimmen, denn er müsste nicht nur diese zwei Kilometer nach Norden vorwärtskommen, sondern hätte zusätzlich noch die ganze Strömung auszugleichen. Falls er dann in der Stunde einen Kilometer schwamm und die Strömung ihn gleichfalls einen Kilometer nach Südwest abtrieb, würde er nie ankommen. Besser war es, hier die weitere Entwicklung abzuwarten. Und wenn das dauerte? Vielleicht würde er hier ein paar Bananen oder eine Kokosnuss finden. Aber Wasser? Da erinnerte er sich an ein Foto aus einem Reisebericht, das durstige Menschen im Unwetter auf einer Insel zeigte. Die schlürften Wasser aus Pfützen. Ob ihm das auch drohte?

Nun erst mal ruhig bleiben, sagte er sich. Zumindest einen ganzen Tag könnte er ohne Wasser auskommen, erst am nächsten würde es vermutlich eng werden.

Bis zum Abend dauerte dieses Wetter, das sich inzwischen zum Unwetter gesteigert hatte. Und auch die Nacht über hielt es an. Er hatte kaum geschlafen, jetzt machte er sich auf den Weg, wenigstens der Regen hatte sich gelegt. Pfützen gab es genug, das beruhigte ihn ein wenig. Bananen und Kokos entdeckte er kaum, und die paar waren auch noch weit oben. Bis zum Abend hielt das Wetter unvermindert an, das setzte ihm zu.

Morgen musste er es versuchen, egal wie. Über Nacht liefen verschiedenen Szenarien durch seinen Kopf. Im schlimmsten schwamm er mit letzter Kraft und kam und kam nicht voran, weil die Strömung sich anscheinend gegen ihn verschworen hatte. Seine Mutter und die Schwester würden lange Zeit nichts über ihn erfahren. Bislang hatte er sie nur einmal von der Post aus über Satellit kurz verständigt, es gehe ihm hier gut und er werde noch eine Weile bleiben.

Vor dem Tod war ihm nicht so bange, aber vorm Ertrinken fürchtete er sich gewaltig. Daran wollte er gar nicht denken, doch diese Angst drängte sich ihm immer wieder auf und blieb im Kragen stecken.

Lange stand er unentschlossen am Ufer, kühl war es ihm geworden. Wenn er jetzt losschwimmen würde, ließe wenigstens das Fösteln nach. Also ging er ins Wasser und schwamm drauflos. Nach den ersten hundert Metern spürte er die Strömung, sogar zugenommen hatte sie, da war es besser, wieder umzukehren. Ein wenig lief er am Ufer auf und ab, um sich etwas aufzuwärmen. Es half nichts, er musste weiter abwarten.

Am nächsten Morgen schien sich das Unwetter etwas gelegt zu haben. Heute oder nie! Aber der Durst quälte ihn gewaltig. Es half nichts, er musste auf die Knie, um die Lachen aufzusaugen. Pfui Teufel, dazu dieser Sand zwischen den Zähnen. Dann blickte er auf seine Beine und Arme. Konnte es denn sein, dass diese, gesund und kräftig, wie sie aussahen, es nicht packen würden?

Also startete er seinen ultimativen Versuch. Die Strömung war draußen noch deutlich zu spüren. Wenn er geradeaus nach Niuatoputapu blickte und weiter geradeaus schwamm, konnte er abschätzen, wie stark sie war, denn sein Blick wanderte am Ufer drüben weiter nach Westen und das Atoll hinter ihm nach Osten. Also musste er stärker Richtung Ost schwimmen, um

194

geradeaus vorwärts zu kommen.

Beim Zurückblicken auf Matavi zeigte sich, dass er ein wenig Abstand gewann. Nach zweieinhalb Stunden wurde ihm übel und er musste sich übergeben, das Wasserschlürfen aus den Pfützen war wohl nicht ohne Folgen geblieben und raubte ihm seine letzten Kraftreserven.

Wo war nur seine Eskorte geblieben? Gerade jetzt konnte er sie brauchen. Nur ab und zu schwamm ein Fisch an ihm vorbei, ohne sich um ihn zu kümmern. Wie bei den Menschen war das, wenn man sie wirklich brauchte, waren sie nicht greifbar. Schon gar nicht die Delfine, auf deren Rücken man angeblich reiten konnte.

Nach einer weiteren Stunde ließen seine Kräfte nach und ihm wurde klar, das rettende Ufer konnte er nicht mehr erreichen. Jetzt also war es so weit, er hatte sein Ende vor Augen.

Doch dann gewann er wieder etwas Kraft. Vermutlich mobilisierte sein Körper in dieser Grenzsituation seine allerletzten Reserven. Damit kam er wieder weiter voran. Nach einer Stunde hatte er mehr als die Hälfte aufs rettende Ufer zurückgelegt. Nach einer weiteren Stunde war Nukuseilala zum Greifen nah. Taumelnd krabbelte er auf allen Vieren auf den Sandstrand und blieb dort ermattet liegen.

Irgendwann rappelte er sich auf und wankte zum Zelt. Ziemlich mitgenommen vom Sturm wehten zwei Seitenplanen lose herum, aber sein Zelt war zumindest noch am selben Platz. Im Liegen arbeitete er sich bis unters Zeltdach vor, fasste den Koffer und griff hastig nach beiden Wasserflaschen. Nicht hinunterstürzen, ermahnte er sich, langsam, Schluck für Schluck. Gleich danach schlief er ein.

Pater Pius trat ihm zur Seite und sprach ihn mit bedeutungsvoller Stimme an: Ein Weckruf des Herren sei das gewesen, ein Beweis seiner Kraft über Himmel und Erde, aber auch seiner unermesslichen Güte und Gnade, denn er hatte ihm in höchster Not Kraft gegeben und ihm damit sein Leben gelassen. Ralf erschrak, plötzlich lag dieses erledigt geglaubte Thema wieder auf dem Tisch. Hatte er einen Schutzengel, Gottes Gnade oder einfach nur Glück gehabt? Was, wenn er ertrunken wäre? Nun, seine Seele hätte sich von seinem Körper getrennt, schließlich sollte sie ja unsterblich sein. Zumindest das konnte er sich irgendwie vorstellen. Und wo wäre sie dann hingeflogen? Wie musste die Seele überhaupt beschaffen sein, hatte sie Flügel?

Vermutlich war sie gänzlich immateriell und unterlag somit keinen physikalischen, biochemischen oder sonstigen Naturgesetzen. Gleichwohl besaß sie eine wie auch immer geartete, gänzlich unerklärliche Existenz, die nicht zu verleugnen war. Nur, in welcher Form und mit welcher Aktivität? Aber hier endete jegliche menschliche Vorstellung im Konkreten. Zumindest bestand zu ihr eine fühlbare Verbindung weiter, denn die Hinterbliebenen erinnerten sich sehr genau an sie. Und sie selbst, verlor sie ihrerseits den Kontakt zu ihnen? Auch hierzu gab es keinerlei Erklärung. Gut möglich, dass dem Homo sapiens diese Einsicht für alle Zeiten verwehrt blieb. Schon die Vorsokratiker entwickelten vor Jahrtausenden dazu Vorstellungen, die bei Lichte besehen so abstrakt waren, wie Philosophie nun mal sein konnte. Und seit dieser Zeit war praktisch nichts an Erkenntnissen hinzugekommen. Hier begann das Reich des Glaubens in seiner vielfältigen Gestalt.

So leise, wie er gekommen war, verschwand der Pater wieder. Ralf wurde jetzt ganz wach. Was hatte der da gesagt? Eine Gnade? Und wenn es eine solche gewesen sein sollte, wieso war sie ausgerechnet ihm, dem Ketzer, zuteil geworden? Warum nicht den 240.000 Opfern des Tsunamis Ende 2004 weiter oben im Indischen Ozean, warum nicht Sarah vor zwei Jahren? Wie auch immer, er fühlte sich vom Allmächtigen angesprochen. Kümmerte der sich vielleicht gerade um diejenigen, die vom christlichen Glauben abgefallen waren?

Als er abends immer noch nicht zur Ruhe kam, erinnerte er sich an Zhang Chengzhis Anleitungen zur Entspannung. Als mentales Ziel wählte er seinen Blick auf Nukuseilalas Ufer, das er auf halber Strecke als ersehntes Überlebensziel fest ins Auge gefasst hatte. Doch diese Übung gelang ihm heute nicht so recht, immer wieder schoben sich die bedrohlichen Strömungen in den Vordergrund. Immerhin, er war noch mal davongekommen. Todmüde schlief er dann doch wieder ein, wenn möglich bis zum nächsten Morgen, wie er hoffte.

Merkwürdige Flattergeräusche weckten ihn mitten in der Nacht auf. Waren da irgendwelche Tiere oder wieder der Fluhu am Werk? Nein, es war nur der Wind, der erneut aufgekommen war und sein Zelt schüttelte. Bald steigerte er sich zum Sturm, ein Blitz zuckte auf, gleich danach krachte der Donner. Ein heftiges Gewitter zog über das Atoll hinweg, gefolgt von einem kurzen, kräftigen Regenguss. Es dauerte eine Weile, bis er endlich wieder Schlaf fand. Der war nur kurz, denn bald schon musste er an eine Sammlung von Schilderungen denken, in denen Menschen über ihre Nahtoderfahrungen berichteten. Ziemlich ähnlich beschrieben sie, wie sie diese Grenze zwischen Leben und Ableben wahrgenommen hatten. Zunächst traten die meisten aus ihrem Körper heraus und blickten auf ihn herab, als wäre er ihnen bereits fremd geworden. Alle ihre Verwandten und Freunde versammelten sich nacheinander um sie herum, auch die bereits Verstorbenen. Zusammen riefen sie die schönsten Erinnerungen des gemeinsamen Lebens wieder wach und verabschiedeten sich liebevoll mit besten Wünschen für die Reise ins Jenseits. Nein, es waren keine Trauerveranstaltungen, alles war auf die erwartungsvolle Zukunft ausgerichtet. Glücklich und zufrieden fühlten sie sich alle miteinander.

Sodann beschrieben sie etwas völlig Unerwartetes und das in erstaunlicher Ähnlichkeit: Ein langer, dunkler Tunnel habe sich vor ihren Augen aufgetan. An dessen Ende zeigte sich ein helles Licht. Je näher sie diesem gekommen seien, umso mehr wurden sie von ihm erleuchtet.

Weiter gingen diese Berichte nicht, denn die Betreffenden waren ja alle auf die eine oder andere Weise ins Leben zurückgeholt worden. Danach befragt, was sie am Ende des Tunnels wohl erwartet hätte, antworteten alle wie aus einem Mund: Das Paradies.

Er hingegen fand den Eingang in diesen Tunnel nicht und erst recht nicht das Licht an dessen Ende, sosehr er auch danach suchte.

198

Reichlich verwirrt wachte er schließlich frühmorgens auf. Gott sei Dank, er war noch da, wo er hingehörte. Was hatte er da nur alles geträumt, und warum? Die Träume hatten wohl ihre ganz eigene Gesetzmäßigkeit, freigelassene Fantasien, die nur so herumtollten, der Logik entkommen. In unseren Köpfen trieben sie ein ganz eigenwilliges Spiel, wie Kinder, deren Eltern aus dem Haus waren. Über Traumdeutungen hatte er mal was gelesen, aber das hatte ihn nicht überzeugt, irgendwie schien es an den Haaren herbeigezogen. Für ihn hatte das mit der Freiheit des Gedankenflusses zu tun, zum Austoben in der Nacht, um sich dann tagsüber wieder in Disziplin zu üben.

In der Morgendämmerung wieder dieses Vogelgezwitscher, das war ihnen nicht abzugewöhnen. Sollte er mal versuchen, sich mit seiner Panflöte statt der Sipsi einzumischen? Am besten die Tonleiter rauf und runter. Tatsächlich, es wurde wieder still da draußen. Also intonierte er ein Stück mit höheren Tönen, so wie sie. Nach und nach nahmen sie ihr Gezwitscher wieder auf, aber jetzt waren es keine Warnrufe, sie fuhren mit ihrem Frühkonzert einfach ungerührt fort. Interessant. Aber das war eher was für Ornithologen, die würden das vielleicht erklären können.

Auf die Suche nach Bambusrohren wollte er sich jetzt begeben, um sein Projekt Kinderflöten voranzubringen. Unten am Ostufer hatte er bereits einige entdeckt, da mussten sicher noch weitere zu finden sein. Sogleich watete er durchs Niedrigwasser hinüber. Da standen sie zuhauf im Wind und bogen sich. Schlanke

Röhrchen brauchte er, damit die Kinder damit besser zurechtkamen. Also schnitt er sie weiter oben ab, wo sie sich verjüngten. Bei einem Dutzend ließ er es erst mal bewenden, das reichte für den Anfang, denn die Kinder sollten kleine Gruppen bilden, um zusammen je eine Flöte zu schnitzen. Gruppenarbeit sei nämlich pädagogisch sinnvoller, hatte Jaimia ihm gesagt.

Tags darauf machte er sich mit den Bambusstangen auf den Weg nach Hihifo. Doch Jaimia war vom Unterricht noch gar nicht zurück. In einer knappen Stunde würde sie erst kommen, so Oliana. Unterbrochen von einzelnen Kundeneinkäufen, kamen sie ins Gespräch. Jaimia hatte ihr inzwischen sicher von ihrer Beziehung berichtet, aber vermutlich hatte Oliana es auch so längst mitbekommen. Wie es schien, hatte sie nichts dagegen, ganz im Gegenteil. Recht geschickt holte sie einiges zu seiner Vergangenheit aus ihm heraus. Das Schicksal von Sarah ging ihr nahe, hatte sie doch auch ihren Mann verloren, durch den Tsunami von 2009. Eine neue Beziehung helfe einem am ehesten darüber hinweg. Sie selbst sei damals leider schon zu alt dafür gewesen.

Ahio lief zur Tür, er hatte sie draußen schon kommen sehen. Ein richtiges Muttersöhnchen war er, innig umarmten sie sich zur Begrüßung. Doch was blieb ihm ohne Vater auch anderes übrig?

Richtig fesch sah sie aus. Und wie lieb sie ihn küsste, ganz so, als sei da nie etwas gewesen. Die Bambusstangen hatte sie vorm Haus schon gesehen, so hatten sie gleich ein Thema.

In passende Stücke wollte er sie sogleich zurechtschneiden, wenn im Werkraum eine Säge zu finden war.

Eine Eisensäge gab es da, aber mit der ging es zur Not auch. Die passenden Längen für die einzelnen Töne waren am besten Stück für Stück mit dem Schnitzmesser zu finden, doch das kam erst später dran. Zum Schluss sollte die perfekte Abstimmung mit Wachs erfolgen, das man von oben hineinträufelte und, falls erforderlich, wieder etwas herauspulen konnte.

Da hatte Jaimia in ihren beiden Klassen jetzt richtig was zu tun. Von Zeit zu Zeit sollte sie ihm die halbfertigen Flöten zeigen, um Tipps zu erhalten, wie weiter zu verfahren war. Er selbst wollte besser im Hintergrund bleiben, schließlich war *sie* die Lehrerin.

Und noch etwas gab es zu bedenken. Er musste Jaimia anleiten, diese Flöten zu spielen, um es den Kindern beibringen zu können. Das war nicht ganz einfach, man musste schon etwas kräftiger und gezielt pusten, um den Luftstrom schräg auf den obere Rohrrand treffen zu lassen, das erforderte Übung. Hatte man das erst mal raus, konnte man mit Variation des Auftreffwinkels auch die Töne variieren, aber das war dann schon die hohe Schule des Panflötens.

Ein Gedanke brachte ihn zum Schmunzeln: Wenn sich die Panflöten hier einbürgern würden, wie könnten die Historiker später einmal erklären, auf welchem Weg sie von Peru über 9.000 Kilometer hierher gelangt waren? Gewiss würden sie nicht auf die Idee kommen, dass ein Eremit aus Europa sie hier heimisch gemacht hatte. Aber da gab es so viele Irrtümer, da kam es auf einen mehr oder weniger auch nicht an.

Inzwischen war in Jaimias beiden Klassen die Flötenproduktion voll angelaufen. Eifrig waren die Kinder mit dem Schnitzen der Röhrchen beschäftigt. Zunächst sollten es nur acht nebeneinander werden, um mit ihnen bald erste Tonfolgen zustande zu bringen. Später konnten dann immer noch weitere angefügt werden, bis hin zu zwei Oktaven.

Jaimia hatte mit Ralfs Anleitung inzwischen herausgefunden, wie man den Röhrchen Töne entlockte. War das erst mal gelungen, ging es bald weiter zu ersten Melodien. Das erforderte schon etliche Übungsstunden, doch je besser es klang, umso mehr Spaß machte es.

Ab und zu waren schon einzelne, zumeist schräge Flötentöne der Kinder draußen im Freien zu hören, das gefiel Ralf. Den Eltern zu Hause weniger, aber wenn ihre Kinder dann Tonfolgen oder sogar erste Melodien spielen konnten, würde sich das bald geben.

Beim nächsten Elternabend wurde auch darüber diskutiert. Etliche lobten Jaimia für ihre Mühe, andere meinten jedoch, diese Panflöten passten nicht recht zur polynesischen Kultur der Vorzeit. Sie entgegnete, diese Kultur sei ja komplett verloren gegangen, vor allem, weil die Polynesier vor der Europäisierung nichts schriftlich festhalten konnten. Da sei es doch besser, Anleihen bei fremden, hochentwickelten Kulturen der Vorzeit zu nehmen, so bei den Inkas in Südamerika.

Immerhin, die meisten stimmten ihr zu. Für sie war das ein Ansporn, den Kindern möglichst bald Melodien beizubringen, die ins Ohr gingen, weit mehr als das hier übliche laute Getrommel und blecherne Herumtuten, begleitet vom reichlich unkultivierten Geschrei.

Ralf hatte Jaimia verraten, dass er am Mittwoch Geburtstag habe. Zwar war er dem Kalender meist einige Tage hinterher, aber sie hatte unlängst seinen handschriftlichen Kalender aktualisiert. Verabredet hatten sie sich nicht, doch er ging davon aus, dass sie ihn besuchte.

Mit einer Überraschung kam sie, einem uralten, aber fahrtüchtigen Fahrrad. Das bestand lediglich aus dem Rahmen mit Lenker und Sattel, zwei Rädern mit breiteren Reifen sowie einer Luftpumpe. Kein Licht, keine Schutzbleche, kein Gepäckträger, keine Handbremse, keine Klingel, halt nur das, was man zum Fahren unbedingt brauchte. Das war ihr Geburtstagsgeschenk. Durchs Niedrigwasser hatte sie es geschoben, aber er wollte es dann später drüben hinterm Busch parken, um es jederzeit besteigen zu können.

Ralf freute sich darüber ungemein, schon öfter hatte er daran gedacht, mit einem Rad in nur 10 Minuten nach Hihifo zu kommen, während er zu Fuß etwa 40 Minuten brauchte. Gleich fuhr er eine Runde, prima, nur den Sattel musste er verstellen. Sodann sollte Jaimia mit auf die Stange. Das brauchte mehrere Anläufe, doch dann klappte auch das. Wie sie zu dem Rad gekommen war, blieb ihr Geheimnis. Dazu hatte sie auch noch ein Paar recht gut erhaltene Sandalen mitgebracht. Beides gehörte sicher mal ihrem Vater, so seine Vermutung.

Bestimmt hatte sie dabei auch daran gedacht, dass er mit dem Rad dann öfter zu ihr kommen würde, und da hatte sie sich nicht geirrt. Immerhin war inzwischen eines der beiden Fremdenzimmer fast so etwas wie sein Besuchszimmer geworden. Und wenn er dort nächtigte, achtete Oliana darauf, sie zumindest nicht beim Einschlafen zu stören.

Wenige Tage später kam Jaimia wieder zu Besuch, diesmal ohne Verabredung. Durchs Niedrigwasser war sie in ihrem luftigen Hemd gewatet. Er war ein wenig überrascht, doch sehr erfreut, sie zu sehen. Nach der Begrüßung zog sie bald ihr Hemd aus und legte es zum Trocknen auf die Sonnenseite seines Zelts. Da war er wieder, ihr kunstvoll bemalter Körper, eine Augenweide. Sogleich bemerkte er das tätowierte große *R* mit den beiden Ölzweigen auf ihrem linken Oberarm; das war neu.

Etwas verschämt reagierte sie auf seine Begutachtung. Dann erklärte sie ihm die Bedeutung des Buchstabens. Ja, das sei *er*, den sie nun Tag und Nacht bei sich trage, hier oben auf dem Arm und weiter drinnen im Herzen.

Warum dort auf dem Arm?

Statt einer Antwort wandte sie ihren Kopf zum Arm und küsste das *R*. Zwei kleine Tränen liefen dabei über ihre Wangen. Hatte er sie nicht liebevoll genug begrüßt? Vermutlich. Eigentlich war es höchste Zeit, ihr seine unverbrüchliche Liebe zu erklären. Doch er hatte das Gefühl, es war gerade jetzt nicht der rechte Zeitpunkt. Aber der würde sich bald finden, da war er sich sicher.

Und er fand ihn, sogar noch am selben Nachmittag. Sie konnte ihr Glück kaum fassen, ein ums andere Mal fiel sie ihm um den Hals und wollte ihn gar nicht mehr loslassen.

Bei seiner Ankunft in Hihifo tags darauf hatte Jaimia etwas auf dem Herzen, das sah er ihr schon auf den ersten Blick an. Und so war es auch, sie hatte eine Bitte, aus seiner Sicht eine ziemlich ungewöhnliche: Er solle sich auch ein Tattoo stechen lassen, nur ein *J* mit zwei Lorbeerblättern auf seinem rechten Oberarm. Bitte, bitte, es täte bestimmt gar nicht weh. Fangatua, der Tätowierer, wisse schon Bescheid, sie könnten ihn gleich aufsuchen.

Ein regelrechter Überfall, was sie da mit ihm vorhatte. Also, er wolle darüber noch eine Nacht schlafen, an den Gedanken eines Tattoos auf seiner edlen Haut müsse er sich erst gewöhnen.

Und noch eine kleine Bitte hatte sie. Gerne würde sie sich wieder mal so ankuscheln, wie damals bei ihrer Spendensammlung. Nur spüren wolle sie ihn neben sich, denn oft müsse sie daran denken, wie sie sich erstmals nahegekommen seien.

Mit oder ohne *J*?, fragte er sie spaßeshalber. Mit, so ihre eindeutige Antwort. Also gab er sich einen Ruck und ging dann doch noch mit ihr zu diesem Fangatua, angeblich war der ein *Tohunga ta moko*, was auch immer das sein mochte.

Das Stechen tat kaum weh, dauerte dafür aber reichlich lange. Derweil machte er sich so seine Gedanken dazu. Hatte das hier in Polynesien vielleicht eine besondere Bedeutung, eine Verlobung oder dergleichen? Und dazu noch diese keusche Kuschelnacht. Wer weiß, worauf er sich da gerade einließ.

Als das *J* nun seinen rechten Oberarm zierte, etwas weiter unten als bei ihr, küsste sie ihn mit der Aufforderung, nun seinerseits das *J* auf seinem Oberarm zu küssen. Und er tat wie befohlen.

Fangatua brachte inzwischen zwei Kerzen und eine Trommel. Nach Anzünden der Kerzen begann er, vom Trommeln begleitet, ziemlich laut mit einem Sprechgesang, unterbrochen von kurzen Pausen. In denen sollte erst er und dann sie jeweils ein »aloa au ia´oe« sagen. Das musste sein, wozu auch immer.

Sodann stellte Fangatua beide eng nebeneinander, damit sich ihr *R* und *J* berührten. Mit einem roten Band umwickelte er beide Arme miteinander und knüpfte eine große Schleife. Schon begann er wieder zu trommeln, dazu sein Singsang, von dem Ralf kein Wort verstand.

Anschließend holte er zwei bis zum Rand gefüllte Gläser herbei und sie prosteten sich zu und tranken sie aus. Nochmals küsste Jaimia Ralf, und das mit strahlenden Augen. Fangatua löste jetzt die rote Schleife und band sie statt der gelben Rüsche in ihr Haar.

Recht sonderbar kam ihm das Ganze hier schon vor, vermutlich gehörte es irgendwie dazu, auch dieses ungewohnte, aber durchaus schmackhafte Getränk. Waren sie jetzt ein polynesisches Paar geworden? Er hatte keine Ahnung, ob das soeben eine wie auch immer geartete Zeremonie war, ein polynesisches Ritual oder sonst was. Doch irgendwie schien es ihm so. Vermutlich gehörte auch das rote Band statt des gelben in ihrem Haar dazu, um zu zeigen, sie war nun vergeben.

Die ihm abgetrotzte keusche Kuschelnacht verlief zunächst gänzlich anders als erwartet, denn er wollte jetzt genauer wissen, ob es mit dem Termin bei Fangatua eine besondere Bewandtnis hatte.

Oh ja, sie seien jetzt durch ihre beiden Tä-moko-

Tattoos und deren Weihe ein mythologisches Paar geworden, er *Tane* und sie *Vahine*, so ihre neuen Namen. Erschrocken fragte er sie, ob das auch rechtliche Folgen habe.

Sie lächelte geradezu überlegen, da brauche er sich keine Sorgen zu machen, das Rechtliche sei doch völlig nebensächlich. Ihre soeben geschlossene Verbindung stehe weit darüber. Und wieder lächelte sie ihn glücklich an, denn der Vollmond schien durchs Fenster auf ihr Gesicht. Wie das?, fragte er sich verdutzt. Hatte sie ihn etwa hinters Licht geführt?

Nach einer kurzen Pause erklärte sie ihm, diese Zeremonie sei etwas ganz Besonderes, die gebe es nur bei den Nihus, eine uralte Sitte: Sie blieben jetzt für alle Zeiten untrennbar miteinander verbunden und könnten sich nie mehr verlieren. Diese Verbindung betreffe allein ihre Gedanken füreinander. Über alle Zeiten hinweg würde diese wunderbare Bindung bestehen bleiben, denn sie war unsterblich, unabhängig davon, ob sie beieinander blieben oder sich einmal trennten. Sogar unabhängig davon, ob sie das wollten oder nicht, denn ihr Gedankenpaar blieb nun für alle Zeiten gänzlich unantastbar.

Ralf überlegte. Solch eine dauerhafte, rein gedankliche Verbindung miteinander war doch nicht so schlimm, die gab es ja auch ohne diese polynesische Zeremonie, da brauchte er nur an Sarah zu denken. Gut möglich, dass seine Gedanken an sie bis zum Ende seiner Tage erhalten blieben.

Ob sie solch gedankliche Verbindungen schon einmal geknüpft habe, wollte er jetzt von ihr wissen. Er spürte ihr Nicken an seiner Brust.

Noch anderes ging ihm durch den Kopf. Hier konnte man also mehrere untrennbare gedankliche Verbindungen nebeneinander pflegen, ohne irgendwelche Gewissensbisse zu haben. Eigentlich ganz sinnvoll, warum sollte man frühere Beziehungen aus seiner Erinnerung verbannen, zumal sie ja einer neuen gedanklichen Paarbildung nicht im Wege standen?

Bald wurde es nun still für beide, aber Ralf spürte, auch Jaimia schlief noch nicht. Und so wandte er sich ihr liebevoll zu. Nur die Panflöte konnte er hernach nicht spielen, es war ja mitten in der Nacht. Wer weiß, vielleicht sogar ihre Hochzeitsnacht.

Noch immer konnte er keinen Schlaf finden, diese ewig unauflösbare beidseitige Gedankenverbindung gab ihm weiter Rätsel auf. Hatten sich da lediglich ihre Gedanken auf ewige Zeiten vermählt? Von der Seele hatte sie gar nicht gesprochen, wo blieb die eigentlich? Vermutlich außen vor. So etwas wie Seelenverwandtschaft sollte es bisweilen ja geben, aber das war doch etwas anderes, die Seelen ähnelten sich lediglich im Fühlen, gingen aber keine derart untrennbaren Verbindungen miteinander ein. Überhaupt wohnten sie tief im Inneren jedes Menschen, und das weitgehend für sich. Empfindsam war sie für Freud und Leid, doch dies spielte sich tief innen im Geheimen ab, nur das Lachen und Weinen drangen gelegentlich nach außen.

Mehr und mehr gefiel ihm diese ganz besondere Gedankenpartnerschaft, die er nicht ganz freiwillig eingegangen war, vielleicht sogar aufs Auge gedrückt bekommen hatte. Aber wenn er es genau betrachtete, brachte sie ihm nur Gutes. Erstaunlich, waren die Polynesier den Europäern da um einiges voraus? Nun schlief er doch erleichtert ein.

Am frühen Morgen überlegte er, wie auch er einen Beitrag zu diesem Bündnis beibringen konnte, damit sie sah, auch ihm war es ernst mit ihrer besonderen Beziehung. Schon hatte er einen Plan dazu. Direkt neben dem Zelt am Fels sollte er ihrer beider *J + R* eingravieren, das war`s doch! Egal wo und wie weit entfernt voneinander ihre Oberarme waren, hier blieben ihre Initialen wirklich untrennbar beieinander.

Diese Idee gefiel ihm so gut, dass er sich schon tags darauf auf den Weg nach Hihifo machte, um Jaimia zu bitten, ihm aus diesem ominösen Werkzeugkasten Hammer und Meißel zu geben, denn er meinte sich zu erinnern, solche da drinnen gesehen zu haben. Wenn sie ihn fragte, wozu er die brauche, musste er sich etwas einfallen lassen, denn es sollte eine Überraschung für sie werden. Der Hammer war schnell gefunden, ein Meißel hingegen nicht. Etliche größere, rostige Nägel lagen ganz unten, die sammelte er heraus, vielleicht konnte er sie als Ersatz brauchen.

Gleich nach der Rückkehr probierte er aus, ob die Nägel als Notbehelf taugten. Dieser Fels war aus richtig hartem Gestein, nur mühsam gelang es ihm, erste Riefen hineinzuhauen. Dabei traf er zweimal seine Finger.

Immerhin, nach knapp einer Stunde konnte man das Mittelstück des *J* einigermaßen erkennen, wobei etliche Nägel krumm und stumpf geworden waren. Wenn er die beiden Bogen oben und unten heute noch schaffte, sollte das erst mal genügen. Bis zur Dunkelheit wurde es dann doch noch ein ganz passables *J*.

Tags darauf kam das *R* dran, das war noch schwieriger. Den ganzen Vormittag dauerte es, fast gingen ihm die Nägel aus, bis es schließlich gut erkennbar dastand. Natürlich sahen diese Buchstaben als Tattoos ganz anders aus, aber ihm gefielen seine am Felsen genauso gut. Also bat er Jaimia, ihn drüben demnächst mal zu besuchen, es gäbe da eine kleine Überraschung.

Schon am nächsten Vormittag erschien sie sichtlich gespannt. Gleich nach ihrem Auftauchen aus dem Wasser führte er sie zum Fels und zeigte ihr stolz die beiden großen Buchstaben *J* + *R*. Sie war überwältigt, sogar Freudentränen flossen. Wieder setzte sie sich ganz nah zu ihm, wieder zeichnete er ihre kunstvollen Tätowierungen mit dem Zeigefinger nach.

Und noch eine Überraschung hatte er für sie parat. Eines Tages wolle er hier ein Holzhäuschen für sie beide bauen, so eine Art Liebesnest. Jaimia strahlte, dabei schien sie ihm schöner als je zuvor. Das wunderte ihn nicht, denn Frauen, die bis über beide Ohren verliebt sind, sahen immer schöner aus.


Schon am frühen Morgen drang dieses Gezeter bis in sein Zelt hinauf. Ganz aus der Nähe musste es kommen, da sollte er sich mal draußen umsehen. Nein, die Vögel waren es heute nicht, die waren ja immer viel früher zugange.

Das war eine deftige Überraschung. Ein Segelschiff mit flatterndem Großsegel lag da unten beim Riff. Bis zu den Hüften im Wasser stand daneben ein aufgeregt gestikulierender Mann, auf dem Deck am Steuerrad eine hilflose wirkende Frau. Vermutlich wollten sie anlegen, und das an seinem Atoll. Prost Mahlzeit!

Gleich war er bei ihnen, doch sie schienen ihn gar nicht zu bemerken. Laut schrie der Mann irgendwelche Anweisungen zu ihr hinauf, doch sie wirkte völlig konfus. Dann entdeckte sie Ralf und rief ihn zur Hilfe, sie käme mit dem Manövrieren nicht zurecht. Zugleich rief der Mann ihn zu sich ins Wasser herunter, der Anker habe sich verkeilt, ob er da mal kurz helfen könne.

Zusammen gelang es ihnen, den Anker zu lichten und das Boot näher ans Ufer zu bugsieren. Nein, nein, den Anker wolle er schon selbst auf den Grund werfen und ihn festspannen. Sodann setzte sich der Schreihals erschöpft ans Ufer und holte erst mal tief Luft.

Verärgert berichtete er von der Odyssee, die sie die Nacht hindurch erlitten hätten. Vor drei Woche hatten sie das Segelschiff auf Hawaii gechartert, um über Palmyra und Samoa zu den Fidschi-Inseln und wieder zurück nach Hawaii zu segeln. Bis nach Samoa sei alles problemlos gelaufen, doch dann habe das Boot bei der Weiterfahrt Richtung Fidschi zu spinnen begonnen. Von Mal zu Mal sei es weniger navigierbar gewesen, bis sie am Ende völlig vom Kurs abgekommen und in dieser trostlosen Gegend gestrandet seien.

Ralf schaute sich das Schiff interessiert an, eine Northwind 50 aus einer Werft in Barcelona. Das war was für Leute mit dick gepolsterten Taschen. Wieso war es nicht zu navigieren? Da musste man zunächst nach dem Ruder schauen, denn oft hatte sich irgendwas dazwischengeklemmt. Also stieg er ins Wasser, um das Ruder zu inspizieren. Und tatsächlich, ein Lappen oder dergleichen hatte sich da rumgewickelt. Mit aller Kraft musste Ralf daran zerren, bis sich das Ding Stück für Stück rausziehen ließ. Ein Overall war das, vermutlich von einem Tanker gerutscht oder achtlos in die See geworfen.

Dieser begrenzt sympathische Typ, so um die 60, hatte nur ein »Gott sei Dank« für ihn übrig, lud ihn dann aber zu einem Umtrunk an Bord ein. Dort hatte sich seine deutlich jüngere Begleiterin inzwischen schon etwas herausgeputzt und eine Flasche französischen Schampus aus dem Kühlschrank geholt.

Nun stellte der Typ sich erst mal protzig vor, geschäftsführender Gesellschafter der Euroimmo war er, seine Begleiterin die allererste Kraft in seiner Firma. Dabei blickte er sie gekünstelt süßlich an, und sie schien geschmeichelt. Zusammen nahmen sie dann unter Deck im Salon Platz. Sogleich prahlte er los. Genau genommen interessierten ihn die Immobilien nur so nebenbei, auch die Segelei weniger, sein Herz hänge an den Oldtimern. Wenn man sich da auskannte, war das die reinste Gelddruckmaschine. Sogleich kam er auf seine Sammlung zu sprechen, vom Alfa Romeo über Bugatti, Cisitalia, Ferrari und Maserati bis zum Zagato reichte die. Wenn er morgens aus dem Bett stiege, hätte er schon wieder ein paar Tausender verdient, und das im Schlaf.

Ralf wollte nicht nur staunender Zuhörer bleiben und fragte eher so nebenbei, ob er denn auch bei Oldtimer-Rallyes mitfahre. Da hatte er ins Volle getroffen und war für die nächsten zehn Minuten zum Zuhören verdammt.

Nach dieser One-Man-Show verabschiedete sich der

Kerl mit einem lauten Ahoi, begleitet von seiner allerersten Kraft, die in seinem Leben wohl nicht die Erste war.

Doch noch legten sie nicht ab. Das hätte Ralf am liebsten gesehen, um wieder Alleinherrscher hier auf Nukuseilala zu sein. Auch am Abend lag die Northwind immer noch da, gut möglich, dass sie dort sogar über Nacht bliebe. Und so kam es auch. Ralf störte das enorm, so sehr, dass er des Öfteren wieder wach wurde.

Die Zeltwand begann zu flattern, da musste Wind aufgekommen sein. Beim nächsten Aufwachen war das schon Sturm, kein Wunder, Niuatoputapu und Nukuseilala lagen auf dem Hurrikan-Gürtel. Morgens war es dann wieder ruhiger geworden.

Als er zum Schiff rüberschaute, schüttelte er ungläubig den Kopf. Der Sturm hatte die Northwind beim nächtlichen Hochwasser ein ganzes Stück näher zum Land gedrückt und jetzt hatte sie sich bei ablaufendem Wasser zur Seite geneigt. Da hatte sich vermutlich der Anker gelöst, und nun saß sie mit dem Kiel im Sand.

Beide Schiffbrüchige liefen da draußen wieder aufgeregt herum und beschuldigten sich gegenseitig. Bald würde das Schiff ganz im Trockenen stehen und womöglich sogar umkippen, rief er ihr gereizt zu, als wäre es ihre Schuld.

Ralf wollte sich jetzt zurückhalten und blieb im Zelt. Kurz danach hörte die Schimpferei auf. Vermutlich waren sie zu Fuß unterwegs, Richtung Hihifo, um Hilfe zu holen.

Mittags schaute sich Ralf den Havaristen draußen genauer an. Ein Stück weit war die Schräglage wieder zurückgegangen, mit dem auflaufenden Wasser würde das Schiff wohl bald wieder näher in die Senkrechte kommen.

Zunächst war er unentschlossen – sollte oder sollte er nicht? Doch dann entschloss er sich, die Northwind genauer unter die Lupe zu nehmen. Am Bug entdeckte er eine Aufstiegshilfe, und schon war er an Deck. Da lag so etliches herum, er musste aufpassen, sich nicht darin zu verheddern. Besser, er ginge gleich mal runter ans Steuerpult.

Mann, waren da viele Geräte, sogar ein Unterwasser-Radar, ein großer Navigationsblock mit Autopilot sowie etliche Elektronik, die er nicht zuordnen konnte. Weiter vorn der Durchstieg zur Küche. Herd, Spülmaschine und Kühlschrank waren kardanisch aufgehängt, etwas schräg hatten sie sich geneigt, um die Schlagseite des Schiffs auszugleichen. So konnte er den Kühlschrank ganz bequem öffnen. Vollgepfropft bis obenhin war der, Wein, Bier, Schnaps, Schampus, abgepacktes Fleisch, Lachs, Garnelen, marinierte Fische und vieles mehr in Plastikschachteln.

Er war sich im Zweifel, Wasser, Bier oder Wein? Wenn er dann die leere Flasche mitnahm, fiel das sicher gar nicht auf. Wenn schon, dann Schampus. Der Korken schoss bis zur Decke und der teure Rebensaft schäumte aus der Flasche. Nein, nicht aus der Flasche trinken, ein Glas musste bei dieser Preislage her. Und wie das mundete, besser als gestern, allein schmeckte es halt immer am besten. Jetzt ging`s an die Leckereien in den Schachteln, Muscheln, Garnelen und was der Schrank sonst noch alles zu bieten hatte.

War das jetzt Diebstahl? Er hatte inzwischen fast die halbe Flasche intus, da sah er das deutlich lockerer. Immerhin hatte er ja mitgeholfen, da stand ihm schon was zu. Jetzt wollte er mal eine Verdauungspause einlegen und ging wieder an Deck.

Ganz weit im Süden am Horizont fuhr ein riesiges weißes Kreuzfahrtschiff gen Osten, vermutlich auf dem Weg nach Tahiti. Schwer zu schätzen, wie viele Decks das hatte, an die sechs konnten es sein. Bestimmt waren da an die 3000 Passagiere an Bord, und die meisten fühlten sich high, sei es vom Alkohol oder vom ungewohnten Luxus an Bord, von dem man sich ein paar Tage lang in die Höhen der feinen Gesellschaft gehoben fühlte. Vielleicht das einzige Mal im Leben, dass man sich diesen Traum einer Luxuskreuzfahrt erfüllte.

Für ihn unvorstellbar, sich so was anzutun. Wie viel besser war es doch hier ganz allein auf diesem Segelboot, auch wenn es momentan im Sand festlag. Und Luxus gab es auch hier reichlich, zumindest, was den Kühlschrank betraf, jedoch war Selbstbedienung angesagt.

Was nahm dieses Heer der Reisenden denn mit nach Hause? Tausend und mehr Digitalfotos, Sehenswürdigkeiten am laufenden Band, die im Zeitraffer an ihnen vorbeigehuscht waren, gerade noch zu erspähen und rasch im Vorbeieilen zu knipsen, wie etwa in Dubrovnik, auf den Kykladen und sonst wo. Dazu die getaktete Führung im dichten Gedränge, immer der kleinen Fahne hinterher, sodann ein gerade noch erhaschter Blick in die pittoreske Gasse. Vorwärts, vorwärts im Gedränge, von den Nachrückenden geschoben, ging`s rastlos weiter zur Menschenschlange vor dem Eingang in die überfüllte Basilika, schließlich die vergebliche Suche nach einem Plätzchen zum Hinsetzen und Ausstrecken der müden Beine.

Endlich war man zurück auf dem Schiffsdeck. Sonne pur, Pools mit Rutschbahnen, von denen die Kinder laut kreischend ins Wasser platschten, der Gong zur festgelegten, knappen Schicht fürs Essen, danach Liegestuhl zur Verdauung, Blättern im Führer, was man alles noch nicht gesehen hatte, kurzes Schlummern. Auf zum Umziehen fürs Abendmenü, danach dieser Komiker auf der Bühne und laute Tanzmusik mit ein paar Schritten im Gedränge, uff! In der Nacht Seemeile um Seemeile bis zum nächsten Hafen in der Frühe. Hatte man eine Sparpreiskabine gebucht, brummten noch die Motoren im Kopf. Nach dem Ausstieg dann das Gleiche wie tags zuvor, nur halt anderswo.

Nein, das musste er nicht haben, wie viel schöner war es da doch auf diesem Atoll, *seinem* Atoll. Da lag nicht nur eine Welt dazwischen, ganze Welten. Einen kleinen Ruck tat es jetzt, aber der kam vom auflaufenden Wasser, nur gut so, ans Umkippen des Seglers hatte er ohnehin nicht geglaubt.

Wo konnte er sich jetzt am besten hinlegen, etwas schwindlig war ihm von der inzwischen geleerten Flasche schon geworden. Weiter hinten, neben diesem traumhaften Schlafgemach aus Mahagoni, fand er eine Koje, die war gerade recht. In voller Montur legte er sich hin und schlief sogleich ein, obgleich es draußen heller Tag war.

Es dauerte nicht lange, und schon war er mit der

Northwind draußen auf hoher See. Wohin die Fahrt gehen sollte, war ihm nicht recht klar, aber er wollte sich an den Fischzug draußen halten, der ihn hinausbegleitete. All seine Freunde waren mit ihm unterwegs, Rochen, Schwertfische, junge Wale und sogar kleine Haie. Bestimmt wussten sie, welches Ziel anzusteuern war. Oben auf dem Deck am Steuerrad stand er und sang mit voller Stimme »Steuermann lass die Wacht«, aus dem Fliegenden Holländer. Was für ein Gefühl! Dann, so laut er konnte, Freddys »Seemann, deine Heimat ist das Meer!«.

Und wenn die Fische abbogen, wohin sollte er dann steuern? Nicht nur hier auf hoher See stellte sich ihm diese Frage, wohin, lieber Ralf, wohin steuerst du dein Schiff? Nein, das betraf nicht nur die Northwind, auch sein ganz persönliches Schiff war wohl gemeint. Und das schien ihm jetzt so schwierig zu steuern wie bei einer Fahrt durch diese Enge zwischen Scylla und Charybdis.

Schlagartig war sein Hochsee-Trip vorbei. Im Gang neben ihm tauchte dieser Lauthals-Mensch mit noch jemanden auf, vermutlich einem Polynesier. Doch die schenkten ihm in der Koje keine Beachtung, vermutlich hatten sie ihn gar nicht gesehen. Denen ging es allein darum, das Schiff wieder ins Wasser zu bringen. Möglichst unauffällig schlich er sich über die Bugleiter von Bord und verschwand in seinem Zelt. An die geleerte Flasche hatte er nicht mehr gedacht, doch was soll's. Sogleich schlief er mit brummendem Kopf bis zum Weckruf der Vögel ein.

Als er rausschaute, war die Northwind verschwunden. Was war das nun gestern?, fragte er sich mit immer noch benommenem Kopf. Gewiss, er hatte sich einiges zu viel vom Schampus gegönnt, aber dieser edle Tropfen war echt Spitze gewesen. Vom Alkohol war er inzwischen weitgehend entwöhnt, da wirkte der doppelt und dreifach.

Diese Segelei auf dem Kurs nach nirgendwo und dazu noch der Fliegende Holländer und Freddy, was sollte das? Nun, das war halt diese Selbstherrlichkeit der Traumwelt, dazu noch hochprozentig in Fahrt gebracht. Darüber sollte man sich nicht zu viele Gedanken machen, das brachte nichts. Doch er machte sich Gedanken. Nein, nicht er, sie trieben sich da oben herum.

Ganz weit zurückgeworfen bis zum längst überwunden geglaubten lockeren Dahinleben seiner Studentenzeit hatte ihn dieser fatale gestrige Ausrutscher. Den Verlockungen des Überflusses war er da anheimgefallen, keine Frage. Schuld daran war die vor seinem Atoll gestrandete Northwind mit ihrem ganzen Mahagoni-Luxus, dazu der übervolle Kühlschrank mit Schampus und all seinen Leckereien. Richtig erschrocken machte ihn jetzt dieses Abgleiten. War es denn nach allem, was er erleben musste, so mir nichts, dir nichts von jetzt auf gleich möglich, seine mühevoll erarbeitete Selbstfindung im Nu wieder zu verlieren, um in ein ganz gewöhnliches Leben zurückzufallen? War er hier in der Südsee überhaupt auf dem richtigen Weg? Oder gar auf einem Irrweg?

Ein neuer Morgen, ein neuer Tag. Heute wollte er sich daranmachen, seiner Flöte mittels eines anderen Bambusrohres etwas andere Töne beizubringen. Dazu sollte das Rohr schmaler und dünner sein. Recht lange musste er drüben auf der Insel suchen, bis er schließlich was Passendes fand.

Auch bei diesem Rohr gestaltete sich die Abstimmung erneut recht aufwendig. Es dauerte eine ganze Weile, bis sie ihm zusagte. Und tatsächlich, ihr Spiel begeisterte ihn, klang es jetzt doch fast so sehnsuchtsvoll wie seine Sipsi. Bald gesellte sich Sarah dazu, was ihm die Augen feucht werden ließ. Was war das damals in Kappadokien doch für eine glückliche Zeit! Sie beide waren weit mehr als nur wunschlos glücklich gewesen. Allerdings hatte schon damals der Seher in seinem Orakelzelt nach dem Blick in die Glaskugel beide gewarnt. Dunkle Schatten hatte er darin gesehen, sogar im zeitlichen Nahbereich, doch Sarah hatte das als Hokuspokus abgetan.

Gab es so was wie eine Vorausschau in die Zukunft überhaupt? Dazu müsste es eine Vorbestimmung der einzelnen Schicksale geben, die ein Seher zumindest erahnen konnte. Nur mal angenommen, es gäbe so was wirklich, wozu sollte das gut sein? Konnte man damit jeder Gefahr ausweichen, jeden Fehler vermeiden? Er wusste es nicht. Doch jeder beklagte das Schicksal, wenn es ihn unvorbereitet traf.

Auch das war jetzt wieder ein Rückfall in die Vergangenheit, die doch nun schon über zwei Jahre zurücklag. Der Gegenwart sollte er sich widmen, hatte diese ihn doch zusammen mit Jaimia inzwischen in ihre Arme genommen. Überdies spürt er ganz deutlich, hier auf Nukuseilala hatte sich ein bislang unbekanntes Lebensgefühl in ihm angesiedelt. Allerdings bereitete es ihm Mühe, es zu beschreiben. Als bewusst gewordenes Dasein ließ sich wohl am treffendsten bezeichnen, was sich ihm nach und nach wie ein stiller Begleiter zur Seite gestellt hatte. Mehr noch, es war inzwischen Teil seines Selbstgefühls geworden, ein unmittelbares Erspüren seines Hier und Jetzt. Und das würde ihn auf Nukuseilala weiter begleiten. Ja doch, er war hier auf dem richtigen Weg, da gab es keinen Zweifel.

Bei der Erkundung von bislang noch nicht erforschten Winkeln seines Atolls stand er vor einem undurchdringlichen Dickicht, und ihm kam die Frage, ob vor ihm schon jemals ein Mensch hier gehaust haben mochte. Wohl eher nicht. Überhaupt, wie würde es auf der Erde heute aussehen, wenn noch nirgends auf ihr ein Mensch sein Dasein gefristet hätte? Flora und Fauna würde es wohl ganz ähnlich wie heute geben, nur naturbelassen, zumeist ein echter Verhau aus Abgestorbenem und Nachgewachsenem, denn die wilden Tiere hatten gewiss keinen Ordnungssinn, um da mal aufzuräumen. Zumindest die Atmosphäre wäre eine andere und mit ihr das Klima. Auch die Meere sähen anders aus, kein Plastik, Öl und Abfall, dafür ein noch größerer Reichtum an Fischen. Die Vorräte an Energie, Mineralien, Erz und sonstigen edlen Metallen wie Gold und Silber wären völlig unangetastet geblieben. Reich wäre die Erde geblieben. Doch für wen?

Gewiss, die Einflussnahme der Menschen auf diese Erde war enorm, sie hatten sich das Recht genommen, sie auszurauben und umzugestalten, wie es ihnen beliebte. Aber im Alten Testament, im ersten Buch Moses, stand doch Gottes Gebot, machet Euch die Erde untertan. *Dominum terrae*, also was soll`s?

Wie war dieses Gebot zu verstehen? Wer durfte sich was unter den Nagel reißen und wer nicht? Vermutlich war das Gebot eher so gemeint, dass der Mensch sich die Erde urbar machen sollte, um darauf zu leben. Wenn es denn so zu verstehen war, hätte der Schöpfer es auch genau so befehlen sollen. Vielleicht wusste er ja selbst nicht so genau, wen er da erschaffen hatte. Und so war ihm seine Schöpfung mit der Zeit wohl etwas aus dem Ruder gelaufen. Inzwischen waren seine Menschen sogar dabei, mit ihrer Rücksichtslosigkeit die von ihm erschaffene Artenvielfalt mehr und mehr zu dezimieren, bald schon hatten sie der Hälfte von ihr den Garaus gemacht. War man aufmerksam, konnte man erkennen, dass es da draußen kaum noch Schmetterlinge und Bienen gab.

Aber er wusste doch seit seinem Besuch im Deutschen Museum, dieser Homo sapiens stammte aus einer ganz anderen Provenienz, also lag auch die Verantwortung für des Menschen Sosein irgendwo anders. Wo, das war immer noch ein Geheimnis und würde es sicher auch bleiben.

Also, dieser Planet und der Mensch auf ihm passten nicht so recht zusammen, wenn man es genauer bedachte. Aber so generell konnte man das auch nicht sagen, etliche gab es schon, die zu ihm passten, aber eben nur etliche. Wie vielen von ihnen konnte er überhaupt ein Zuhause bieten? An die 10 Milliarden könnte er wohl ernähren, doch das würde eine intelligente Nutzung und gerechte Verteilung ihrer Ressourcen erfordern, um keinen verhungern zu lassen. Wüchse die

Weltbevölkerung, wie zu erwarten, immer weiter, würde es allmählich eng. Doch etlichen Platz gab es noch, zumindest hier in der Südsee mit ihren endlos vielen unbewohnten Atollen. Unbewohnt? Sicher nicht, nur die Menschen fehlten da. Fehlten die wirklich? Hatten die denn auf Nukuseilala gefehlt, bevor er kam? Gewiss, verwildert und unwegsam fand er dieses Atoll vor, aber es führte sein Eigenleben. Und auf all den anderen unbewohnten Inselchen sah es gewiss ganz ähnlich aus. Vögel nisteten dort, Schildkröten stiegen aus dem Meer hinauf, und Gott weiß, wie viele andere Kreaturen sich da noch tummelten.

Ralf tauchte aus seiner Gedankenwelt auf und schlug den Weg zu seinem Zelt ein. Es war an der Zeit, an die Zubereitung seines Essens zu denken.

Als er dort ankam, sah er etwas überrascht Jaimia im Gras sitzen. Wie inzwischen üblich, begrüßte er sie mit einer Umarmung und einem fast schon routinemäßigen Kuss. Sie hatte ihm etwas mitgebracht, einen Plastikteller mit einem Bild darin: sie mit Ahio auf dem Schoß, beide lachten den Betrachter fröhlich an. Woher sie diesen Teller hatte? Das sei eine längere Geschichte, sagte sie.

Ralf spürte, außer um Liebe ging es heute vermutlich noch um etwas anderes – und er hatte sich nicht geirrt.

Der Teller stammte von einem Besucher, der zu ihnen mit diesem seltsamen Fotoapparat und den Tellern zum Einkleben gekommen war. Auf Samoa sei das zurzeit der Hit. Er wolle diese Insel hier aus ihrem Tiefschlaf erwecken, so seine vollmundige Ankündigung.

Aus welchem Schlaf?

Dieser traumhafte Strand dort oben an der Nordostküste von Niuatoputapu mit dem großen Korallenriff und den vielen Palmen sei völlig verwaist, doch weder Samoa noch die Fidschi-Inseln könnten da mithalten, zumal das Ufer hier etwas anstieg und somit dem immer weiter steigenden Meeresspiegel besser gewachsen sei.

Dann war er auf die drei kleinen Holzhäuschen am Strand zu sprechen gekommen. Die gehörten Jaimias Onkel, der vor drei Jahren gestorben war. Zuvor hatten sie ihrem Vater gehört, aber der war ja 2009 dem Tsunami zum Opfer gefallen. Der Onkel hatte sich seither bemüht, die Flutschäden zu beseitigen. Fast fertig sei er damit geworden, aber halt nur fast.

Fangaloka, der Besucher, hatte ihnen angeboten, die drei Blockhäuschen zu kaufen, aber Oliana wollte davon nichts wissen. Wenn es tatsächlich gelang, hier wieder Touristen anzulocken, konnten sie die Häuser auch selbst vermieten, wie damals vor dem Tsunami. Die waren ideal, um darin jeweils eine Familie unterzubringen.

Dann kam Jaimia zur Sache: Sie wüssten ja nicht, was er für Pläne habe, aber …

Was aber?

Er spürte den Anlauf, den sie gerade unternahm, und wie schwer sie sich damit tat.

Also, sie hätten sich überlegt …

Was überlegt?

Ob er da vielleicht mitmachen könnte.

Jetzt war es heraus.

Warum gerade er?

Es brauchte halt einen Mann, so Jaimia. Dabei schaute sie ihn aus derart liebevoll bittenden Augen an, wie er es bei ihr noch nicht gesehen hatte. Er umarmte sie, das gab ihm Zeit. Schließlich gab er sich einen Ruck. Das sei ein prima Gedanke, ganz toll!

Jetzt hatte er ihr mehr Hoffnung gemacht, als er eigentlich wollte. Nun fiel sie ihm um den Hals, und das ausgiebig. So kam es dann doch noch zum Streicheln ihrer Nasen und ein wenig mehr. So fröhlich, wie sie sich dann auf den Heimweg machte, hatte er sie selten gesehen, sogar ein wenig hüpfend sprang sie zum Ufer und winkte ihm noch mal zurück.

Was hatte er da nur angestellt!

Mitmachen sollte er. Was hieß das? Sicher ging es nicht allein um die Fertigstellung und Vermietung der drei Holzhäuschen. Wenn er es recht sah, hatte sie ihm grade ein Angebot für sein weiteres Leben mit ihr gemacht. Mit ihr und Ahio, hier auf dieser entlegenen Insel. Den ganzen Nachmittag bis hin zum Abend beschäftigte ihn ihr Angebot, und seine Unschlüssigkeit wuchs und wuchs.

Gänzlich unmöglich schien ihm eine solche Wende seines Lebens nicht, aber es sprach auch etliches dagegen. Die innere Unruhe trieb ihn vor seinem Zelt hin und her.

Zhang Chengzhi sollte ihm da zur Hilfe kommen. Und worauf sollte er meditieren? Jaimias bittende Augen waren es, nichts anderes konnte es sein. Und die blickten ihn eindringlich und berührend an, ohne Unterlass. Tatsächlich, mehr und mehr kam er so zur Ruhe, denn es war kein Platz mehr für andere Gedanken. So schlief er beruhigt ein bis zum frühen Morgen.

Das kannte er schon, beim Aufwachen ging es gleich wieder los. Aber die morgendlichen Gedanken waren in der Regel positiv, die brachten ihn zumeist weiter. Am besten, er schaute sich da oben am Strand mal um, lieber allein. Mit dem Rad war er ja gleich in Hihifo. Bei der Postbank erkundigte er sich, wo die drei Holzhäuschen von Oliana zu finden waren. Er kannte bisher ja nur ihren Vornamen, aber das reichte, man kannte sich hier vermutlich ohnehin meist nur mit dem Vornamen.

Ganz in der Nähe lagen sie, knapp 100 Meter vom Strand auf einer Wiese. Die Dächer mussten dringend erneuert werden, das fiel ihm sofort auf. Die Türen waren unverschlossen, wie hier üblich, also trat er ein. Drinnen war alles dick verstaubt, kein Wunder, aber ansonsten nicht so heruntergekommen, wie er angenommen hatte. Sogar ein kleiner Holzofen mit Herdplatte stand da, dazu ein Tisch und zwei Stühle, die Betten drüben Eisengestelle. Daneben an der Wand eine uralte Kommode mit zwei hohen Schubkästen. Ralf zog am oberen mit den zwei Griffen, ein wenig kam der Laden hervor. Dann noch mal fester, jetzt zeigten sich allerlei Dinge, darunter auch eine Schwimmflosse. Wo eine war, konnte bestimmt noch eine zweite sein, richtig, weiter unten lag sie. Dann zog er das zweite Fach auf, voll gepfercht bis obenhin. Die Metallteile gehörten wohl zu einer alten Maschine, vielleicht einem Fleischwolf oder dergleichen, darunter, kaum zu glauben, eine Tauchermaske und weiter unten sogar der Schnorchel dazu. Was für ein Fund! Die vier Teile nahm er gleich mal mit, er konnte sie ja später zurückbringen oder Jaimia geben. Falls das alles noch brauchbar war, könnte er tiefer zu den Fischen abtauchen, um quasi einer von ihnen zu werden.

Den Strand oben an der Nordostseite hatte er bislang nur von Weitem gesehen. Ein echter Traumstrand mit breitem Sandufer, dahinter Palmen und andere Schatten spendende Sträucher, da konnte man sich sonnen und baden ohne Ende. Dazu noch das große Korallenriff im Osten, Herz, was willst du mehr. Die Verkehrsanbindung war wohl das Problem für die Besucher, da musste man halt eine Piste aus Asphalt für die Flieger anlegen, so aufwendig konnte das nicht sein.

Gewiss, seine Unterwasserfreunde hatte er etliche Wochen vernachlässigt, die fragten sich inzwischen bestimmt, wo er abgeblieben sei. Spontan entschloss er sich, in diese alten Flossen zu schlüpfen, selbst die verrosteten Schnallen funktionierten noch einigermaßen. Wer war wohl damit früher geschwommen und getaucht? Vermutlich Jaimias Vater, denn sie passten auf größere Füße als seine. Gleich ging`s ans Testen. Die Flossen zeigten keine sichtbaren Risse oder dergleichen, Genaueres würde sich im Wasser zeigen. Auch die Tauchmaske sah, oberflächlich betrachtet, brauchbar aus und im Schnorchel war sogar die Absperrkugel zu sehen, prima.

Auf den Flossen patschte er durchs flache Uferwasser, näher zum kleinen Riff, da wurde es bald tiefer.

Vorsichtig schwamm er raus, steckte das Mundstück zwischen die Zähne und tauchte schon mal ab, aber noch reichte die Tiefe nicht. Lange war es her, dass er damals im Mittelmeer vor Elba getaucht war, doch bald erinnerte er sich wieder, wie das ging. Auf und ab musste man die Flossen bewegen, und schon ging`s voran.

Jetzt war es tief genug. Fische sah er zunächst nur kleine, die stoben aufgeschreckt davon. Weiter vorn, wo es tiefer wurde, änderte sich das nach und nach, sogar einen größeren Fisch sah er jetzt auf sich zukommen. Offensichtlich hatte der keine Angst vor ihm, in seinen großen runden Augen spiegelte sich eher so etwas wie Neugier. Welcher von den vielen aus Jaimias Fischbuch war das wohl? Richtig vertraut war er mit dieser riesigen Vielfalt noch nicht. War es etwa dieser Sträflings-Doktorfisch? Oder ein Soldatenfisch? Wie auch immer, er kam direkt auf ihn zu. Schade, ein Mienenspiel hatten die Fische kaum, so konnte man ihnen auch nicht ansehen, wie sie gerade gestimmt waren. Ob er auch mal auf ihn zuschwimmen sollte? Nur ein bisschen. Siehe da, auch er kam nochmals näher, bis sie sich fast berührten. Besser, er würde jetzt nach links ausweichen. Und was tat dieser Sträflings-Doktor oder was auch immer? Er schwamm ganz dicht an ihm vorbei. Dabei erkannte er seine hellen seitlichen Streifen, sicher der Grund, ihn Sträfling zu nennen. Seitlich überholte ihn noch ein seltsamer Fisch, der dann wendete. Jetzt war er gut zu erkennen, ein Trompetenfisch. Barsche und Wale hatte er noch keine entdeckt, aber die sollte es hier auch geben.

Ein bunter Flitzer schwamm vorbei, das war er, dieser Picassofisch mit den farbigen Pinselstrichen auf den Seiten, original Picasso, unverkennbar! Nur scheu war er und gleich wieder weg. Jetzt näherte sich ein größeres Exemplar, das musste ein Hai sein, vermutlich ein

Bambushai oder Riffhai, nicht allzu groß, aber doch imposant.

Mann, heute wurde hier wirklich was geboten, mehrere Rochen näherten sich im Rudel, zwei Schwarzpunkt- und ein Blaupunktrochen, dahinter zwei Stechrochen. Alle schwammen direkt auf ihn zu, aber er wusste inzwischen, die waren ungefährlich, wie die allermeisten hier. Sie schienen ihn regelrecht zu beschnüffeln, schwammen dann aber bald weiter.

Jetzt sah er einen Delfin nahen, und dahinter noch einen. Tatsächlich, das waren Sänger, die unterhielten sich lebhaft piepsend, toll! Ihm schien das heute wie eine Fischparade, denn schon wieder tauchte ein Hai auf, wohl ein Hammerhai, wenn er richtig lag. Gleich noch einer, das musste ein Schwarzspitzenhai sein. Nur gut, dass Jaimia ihm dieses Fischlexikon gegeben hatte, aber so sicher war er da noch nicht, manchen dieser Zeitgenossen hatte er eher erraten.

Als er weiter hinausschwamm, begleitete ihn ein weiterer Doktorfisch, den er jetzt gleich erkannte; fast hatte er den Eindruck, er kam zu seinem Schutz, immerhin musste sein Doktor auch einen Sinn haben. Weiter draußen kam ein zweiter dazu, der hatte keine seitlichen Streifen, ganz schmucklos grau war er, also handelte es sich eher um einen Soldatenfisch. Er nahm sich jetzt vor, das Fischlexikon noch einmal zu studieren, um nicht immer herumraten zu müssen.

Als er schließlich zurückschwamm, bogen sie ab, als hätten sie das Interesse an ihm verloren. Doch er hatte noch eine ganze Weile über das Verhältnis von Mensch und Fisch nachzudenken. Diese Tiere hatten zweifellos eine eigene Existenzberechtigung und waren nicht nur dazu da, abgeschlachtet und verspeist zu werden. Bestimmt wussten sie nicht, was ihnen möglicherweise seitens der Menschen bevorstand, sonst wären sie mit ihm sicher ganz anders umgesprungen.

Wieder an Land, war er froh, mit dieser uralten Ausrüstung doch ganz passabel zurechtgekommen zu sein. Beim nächsten Mal würde er weniger tief eintauchen, dann könnte er über den Schnorchel ständig Luft holen und hätte mehr Zeit zur Beobachtung. Zugleich spürte er, die Nähe zu diesen Fischen da unten dürfte für ihn auch weitergehende Folgen haben. Konnte er diesen Kameraden wie bisher so einfach aufs Haupt schlagen und den Hals umdrehen, um sie dann zu essen?

Tags darauf nahm er sich vor, weiter rauszuschwimmen, mehrere hundert Meter Richtung Matavi, um zu sehen, welche Fische sich dort draußen tummelten. Bald gesellte sich seine Eskorte von gestern wieder hinzu, allerdings in schwächerer Besetzung. Nein, er konnte nicht erkennen, ob es die von gestern waren, dafür waren sie sich alle zu ähnlich.

Rasch kam er voran, denn diese Bauchlage auf dem Wasser war ideal, um überwiegend allein mit den Flossen zu arbeiten. Ab und zu tauchte er nur leicht ab, um mit dem Schnorchel gerade noch Luft zu bekommen.

Als er auftauchte und sich umsah, zeigte sich weit draußen hinter dem Atoll so etwas wie ein großes Rad, das sich drehte, kurz verschwand, dann wieder hervorkam und sich weiterdrehte. Vielleicht befand sich da ein Buckelwal auf großer Reise, etwa auf dem Weg runter nach Vava'u, um dort, wie viele seiner Artgenossen, zu gebären. Kurz darauf kam weiter draußen ein ganz anderer, riesiger Fisch aus dem Wasser. Mit voller Kraft sprang er himmelwärts in die Höhe, um dann gleich wieder mit einer Fontäne einzutauchen. Was für ein Angeber. Doch wem wollte er imponieren? Ihm bestimmt nicht. Vielleicht war da ein Kampf mit einem Konkurrenten im Gange, so wie bei den Hirschen um den Platzhirschposten. Auch um ein Weibchen konnte es gehen, falls es gerade die Zeit zur Paarung war.

Ralf erkannte ihn, es war ein Manta, sogar ein Riesen-Manta, der konnte einen schon mächtig erschrecken. Bis zu sieben Meter lang und 2000 Kilo schwer wurden diese Säuger. Und schon sprang er wieder aus dem Wasser und klatschte mit seinen flügelartigen Seitenflossen ins aufschäumende Meer. Wahnsinn, was für ein Spektakel!

Ein Stück weit war er heute wieder Richtung Mantavi geschwommen, aber was für ein Unterschied. Bestes Wetter, nur leichter Wind und dazu diese Flossen.

Auf der Rücktour ging es dann ganz entspannt Richtung Heimatufer. Ein wenig spürte er die Strömung schon noch, jedoch deutlich schwächer. Hätte er damals schon die Flossen gehabt, wäre er gewiss nicht in diese Endzeitstimmung geraten.

Eine etwas abseitige Frage zu den Fischen stellte er sich ihm noch, die mit dem Hinduismus zu tun hatte. Waren diese Fische früher vielleicht mal gläubige Hindus, die ein schlechtes Karma in ihrem früheren Leben nun im nächsten unters Wasser verbannt hatte? Und wenn es so war, musste das überhaupt eine Verschlechterung sein? Konnte es eine größere Freiheit geben als diese? Wohl kaum.

Als er wieder an Land war, gönnte er sich ein Schläfchen auf der Wiese vor seinem Zelt. Das war eine ganz eigene Welt dort unten, kaum von Menschen beachtet. Nein, keine Unterwelt, nur eine Unterwasserwelt eigener Prägung. Und die erstreckte sich immerhin über den größeren Teil des Globus.

Diese drei Holzhäuschen beschäftigten Ralf immer wieder. Aus denen konnte man doch was machen. Zum ersten Mal nach langer Zeit kam ihm das wertvolle Dokument wieder in Erinnerung, das er aus dem Kloster mitgenommen hatte. Mit Goethes Hilfe würde es ganz problemlos gehen, aber dazu müsste er zunächst die Versteigerung in Angriff nehmen. Am besten, er würde jetzt aufs Rad steigen, um mit Jaimia und Oliana Zukunftspläne zu schmieden.

Ahio spielte vor dem Haus und kam zu ihm, er brauchte jemand zum Ballspielen, allein machte das keinen Spaß. Ihm gefiel der kleine aufgeweckte Bub, vielleicht würde er ja bald sein Papa werden, das wäre für ihn eine ganz neue Rolle. Jaimia kam dazu, und sie spielten zu dritt. Ahio sollte ihn Ralf nennen, sagte sie zu ihm, denn das war auch ein polynesischer Name und bedeutete »der Starke«. Einige Male ließ sie ihn das nachsprechen, dann hatte er es intus.

Später kamen sie wieder auf das Angebot für die Holzhäuschen zu sprechen, denn der Investor war erneut vorbeigekommen und hatte sie über den Fortgang seines Projektes informiert. Der Fonds, den er dafür gegründet hatte, habe inzwischen Interesse bei etlichen Anlegern gefunden, überwiegend in den USA, aber auch in Europa. Die Verhandlungen mit dem Königreich Tonga machten gute Fortschritte, vermutlich könnte mit den Arbeiten bald begonnen werden.

Natürlich galt sein Besuch dem Kauf des Grundstücks mit den Holzhäuschen. Alle drei waren sich jedoch einig, sie nicht zu verkaufen, sondern abzuwarten, wie sich das weiterentwickle.

Auf dem Weg zurück wurde Ralf nachdenklich, denn weit stand ihm die Tür bei Jaimia, ihrer Mutter und auch Ahio offen. Wenn die Versteigerung des Briefes genügend erbrachte, könnte man damit die Häuschen vollständig herrichten und manches dazu. Immerhin boten sie Platz für eine ganze Familie. Würde jedes pro Tag 40 bis 50 Dollar Miete einbringen, könnte man davon gut leben, zumal fast das ganze Jahr über Saison war.

Noch eine weitere Idee kam ihm: Auch für ein neues Holzhäuschen könnte das Geld noch reichen. Und zwar genau da, wo jetzt sein Zelt stand. Als er gedankenverloren wieder Richtung Nukuseilala vor sich hin stapfte, wurde ihm klar: Dies hier war für ihn ein gemachtes Bett, bescheiden, aber mit dem Charme der Genügsamkeit, und dazu eine Familie. Doch war das wirklich etwas für ihn? Einstweilen legte er dieses Thema auf Wiedervorlage.

Die drei Holzhäuschen wollte er sich tags darauf mit Jaimia nochmal genauer anschauen, um abzuschätzen, was es da alles zu reparieren gab. Als sie dort ankamen, eilte sie voraus zum ersten Häuschen, aber er schritt zum mittleren, um dort in der Kommode vielleicht noch etwas zur Taucherausrüstung zu finden. Das schien ihr gar nicht recht zu sein. Unwillig ging sie zu ihm und versuchte, ihn rüberzuziehen, doch er beachtete sie nicht.

Als sie drinnen waren, stellte sie sich sogleich mit dem Rücken zur Kommode, gerade so, als wäre die für ihn tabu. Energisch drang er darauf, sie zu öffnen, was ihm mit Mühe gelang.

Jaimia wurde seltsam nervös und machte sich daran, das untere Fach mit ihren Waden wieder ein Stück weit zurückzuschieben.

Was sollte denn das? Wieder zog er es entschlossen heraus und Jaimia brach in Tränen aus. Was war denn nun los?

Stockend begann sie, es ihm zu erklären, da läge … Daliyah drin.

Ralf verstand nur Bahnhof. Was lag da drin?

Ungeachtet der dicken Staubschicht setzte er sich auf den uralten Stuhl. Jaimia kam hinzu, setzte sich auf seinen Schoß und legte die Arme um seinen Hals. Unter Tränen begann sie, ihm die ganze Wahrheit ihres Sündenfalls zu gestehen:

Ein Jahr, bevor Ahio kam, hatte sie dort auf dem Gunnerafeld schon mal ein Kind zur Welt gebracht. Daliyah, ein kleines Mädchen, das ihr ganz schwach und kraftlos erschien, zumal es eine Frühgeburt war. Nach einigem Zögern hatte sie es dann mit diesen Mammutblättern zugedeckt und ihrem traurigen Schicksal unter den Blättern dicht neben dem Baumstumpf überlassen.

Ein ganz schlimmer Traum habe sie alsbald dafür bestraft. Da habe sie auf diesem Feld gestanden, weit

und breit um sie herum diese Mammutblätter, dazu Totenstille. Doch dann fingen einige Blätter an, sich zu
bewegen, wie vom Wind berührt, bis sie regelrecht zu
flattern begannen. Sie habe sich im Traum die Hände
vor die Augen gehalten. Als sie diese wieder öffnete,
gaben die beiseite gewehten Blätter die Sicht auf eine
Vielzahl friedlich schlafender Neugeborener frei. Gleich
hielt sie sich wieder die Augen zu, sie konnte es nicht
aushalten. Als sie diese dann nach einiger Zeit erneut
öffnete, standen dort richtige Kinder ohne Zahl, und
alle hielten ihr mit hohlen Augenhöhlen anklagend ein
schwarzes, dünnes Holzkreuz entgegen. Was hätte sie
nicht alles dafür gegeben, dort bei ihnen im Boden ver-
sinken zu dürfen. Zwar blieb bis vor kurzem die Tötung
eines Neugeborenen bis zu einem Monat nach der Geburt straffrei, aber das betraf ja nur die Gerichtsbarkeit,
ihr erschien es gleichwohl wie eine schwere Sünde.

Tag und Nacht habe es sie verfolgt, bis sie sich entschloss, das, was von Daliyah noch zu finden war, in
dieser Blechschachtel mit nach Hause zu nehmen. Dabei zeigte sie mit dem Finger auf die offene Schublade.
Fürchterlich habe sie das damals mitgenommen, diese
kleinen Händchen mit den winzigen Fingerknöcheln,
die Rippchen wie Streichhölzer und dann der kleine
Schädel, aus dessen leeren Augenhöhlen Daliyah sie erst
bittend, dann tief enttäuscht anzublicken schien. Wieder brach sie in Tränen aus.

Ralf wusste zunächst nicht, was er dazu sagen sollte. Doch dann wusste er es: Sie beide würden Daliyah
in ihrem kleinen Blechkastensarg auf dem Friedhof beerdigen, dort bei den Tsunami-Opfern, im Grab ihres

Vaters, an seiner Seite.

Jaimia blickte ihn so dankbar an, als hätte sie soeben eine kaum erhoffte Erlösung erfahren. Ganz eng klammerte sie sich an ihn, bis ihr Schluchzen verstummte.

Schon am nächsten Tag sollten sie das zuwege bringen, meinte Ralf. Besser zum Abend hin, schlug sie vor, da seien keine Leute mehr auf dem Friedhof. Sie werde noch eine Schaufel mitbringen.

Das Blechkästchen unten in der Schublade war mit einem Tuch zugedeckt. Ralf schob es kurz zur Seite, um es gleich wieder drüberzuziehen, und schlug vor, das Kästchen dort bis morgen zu belassen.

Am späten Nachmittag holten sie es ab, und Ralf steckte es in ihre Tragetasche. Wortlos, wie in einer kleinen Prozession, gingen sie zum Friedhof und setzten sich dort auf eine schmale Bank.

Dann begann er zu schaufeln. Zuerst hob er die Rasendecke vorsichtig ab, die brauchte er später zum Abdecken. Allzu tief brauchte er nicht zu graben, es reichte, wenn da etwa 30 Zentimeter Erde drüberkamen. Zusammen legten sie das Kästchen ganz behutsam hinein und Jaimia streichelte mit ihrer Hand über den Deckel. Während er es mit Erde zudeckte, stand sie daneben, mit gefalteten Händen. Dann stellte er sich andächtig zu ihr.

Nun griff er in den Beutel, den er mitgebracht hatte, und holte seine Panflöte heraus. Jaimia war etwas erstaunt, aber er erklärte ihr, was er vorhatte. Er werde jetzt mit seiner Flöte den Cóndor herbeibitten, der solle Daliyahs Seele mit seinen kräftigen Flügeln hinaufgeleiten in den Sternenhimmel, wo sie ihren Platz fände, um von dort oben alle Tage auf sie herabzublicken.

Sodann begann er, leise und gefühlvoll zu flöten. Jaimia blickte die ganze Zeit hinauf, wo sich bereits die ersten Sterne in der Abenddämmerung zeigten. Einen davon wählte sie aus und zeigte ihn Ralf, denn auf dem sollte Daliyah nun ihr Zuhause finden.

Oliana war mit Ahio zu Hause geblieben, er sollte davon besser nichts erfahren. Als sie ankamen, warteten sie, bis Ahio im Bett lag, und berichteten ihr von dem, was sie gerade vollzogen hatten. Oliana hörte andächtig zu, nickte ab und zu.

Später gingen Ralf und Jaimia nebenan zu Bett. An Schlafen war jetzt aber nicht zu denken. So fragte Ralf sie, wie es zu ihrer Schwangerschaft damals gekommen sei. Nicht direkt aus Neugier, vielleicht tat es ihrer Seele gut, wenn sie sich dazu mal aussprechen konnte.

»Damals, mit Anfang zwanzig, trat ich eine Stelle bei den Mormonen an. Die wurde mir angeboten, weil ich einigermaßen Englisch konnte. Ihre Gemeinde bestand hier seinerzeit noch aus etwa hundert Anhängern, die wurden damals als eine Art religiöser Brückenkopf von Salt Lake City aus finanziert. Heute sind es nur noch 60 bis 70. Ihr geistlicher Führer war ein Amerikaner, der aus dem Letter Day-Saints-Zentrum in Utah herkam. Ganz neu war für die Eingeborenen hier, dass es bei denen ein freudvolles Fortleben im Jenseits gab. Meine Aufgabe bei den Mormonen war so eine Art Mädchen für alles.«

»Für alles? Auch für das?«

»Nein, zumindest nicht in den Anfangsmonaten. Dieser Mister Kingstone, mein dortiger Chef, hatte ja gerade eine von hier geheiratet, als Zweitfrau neben der in Amerika.«

»Ein Bigamist?«

»Schon, aber die Mormonenführer durften bis zu vier Frauen haben.

Ich war damals für die Organisation der Veranstaltungen in dem sogenannten Bekehrungszentrum hier zuständig. Mir rückte er erst auf den Pelz, nachdem er seine hiesige Zweitfrau bald wieder verstoßen hatte. Das ging für Mormonen ganz einfach, von jetzt auf gleich.«

»Und dann warst du an der Reihe.«

»Nicht sogleich, denn sympathisch war er mir überhaupt nicht, auch viel zu alt. Und dann …« Sie schluckte.

»Und dann?«

»… tat er mir Gewalt an, richtig Gewalt, da hatte ich keine Chance, das war ganz schrecklich. Schon vom nächsten Tag an blieb ich beschämt zu Hause. Ich fühlte mich wie ein verdrecktes Handtuch, an dem dieser Ami seine schmierigen Finger abgewischt hatte.«

»Danach hast du dieses Handtuch sicher in die Wäsche gegeben«, sagte er leise.

»In den Mülleimer habe ich es geworfen! Doch dann habe ich noch was unternommen.«

»Ihn angezeigt?«

Sie lachte bitte auf. »Das glaubt dir hier doch keiner. Nein, zu Fangatua bin ich gegangen und habe ihn gebeten, meinen beschmutzten Körper zur Reinigung oder zumindest Übertuschung möglichst kunstvoll zu tätowieren, so wie er jetzt aussieht, um ihn wieder anzunehmen und mich darin zu mögen, schließlich konnte der ja nichts dafür. Etliche Sitzungen waren das, fast die Hälfte meiner Ersparnisse aus der Mormonentätigkeit ist da draufgegangen. Um innerlich wieder zurechtzukommen, brauchte es mehr Zeit, aber dann habe ich mich vor allem durchs Meditieren wieder gefangen.«

Ralf war beeindruckt, wie sie ihre Selbsttherapie in die eigenen Hände genommen hatte. Ihre Tattoos sah er jetzt in einem ganz anderen Licht.

Zum Verlauf ihrer Schwangerschaft wollte er sie jetzt besser nicht ausfragen.

Diese Nacht brauchte Jaimia seine Nähe mehr als je zuvor.


In den folgenden Tagen machte Ralf eine für ihn gänzlich neue Erfahrung, die ihm eine ebenso neue Erkenntnis verschaffte. Jaimia hatte auf dem Sternenatlas der Südsee, der in der Schule hing, den hellen Stern ausgemacht, den sie zur neuen Heimat für Daliyahs Seele erkoren hatten, den Acrux. Bei einem abendlichen Treffen auf Nukuseilala hatte sie ihm diesen Stern dort oben nochmals gezeigt. Dank seiner Helligkeit war er leicht am Himmel auszumachen.

Je öfter er da zu ihm hinaufschaute, umso mehr wurde dieser helle Stern auch für ihn Daliyahs neue Heimat. Dabei hatte er sie lediglich begraben, und das lange nach ihrer Geburt, ohne sie je gesehen zu haben. Irgendwie hatte Daliyah sich mit ihm verbunden.

Ja, es schien eher von ihr auszugehen, wie als Antwort auf seinen Akt der Menschlichkeit, ihr eine würdevolle Ruhestätte zu geben. Er dachte daran, wie er diesen Stern fast jeden Abend von seinem Zelt aus gesehen hatte, aber da war er einer von vielen gewesen, über die er wohl seine philosophischen Überlegungen angestellt hatte, aber nie auch nur im Entferntesten auf den Gedanken gekommen wäre, dort könne eine Seele ihre Heimat finden.

So ganz hatte Ralf Daliyahs Schicksal und Jaimias Rolle dabei noch nicht verarbeitet. So entschloss er sich, auf dem Gunnerafeld zu suchen, ob dort noch weitere Skelette oder gar Kindsleichen zu finden waren. Wenn dem so war, wäre ihr Verhalten eher entschuldbar.

Um die 15 bis 20 Kinder kamen auf der Insel jährlich zur Welt, zumindest zwei von ihnen konnten diesem Vorgehen wohl zum Opfer gefallen sein, so seine grobe Schätzung, in 10 Jahren also um die 20 oder mehr, denn früher zählte diese Insel fast doppelt so viele Einwohner.

Ralf zog den Metallstab seiner Sonnenuhr aus der Erde und bog seine Spitze um. Zwei Stunden wollte er suchen; fände er zwei oder drei Überreste dieser armen Säuglinge, denen die Muttermilch verweigert wurde, musste das auch hier auf Niuatupotapu so üblich gewesen sein. Und Jaimia hatte sich dem angeschlossen.

Ganz friedlich lagen diese großen Blätter auf dem Feld flach nebeneinander, so als wären sie noch nie zu Mittätern geworden. Auch keine Frau war zu entdecken, die hier gebären wollte, also machte er sich ans Suchen. Vorsichtig hob er mit seinem Haken ein Blatt nach dem anderen an, um es dann wieder hinabzulegen. Vermutlich langte das nicht, er musste schon auch im Untergrund herumstochern.

Nach gut einer Stunde dachte er schon ans Aufgeben, da hatte sein Stab plötzlich etwas am Haken. Vielleicht eine Wurzel? Mitnichten, ein zarter Brustkorb mit kleinen Rippchen war es. Die hingen noch zusammen, lange konnten sie hier noch nicht liegen. Gleich legte er sie wieder vorsichtig zurück und deckte die beiden riesigen Blätter drüber. Jetzt war kein Denken mehr daran, die Suche fortzusetzen, es langte ihm. Etwas benommen ging er zum nahen Waldrand hinüber, setzte sich in den Schatten der Bäume und dachte nach.

Er hatte eine Idee. Vor seinem Zelt spielte er doch ab und zu auf seiner Panflöte eine melancholische Melodie; in einer betrübten Stimmung hatte er sie einst komponiert und beim Spielen festgestellt, wie sie seine Seele streichelte und ihm mit der Zeit aus seiner Trübsal heraushalf. Wie wäre es, wenn er spät abends hierherkäme, um sie inmitten dieses Feldes für die Kinder anzustimmen?

Nein, lieber nicht, er sollte hier Ruhe walten lassen und die kleinen Seelen nicht stören. Besser, er ließ den Mantel des Schweigens über diesen verlassenen Kindern.

Wie war diesen Rabenmüttern wohl zumute, wenn sie allein nach Hause schlichen? Sein kleines Denkmodell, das er sich in der Bibliothek des Laacher Klosters zurechtgezimmert hatte, fiel ihm ein. Sicher gingen sie mit schlechtem Gewissen nach Hause. Oder waren sie hier auf der anderen Seite der Globus vielleicht anders strukturiert? Robuster, pragmatischer oder gar von Natur aus mit einem schwächeren Gewissen ausgestattet, das sich leichter beschwichtigen ließ?

Nein, nein. Wie sehr wurde doch Jaimia von ihrem schlechten Gewissen geplagt, dem schwer auf ihren Schultern lastenden Schuldgefühl voll beschämter Reue! Vermutlich war es ihr zeitweise gelungen, Daliyahs kleinen Blechkasten in die Kommode zu verdrängen, bis sich dann ihr schlechtes Gewissen wieder mit ganzer Macht auf sie legte und sie anklagte. Sicher ging es den anderen Müttern hier ganz ähnlich, denn derart grundverschieden konnten Menschen nicht sein.

Warum sollte man Neugeborenen ihr Lebensrecht verweigern, wenn man lediglich die Vermutung hatte, sie könnten sich im Leben schwerer tun? Gewiss, sie würden den Eltern mehr abverlangen, Zuwendung, Hilfe, Pflege und Versorgung, da war es schon bequemer, sich ihrer zu entledigen. Und auch die Gerichte hatten dafür Verständnis.

Auf dem Weg zum Strand bemerkte Ralf eine Person, die sich im Gestrüpp weiter oben zu schaffen machte. Was die hier auf seinem Atoll nur zu suchen hatte? Also stieg er ihr nach, erkannte, dass es ein Mann war, und rief ihm aus angemessener Entfernung zu, was er hier suche?

Jetzt kam er den kleinen Hang zu ihm herunter, ein Einheimischer mittleren Alters. Er sei hier auf Spurensuche, denn irgendwo auf dem Atoll müsse es einen uralten Kultplatz geben. Dann stellte er sich erst mal vor; Kibriyyah, Lehrer in Hihifo, früher mal Priester bei den Mormonen.

Was den gesuchten Kultplatz betraf, so hatte er dazu einen Hinweis in einem alten Schriftstück gefunden.

Dann lud er Ralf freundlich ein, ihn dort in der Schule zu besuchen, da gebe es einen Nebenraum, in dem er sich bemüht habe, einiges zur Geschichte Niuatoputapus zusammenzutragen. Wie seine ältesten Spuren belegten, gab es schon vor 3000 Jahren eine Besiedlung der Insel. 1616 seien die ersten Europäer aus den Niederlanden mit zwei Schiffen, der *Horn* und der *Eendracht*, hier erschienen. Damals schon sei Niuatoputapu ein eigener Staat mit eigener Sprache gewesen und aus dieser Zeit stammten auch die 92 Kultstätten, die er derzeit dokumentiere, soweit er sie denn finden konnte.

Das klang richtig interessant und Ralf verabredete sich mit ihm zu seiner Führung in Hihifo. Daneben interessierten ihn auch die Mormonen auf der Insel. Dazu hatte er ja bereits einiges, nicht gerade Rühmliches, von Jaimia erfahren.

Kibriyyah erwartete ihn bereits in der Schule und ging mit ihm zum Nebenraum rüber, wo er seine historische Dokumentation mit nachempfundenen Zeichnungen eingerichtet hatte.

Die beiden Seefahrer aus Holland, Schouten und Le Maire, wurden am 11. Mai 1616 bereits von einer großen Anzahl von Kriegskanus erwartet. Die hatte er mit ihren Keulen und Doppelrumpf-Kanus im Kampf mit den Seefahrern und deren Musketenschüssen dramatisch nachgezeichnet. Allerdings sollte dabei anfangs nur ein Polynesier zu Tode gekommen sein. Am nächsten Tag waren die Insulaner überraschenderweise mit Kokosnüssen, Bananen, Früchten und sogar Schweinen zurückgekommen. Sie schwammen zu den beiden Schiffen der Holländer hinüber und versuchten, an

Bord zu kommen. Sodann näherte sich sogar der König in seinem von 35 Kanus begleiteten großen Doppelrumpf-Kanu, und sie boten den Seefahrern ihre Gastgeschenke an. Auch das hatte er bis ins Detail in einer Zeichnung dargestellt.

Sein drittes Bild zeigte einen wüst entbrannten Kampf, denn die Gastgeschenke waren nur ein übler Trick der Insulaner, um die Seefahrer zu täuschen. Jetzt griffen sie unter Führung des Königkanus die holländischen Schiffe mit 23 Doppelrumpf-Kanus, 45 Einbäumen und etwa 800 Einheimischen frontal an. Die Holländer eröffneten darauf das Feuer aus Kanonen und Musketen und zahlreiche Insulaner bezahlten ihre Attacke mit dem Leben.

Ralf wollte ihn jetzt nicht fragen, woher er alle diese Einzelheiten wusste, stattdessen schaute er sich seine dramatische Zeichnung vom Kampfgetümmel genauer an.

150 Jahre später kam ein Samuel Wallis nach Niuatoputapu und traf auf etwa 50 Insulaner, die sich jedoch ganz friedlich zeigten. Damals war die Insel deutlich dichter besiedelt; um die 1.600 Einwohnern und mehr sollten dort gewohnt haben.

Ralf bedankte sich bei Kibriyyah und lobte seine Bilder, die ihm diesen ersten kriegerischen Kontakt zwischen den Insulanern und den europäischen Seefahrern eindrucksvoll veranschaulicht hatten.

Laut Kibriyyah sollte es also 92 Kultstätten in der Gegend hier geben, davon zumindest eine auf seinem Atoll. Und wo war diese zu finden? Da wollte er sich mal selbst auf die Suche machen. Was für ein Kult sollte das denn sein, den die Polynesier hier einstmals betrieben? Wie er gelesen hatte, huldigten sie früher einer geheimen Kraft, Mana genannt, die ihnen bei allem, was sie unternahmen, half. Kein Gott war das, nur so eine geheime, unsichtbare Kraft.

Am besten, er suchte zuerst den höchsten Punkt des Atolls auf, den konnten sie vielleicht am ehesten als Kultort ausgewählt haben. Auf dem Weg dorthin wurde er überrascht. Da vorn kroch doch tatsächlich eine Meereskröte mühsam dahin. Die eine oder andere von ihnen hatte er schon im Wasser entdeckt, die fielen ihm immer durch ihre plumpe Art der Fortbewegung auf, denn Schwimmen konnte man das kaum nennen. Auch hier stampfte die Kröte behäbig auf ihren unförmigen Beinen vorwärts, wer weiß wohin. Hatte sie wirklich ein Ziel? Eher sah es so aus, als habe sie sich hierher verirrt. Gemächlich folgte er ihr. Doch sie kroch zu langsam geradeaus. Wie es aussah, wollte auch sie diesen kleinen Hang hinauf. Das wurde ihm zu langweilig, also schritt er energisch aus.

Eine Aussicht hatte man von da nicht, Sträucher und Bäume versperrten den Blick. Nach Kultstätte sah hier nichts aus, lediglich eine kleine, flachere Erhebung war da. Mit den Füßen stieß er lustlos dagegen. Es zeigte sich etwas Härteres drunter, aber weiter kam er mit den bloßen Füßen nicht.

Zunächst wollte er schauen, wo die Schildkröte abgeblieben war, fand sie aber nicht. Mit seinem kleinen Spaten kehrte er zurück und grub erst um diese harte Stelle herum, dann tiefer hinein. Ein größerer Stein schien das zu sein. Er schaufelte weiter, bis der Stein

ein Gesicht bekam, zugegeben ein unförmiges, wenn es denn überhaupt ein solches war, denn eine Nase fehlte ihm. Aber ein grober Kopf konnte das schon sein. Also grub er noch etwas weiter. Dann nahm er einen kurzen Anlauf und sprang mit beiden Füßen gegen den Stein, doch der blieb fest im Erdreich verankert. Vermutlich befand sich unter dem Kopf ein ganzer Rumpf oder sogar noch mehr. Doch ohne Werkzeug kam er hier nicht weiter.

Als er runterging, begegnete er wieder der Schildkröte, die jetzt regungslos am Wegesrand lag. Später am Nachmittag berichtete er Kibriyyah von seinem Fund, und der kam gleich mit, um ihn in Augenschein zu nehmen.

Den ganzen nächsten Tag über grub der, bis eine richtige Statue zu erkennen war, knapp einen Meter groß, aber alles andere als ansprechend. Mehr ein grober, rechteckiger Klotz aus Stein mit Rillen, welche wohl die eng anliegenden Arme und Beine andeuten sollten, ebenso die allenfalls mit Fantasie zu erkennenden Augen und den Mund. Solche Kult-Statuen, Tiki genannt, waren in Polynesien früher weit verbreitet, erklärte ihm Kibriyyah. Schriftliche Überlieferungen gab es dazu wohl kaum, denn die Polynesier schrieben ja nicht, somit wurde alles nur mündlich weitergegeben. Später kamen die Europäer und vernichteten das bisschen, was sie zeichnerisch dokumentiert hatten. Auch ganz andere Sitten führten sie ein, das habe dann ihre Kultur nachhaltig zerstört.

Kibriyyah war dennoch hell begeistert, denn dieser Kultort hatte ihm in seiner Sammlung gefehlt. Nebenbei erwähnte Ralf noch die Schildkröte, die jetzt immer noch dort lag, möglicherweise tot. Sofort wurde Kibriyyah hellwach: Damit hätte sich gezeigt, dass dieser Ort sogar Sitz eines Mana war. Damit hatte es etwas ganz Besonderes auf sich, denn dem Sitz eines Mana durften sich nur ganz ausersehene Menschen nähern, und das lediglich zu bestimmten Zeiten. Hielt man sich nicht daran, war das der Bruch eines unumstößlichen Tabus, dafür wurde man sogar mit dem Tode bestraft, und das galt auch für Tiere.

Ralf schüttelte innerlich den Kopf, so ein Unsinn, schließlich hatten er und Kibriyyah gerade eben dieses Tabu gebrochen. Aber immerhin wusste er jetzt, wo das Wort *Tabu* herkam.

Auf Nukuseilala gab es immer noch einige Winkel, die er nicht kannte, weil sie nur schwer zu erreichen waren. Er musste sich erst durchs Dickicht kämpfen, um sie in Augenschein nehmen zu können. Viel gab es da meist nicht zu sehen, aber dazu musste man erst mal hinkommen.

Heute nahm er sich die Anhöhe hinter dem Riff vor, von da hatte er sicher einen besseren Überblick. Beim Aufstieg fiel ihm dieser kleine unscheinbare Strauch mit ein paar roten Beeren am Wegesrand auf. Sollte er mal eine probieren? War die überhaupt genießbar? Versuch macht klug, dachte er sich. Er konnte die Beere ja gleich wieder ausspucken, wenn sie ungenießbar schien.

Doch sie hatte einen ganz eigenen Geschmack, süßsauer, aber interessant. Also probierte er eine zweite, die schmeckte schon besser, dann noch ein paar, bis alle

Beeren abgeerntet waren. Ansonsten war hier oben wenig zu holen, also ging`s zurück durchs Gestrüpp zum Zelt.

Es dauerte nicht lange, bis sich sein Magen meldete. Unwohl wurde ihm, da musste er drüber hinweg, das würde sich bald geben. Aber es zeigte sich hartnäckig und arbeitete in ihm fort. So ging es einige Zeit, und er legte sich im Zelt erst mal aufs Ohr.

Allmählich zog der Abend herauf, doch die Übelkeit blieb. Dann kam die Nacht, und die wurde richtig schlimm. Wenn er sich nur übergeben könnte, dann würde es sich bessern, nur kam es leider nicht dazu.

Mit Magenkrämpfen wachte er auf, in Schweiß gebadet. Heiß war seine Stirn und ein Schüttelfrost ging durch seinen Körper, dass ihm die Zähne klapperten. Er hatte kein Thermometer, aber auch so spürte er das hohe Fieber, das ihn gepackt hatte.

Nach Stunden schlief er kurz ein, wachte wieder auf, und so ging es bis zum frühen Morgen, die Stirn voller Schweiß, das Fieber bis hinauf in den schmerzenden Kopf. Warum nur hatte er gleich alle Beeren auf einmal vertilgt?

Da half nichts, er musste Kahekili, den Inselarzt, aufsuchen. Bis zum Mittag wollte er noch warten, um leichter durchs Wasser zu kommen. Auf dem Rad wurde ihm zwischendurch schwindelig, da musste er ab und zu runter und eine Pause einlegen, bevor er stürzte.

Kahekili war gerade bei einem bettlägerigen Patienten. Sobald er ihn und den zweiten nebenan versorgt habe, werde er zu ihm kommen.

Zuerst fühlte er ihm den Puls, der raste, über 120.

Ralf berichtete ihm von den Beeren, die er tags zuvor gegessen hatte. Kahekilis Stirn legte sich in Falten. Gut möglich, sie konnten die Ursache sein. Eine Abart der Eibe wachse in dieser Gegend, die sei hoch gefährlich, denn sie enthalte bestimmte Zellgifte, die Mensch und Tier zur Strecke bringen konnten, wie er sich ausdrückte.

Eine Infusion werde er anlegen, dazu solle er sich auf den Stuhl nebenan setzen. Später müsste er sich hinlegen, zwei Betten seien ja noch frei. Doch, doch, über Nacht müsse er auf jeden Fall hierbleiben, um zu sehen, wie die Infusion wirke, möglicherweise brauche er eine weitere. Sodann rollte er den Ständer zum Stuhl, hängte den Infusionsbeutel an den Galgen, stach ihm in den Arm und schaltete die Infusionspumpe ein.

Ralf fühlte sich gleich etwas besser. Sicher kam das noch nicht von der gerade anlaufenden Therapie, eher von seiner Psyche, die ihm sagte, jetzt würde sich sein Zustand bald bessern. Nur gut, dass es hier auf der Insel überhaupt einen Arzt gab.

Mit der Zeit döste Ralf so vor sich hin. Wie war er überhaupt auf die Idee gekommen, diese Beeren in sich hineinzufuttern? Es schien ihm, als habe sich da ein Trojaner mittels dieser unscheinbaren Beeren in ihn hineingeschlichen, um dann drinnen herumzutoben. Oder war es gar die Strafe für den Bruch dieses Tabus nahe dem Mana-Kultort? Nein, Unsinn, so ein Quatsch.

Am nächsten Morgen kam Kahekili zur Visite. Ja doch, er habe einigermaßen gut geschlafen, antwortete Ralf auf seine Frage. Der Puls war jetzt bei 80 und die Temperatur bei 39, das sprach dafür, dass sie die richtige Therapie ergriffen hatten, meinte Kahekili. Doch er müsse hier noch einen weiteren Tag zur Beobachtung bleiben, wie gesagt brauche er möglicherweise eine weitere Infusion. Wie es schien, hatte Kahekili Zeit, denn er setzte sich auf den Hocker neben sein Bett.

»Wie lange sind Sie eigentlich schon hier auf Niuatoputapu als Arzt tätig?«, begann Ralf ein Gespräch.

»Oh, vor sechs Jahren, gleich nach meiner Pensionierung, bin ich mit meiner Frau hierher auf die Insel gekommen.«

»Und von wo?«

»Von Suva auf den Fidschi-Inseln, dort war ich 35 Jahre als Internist im Krankenhaus tätig, unsere Kinder sind beide noch drüben.«

»Und warum sind Sie gerade hierher nach Niuatoputapu gekommen?«

»Von hier sind immer wieder Patienten zu uns rübergekommen, oft in einem weit fortgeschrittenen, unbehandelten Stadium, weil es hier auf der Insel keinen einzigen Arzt gab.«

»Wo haben Sie denn studiert?«

»Dort, wo ich geboren wurde, in Auckland. Meine Vorfahren kamen vor ewig langer Zeit aus Polynesien dorthin.«

»Mal eine ganz direkte Frage, wovon betreiben Sie Ihre Praxis eigentlich? Die Geräte hier, die Infusionspumpe und das Sonographiegerät da drüben, aber auch die Medikamente, das kostet doch alles, oder?«

»Eine gute Frage«, meinte er und nickte. »Ich bekomme eine aus hiesiger Sicht recht ordentliche Pension, die kann ich hier einbringen, damit komme ich so einigermaßen hin.«

»Aber Sie müssen doch auch was zum Leben haben, schreiben Sie denn keine Rechnungen?«

Er schüttelte lächelnd den Kopf. »Meine Patienten bringen nahezu alles mit, was wir beide in unserem bescheidenen Leben hier brauchen, nicht nur Nahrungsmittel, sondern zum Beispiel auch Kleidung, Schuhe und dergleichen. Ab und zu erhalten wir auch was von den Kindern, unser Schwiegersohn verdient recht gut.«

Ralf musste an Ahio denken, der brauchte doch Medikamente, sogar für längere Zeit.

»Können Ihre Patienten denn die oft recht teuren Medikamente bezahlen?«, erkundigte er sich.

»Da sprechen Sie mein Hauptproblem an, denn dafür reicht meine Pension oft nicht, so etwa bei der Therapie chronischer Erkrankungen. Da gehe ich oft betteln, etwa bei Lions International und anderen Wohltätigkeitsorganisatoren. Meist macht das meine Frau, die kann das besser.«

Ralf war beeindruckt. Was für ein Mann!

Gern hätte er noch etwas zu seiner Lebensphilosophie erfahren, aber er wusste nicht recht, wie er dieses Thema ansprechen sollte, um nicht allzu neugierig zu erscheinen. Am besten, er würde es mal hintenrum über die Kirche versuchen, denn die stand ja gleich nebenan.

»Ihr Haus hier, hat das dem Tsunami von 2009 standgehalten?«

»In der Tat. Einmal ist es ja recht stabil aus Stein, zum anderen war die Kirche so eine Art Schutzschild und hat das meiste abgehalten.«

»Ist es eine christliche Kirche?«, fragte er, obgleich er

das schon wusste.

»Ja.«

»Sind die Insulaner überwiegend Christen?«

»Ja.«

»Und sind die auch gläubig?«

»Zumindest gehen die meisten sonntags zum Gottesdienst.«

Eine Pause trat ein. Ralf überlegte, wie er Dr. Kahekili noch etwas zu seiner Lebensphilosophie entlocken konnte, und fragte schließlich: »Etliche Ihrer Patienten versterben ja mit der Zeit, nimmt Sie das persönlich mit?«

»Nun, wenn sie ein höheres Alter erreicht haben, nicht so sehr. Etwas anderes ist es, wenn ein Kind stirbt. Das steckt man nicht so leicht weg.«

»Das kann ich mir vorstellen. Darf ich Sie noch etwas fragen?«

»Gern.«

»In der Zeit vor der Europäisierung gab es hier ja eine Vielzahl an Göttern, sind die inzwischen alle verschwunden?«

»Nicht ganz, aber einige schon.«

»Und wie sehen Sie das mit dem göttlichen Einfluss?«

Mit einem Sprung war Ralf jetzt dicht am Thema.

»Wissen Sie, wenn man ein Leben lang mit kranken Menschen zu tun hat und sieht, wie sie leiden und andere fröhlich weiterleben, dann kommen zwangsläufig Zweifel an der himmlischen Gerechtigkeit auf. Allerdings helfen diese Zweifel auch nicht weiter. Da kommt es mit den Jahren schon zu einer gewissen Abkehr vom Glauben und man konzentriert sich als Arzt ganz pragmatisch darauf, was man zur Begrenzung ihrer Leiden beitragen kann.«

Kahekili räusperte sich und fuhr fort: »Ich denke, es ist am besten, man freut sich seines Daseins, solange es einem gut geht, und denkt an diese Zeiten zurück, wenn es nicht mehr so ist, denn alles im Leben hat seine Zeit, und eben nur diese.«

Dabei wollte Ralf es jetzt erst mal belassen und er entschloss sich, demnächst aus seiner Dose unterm Fels einen Hunderter rauszuholen, um ihn Kahekili zu geben, denn mit Naturalien konnte er nicht dienen.

Ob er Jaimia Bescheid geben solle, dass er hier bei ihm liege, fragte ihn Kahekili noch, als er sich vom Hocker erhob. Das überraschte Ralf, ihre Beziehung hatte sich also herumgesprochen. Eigentlich kein Wunder, in Hihifo sprach sich vieles herum, insbesondere, wenn es von Interesse war. Nein, bitte nicht, er werde im Laufe des Tages, spätestens morgen, selbst rübergehen, es sei ja nicht weit.

In Gedanken verweilte er noch ein wenig bei Kahekili. Natürlich gab es Menschen, die ihrem Leben einen Sinn gaben, wenn sie zum Beispiel in ein Armutsland gingen, um dort das traurige Los der unterernährten kranken Kinder zu lindern. Von diesen Idealisten gab es etliche, nicht nur Albert Schweitzer, der sich bis zu seinem 90. Lebensjahr in Lambaréné dieser Aufgabe gewidmet hatte. Wenn man ihnen begegnete, spürte man den Sinn ihres Lebens fast wie etwas Greifbares und wurde von einem Gefühl der Beklommenheit ergriffen, weil man mit ihnen nicht mithalten konnte. Aber diesen Sinn hatten sie sich selbst erarbeitet, niemand anders hatte ihnen den geschenkt oder sie dazu verpflichtet.

Tags darauf wachte Ralf recht spät auf. Das kam sicher daher, weil es hier in Hihifo keine Vogelkolonie gab, die ihn in aller Frühe auf den Beginn eines neuen Tages hinwies. Bald ging er zu Jaimia rüber, um ihr von seinem Malheur zu berichten. Wie er nur diese Beeren essen konnte, allen auf der Insel sei doch bekannt, wie giftig die waren. Aber sie war heilfroh, dass er zu Kahekili gegangen war.

Nach einigen Tagen war Ralf so weit genesen, dass er wieder zu seinen Freunden, den Fischen, gehen konnte. Auch heute würde er keinen von ihnen verspeisen, da musste er sich halt an Olianas Brotfladen und die Bananen halten. Als er dann bäuchlings auf dem Wasser lag und sah, wie sie unter ihm gelassen dahinzogen, machte sich eine wohltuende Zufriedenheit, gepaart mit dem Abflauen seiner Schwäche, in ihm breit. Wie gern würde er sich ihnen jetzt anschließen und mit ihnen ziehen! Auch um Nahrung brauchte er sich dann nicht kümmern, die kam ganz von selbst auf ihn zu.

Jetzt wollte Ralf seinen alten Plan wiederaufleben lassen, die Versilberung von Goethes Brief. Erst mal sollte er erkunden, ob es auf Neuseeland oder auch Australien eine Sotheby-Geschäftsstelle gab, denn dann könnte die Auktion von da aus weltweit vernetzt stattfinden. Notfalls müsste er halt nach Europa fliegen, um vor Ort zu sein. Mit dem Erlös könnten sie Olianas Laden ausbauen, die drei Holzhäuschen wieder naturgetreu herrichten und manch anderes zuwege bringen. Ahios Schule wäre kein Problem, auch seine spätere Berufsausbildung in Fidschi oder Samoa nicht.

In Hihifo ging er zur Post, um über Satellit herauszufinden, wo es Sotheby-Geschäftsstellen gab. In Neuseeland fand er keine, aber in Melbourne und Sydney gab es zwei, dorthin kam man leichter als halb um den Globus nach München oder Paris. In Sydney rief er gleich mal an, um sich über die Abwicklung zu informieren.

Dort zeigte man sich durchaus interessiert, doch es müsse erst mal geklärt werden, ob es sich bei dem Brief tatsächlich um ein Original handele. Sei das der Fall, so könnte die Auktion durchaus nah an den sechsstelligen Dollar-Bereich gehen, so die Einschätzung eines dortigen Auktionators. Das hörte sich doch richtig gut an, da lag er schon richtig. Was die Echtheitsprüfung betraf, so schlug der Auktionator vor, zunächst eine Kopie zu schicken sowie eine Schilderung, wie der Weg des Dokuments verlaufen sei, soweit das noch nachzuvollziehen war.

Etliche Gewissensbisse meldeten sich schon bei Ralf, doch die hatte er bald im Griff. Besser, der Brief landete bei einem solventen Liebhaber, der ihn zu schätzen wusste, als wieder in Herders uraltem Buch, wo er dann bloß versauerte.

Wenn es hier irgendwo einen Kopierer gab, dann am ehesten in der Schule. Und tatsächlich, da gab es einen, recht alt, aber noch funktionstüchtig.

Nun musste er zunächst die Dose unter dem Fels herausholen und die versiegelte Plastikumhüllung aufschneiden. Die Kopie war erst nach mehrmaligem

Durchlauf einigermaßen lesbar, doch das musste fürs Erste reichen. Gleich danach steckte er den Brief wieder in die Plastikumhüllung und versiegelte sie mit dem Feuerzeug. Noch am gleichen Tag brachte er die Kopie mit einem handschriftlichen Begleitschreiben zur Post. Von dort ging sie nach Sydney. Das Original legte er gleich wieder in der Dose unter den Fels. Mal abwarten, was die bei Sotheby dazu sagten. Als Absender hatte er postlagernd Hihifo angegeben.

Endlich war der lange erwartete Brief aus Sydney bei der Post eingegangen. Sotheby schrieb, sie seien grundsätzlich interessiert. Die bisherigen Nachforschungen hätten dazu geführt, dass der Brief ein Original sein könnte. Die Anfrage im Goethe-Schiller-Zentralarchiv in Weimar habe ergeben, dass sich die beiden zwischen 1794 und 1805 eine Vielzahl von Briefen geschrieben hatten, von denen keinesfalls alle im Original erhalten geblieben seien. Zur weiteren Abklärung der mutmaßlichen Autographie Goethes seien Laboruntersuchungen des Papiers, der Tinte und der Schreibfeder erforderlich, wozu das Original benötigt werde. Sofern dessen Zusendung per Post erfolgen solle, seien sie bereit, dazu eine Versicherung über 25.000 Euro für den Verlustfall abzuschließen.

Immerhin, sie hatten Interesse. 25.000 Euro schienen ihm etwas wenig, aber das war wohl nur das Estimate, das Startgebot, das dann in der Auktion meist deutlich überboten wurde, denn Autographien historischer Berühmtheiten lagen inzwischen im Trend.

Warum eigentlich? Es gab da Leute, die interessierten sich für ihre kulturellen Wurzeln. Und mit solch einem Original fühlten sie sich dem jeweiligen Schreiber näher, immerhin hatte er es einst in seinen Händen gehalten, so wie sie jetzt. Vielleicht sahen sie ihn sogar am Schreibtisch sitzen, wie er gerade schrieb. Auch ihm ging es damals so, als er den Brief zum ersten Mal in Händen hielt. Oft glaubte man, früher sei vieles besser und das Leben lebenswerter gewesen. War das zu Goethes Zeiten wirklich so? Für ihn selbst mochte das gelten, denn er war als Staatsbeamter bestens versorgt. Aber wie sah das zum Beispiel bei Schiller aus, der in Jena als Professor ohne Gehalt lebte? In dessen Haus in Weimar hatte er Schillers Aufstellung fürs kommende Jahr gelesen, in der es darum ging, wie er finanziell einigermaßen über die Runden kam. Da gab es eine beachtliche Finanzierungslücke, die nicht zuletzt auf seinem üppigen Ansatz für den Tischwein beruhte. Eine neue Veröffentlichung sollte sie schließen, so seine Bemerkung am Rand; nur, wovon sollte sie handeln? Goethe ging es bisweilen ähnlich, nicht soweit es das Geld betraf, wohl aber, was er zu Papier bringen sollte. So hatte er ein anderes Mal an Schiller geschrieben, er müsse wieder bei den alten Meistern der Antike nachlesen, um dort eine Inspiration für ein neues Drama zu erhalten, wie damals in Italien von Euripides und seiner Iphigenie. Schade, dass sein Brief unterm Fels nicht davon handelte, denn dann wäre er sicher noch kostbarer.

Immer noch überlegte Ralf, ob er selbst nach Sydney fliegen musste, etwa mit dem Postflieger zu den Fidschi-Inseln und von dort weiter. Eher nicht, per Post war das doch viel einfacher, zudem weit billiger und durch die Versicherung auch ohne Risiko.

Also entschied er sich für den Versand. Sotheby bestätigte umgehend den Eingang, es dürfte wohl einige Wochen dauern, bis die Expertise zur Echtheit der Autographie vorläge.

Schon nach drei Wochen meldeten sie sich wie erwartet mit einem positiven Bescheid. Nun waren einige Formalitäten zur Auftragserteilung der Versteigerung zu erledigen. Vor allem sollte er ein Mindestgebot nennen, unterhalb dessen der Verkauf nicht zu erfolgen hatte. Sotheby schlug dazu 30.000 Euro vor.

Ralf kalkulierte. Der Anbau zu Olianas Laden würde wohl so um die 15 bis 20.000 kosten, die Fertigstellung der drei Holzhäuschen nahe dem Strand etwa 10-12.000. Und da war ja auch noch ihr kleines Liebesnest auf Nukuseilala, das waren sicher nochmals so um die 5.000. Unter 40.000 ging da nichts, also nannte er Sotheby 45.000 Euro.

Darauf hörte er lange Zeit nichts mehr, bis endlich ein Brief kam. In drei Wochen finde die Versteigerung in Paris statt. Nochmals fragten sie, ob das Limit von 45.000 Euro bestehen bleiben solle, denn sie hielten es für fraglich, ob das erreichbar sei. Dazu führten sie an, Goethe und Schiller hätten sich in der Zeit von 1794 bis 1805 nicht weniger als sage und schreibe 1006 Briefe geschrieben, also jeder der beiden gut 45 Briefe pro Jahr, nahezu einen pro Woche. Schiller war dann ja 1806 verstorben. Um 5.000 Euro wollte er noch runtergehen, aber unter 40.000 ginge gar nichts, schrieb er zurück.

Nach fünf Wochen kam ein Wertbrief. Ralf zitterten förmlich die Hände beim Öffnen, war da ein Scheck drin? Von wegen, Goethes Brief war drin. Bis 32.500 Euro seien die Gebote gegangen, dann sei Schluss gewesen. Das letzte Gebot sei per Telefon anonym aus der Schweiz gekommen.

Nun musste er sich erst mal auf die kleine Bank im Postraum setzten. Neben ihm stand ein Regal mit ein paar zerlesenen Büchern und einer dicken Mappe. Die zog er heraus, um mal nachzuschauen, wozu die diente. Wochenzeitungen waren da abgeheftet, ein ganzer Jahrgang. Der Postflieger brachte sie wohl mit, damit sich die Insulaner ein wenig informieren konnten, was in der Welt da draußen so vor sich ging.

Da er sie schon mal in der Hand hielt, fing er an zu blättern und las meist nur die Überschriften. Ums Geld ging's da draußen, Woche für Woche. Die Bankenpleite war das Hauptthema. Die Sparer wurden zur Kasse gebeten, um die maroden Geldhäuser vorm Untergang zu retten. Auch Zinsen gab es keine mehr, dafür stieg die Inflation. Zugleich wurden die Reichen immer reicher und die Armen immer ärmer, so ein Leitartikel mit vielen Zahlen. Gaunersyndikate gab es in Süditalien, Südamerika und sonst wo, dazu Korruptionen allenthalben. Wenn man das so überflog, drängte sich einem der Eindruck auf, die Moral der Menschen da draußen wurde gerade zum Auslaufmodell.

Oft ging es auch um die sogenannte Klimakatastrophe durch die Erderwärmung. Millionen Menschen waren inzwischen auf der Flucht, teils um Terroristen nicht zum Opfer zu fallen, teils um der Armut und ihrem Elend zu entfliehen. Inzwischen ächzten die Wohlstandsländer unter der Last dieser Zuwanderer. Da war die Situation hier eine ganz andere, hatte die Insel doch nach und nach die Hälfte ihrer Einwohner verloren. Und wenn es hier überhaupt einen Flüchtling gab, dann war es er.

Lokale kriegerische Auseinandersetzungen gab es in der ganzen Welt, zum Glück jedoch nicht in dieser Region. Tonga, ein eigenständiges Königreich mit über 170 Inseln, regierte König Tupou IV. mit ruhiger Hand.

Ralf lächelte beruhigt, das betraf ihn alles nicht, und die Inselbewohner mit ihrem Kleingeld in den Taschen noch weniger, denn viel ärmer konnten sie kaum werden. Hinsichtlich Moral und Zusammenhalt sah es hier offenbar sogar besser aus, soweit er das beurteilen konnte.

Rückständig war man hier, und das gewaltig, kein Netz, kein Fernsehen, Radio nur über Langwelle, sofern die Batterie noch Strom gab. In der Tat, man lebte hier hinterm Mond. Andere waren hingegen schon längst auf ihm gewesen, aber was brachte ihnen das, außer einem Blick auf den blauen Planeten? Etwas schon, denn der sah aus der Ferne ganz friedlich aus, berichteten die Kosmonauten einhellig.

Ralf legte die Mappe zurück und war zufrieden. Alles Probleme, die man hier nicht kannte. Ging es einem hier auf dieser abgelegenen Insel womöglich sogar besser? Nun ja, sie führte ein Schattendasein, aber Fische gab es vor der Haustür ohne Ende, auch Kokosholz, Kokospalmen, Pandanusblätter und manches mehr. Dazu ein paar Ziegen, Schafe, Hühner und sonstige Nutztiere. Reich war hier keiner, aber auch niemand bettelarm. Bescheidenheit war angesagt, und mit der lebten die Insulaner einigermaßen zufrieden.

Immerhin, er hatte den Brief zurück, nur eine kleine Ecke fehlte unten links, die hatten sie fürs Labor benötigt, so ihr Hinweis.

Was blieb ihm anderes übrig, als die Plastiktüte mit dem Brief darin wieder zu versiegeln und sie zurück in die Dose zu stecken. Zuvor nahm er noch rasch den Hunderter raus, den er Kahekili schuldete, und vergrub seinen Schatz wieder unterm Fels. Zumindest war er jetzt sicher, der Brief war ein Original, und irgendwann konnte er ja einen neuen Versuch starten, da war nichts verloren gegangen. Genau genommen fühlte er sich sogar besser, denn so hatte er immer noch die Möglichkeit, diese Kostbarkeit dem Kloster zurückzugeben, denn er war ja nur ihr Besitzer, ihr Bewahrer und nicht ihr Dieb.

Ralf dachte, es sei an der Zeit, sich mehr mit Ahio zu beschäftigen, um miteinander vertrauter zu werden. Sicher, es gab da ein Problem, denn Ahio sprach ausschließlich polynesisch, doch das mit seinen viereinhalb Jahren recht gut. Ralf hingegen tat sich schwerer, dieses *aolah ta motu tabui vahu'u ...* war ihm ein Graus. Da mussten Jaimia und Oliana halt übersetzen. Schon möglich, dass er sich mit der Zeit den einen oder anderen Brocken dieser absonderlichen Sprache aneignen konnte, mehr aber wohl kaum.

Womit konnte er Ahio interessieren? Vielleicht, indem sie zusammen was bastelten, zum Beispiel einen Drachen. Denn dazu brauchte man nur ein Kreuz aus zwei leichten Bambusstäben, ein Stück Plane, eine lange

Schnur und Klebestreifen. Bestimmt reichte der stetige Westwind hier, um ihn mühelos hoch in die Lüfte steigen zu lassen.

Bei Olianas Lieferungen fand er unter dem Verpackungsmaterial schließlich eine brauchbare Plastikplane. Zwar war sie hellgrau, doch auf die konnten sie bunte Stücke kleben, um dem Drachen ein lustiges Gesicht zu geben.

Ahio half dabei kräftig mit, wenngleich er noch nicht genau wissen konnte, was daraus werden sollte. Eine lange Schnur war nicht zu finden, dazu musste halt Olianas buntes Wollknäuel herhalten.

Die Anbindung des Drachen mit den drei Schnüren und deren Verknüpfung musste noch etwas justiert werden, aber dann ließ Ralf ihn in die Höhe steigen – und wie hoch hinauf! Ahio war ganz aus dem Häuschen. Mit der Schnur in der Hand lief er draußen umher, als wolle er allen zeigen, was für einen tollen Drachen er da an der Leine hatte.

Ralf kaufte bei Oliana noch etwas ein und wollte sich dann langsam auf den Weg nach Nukuseilala machen. Also verabschiedete er sich. Zuletzt sah er sich noch nach Ahio um. Wo war der denn abgeblieben, hatte ihn jemand gesehen? Jaimia und Oliana schauten sich fragend an. Zusammen gingen sie hinaus, um nach ihm zu sehen. Einige Mal riefen sie ihn, doch keine Antwort. Das war gar nicht seine Art, sich allein zu entfernen, meist spielte er nur ums Haus herum.

Ziemlich ratlos suchten alle drei das Umfeld ab und fragten jeden, den sie trafen, nach Ahio, doch niemand hatte ihn gesehen. Unschlüssig schauten sie umher und baten alle, die des Weges kamen, sie bei ihrer Suche zu unterstützen.

Wer hatte ihn denn zuletzt gesehen? Beide Frauen meinten, er sei vor etwa einer viertel Stunde noch draußen vorm Haus gewesen. Ralf bestieg sein Rad, um die Wege ringsum abzufahren. Nach einer guten halben Stunde hatte er das Umfeld bis in die hintersten Winkel durchsucht, doch ohne Erfolg. Langsam wurde es allen etwas mulmig, wo sollten sie denn sonst noch nach ihm suchen? Im Dickicht, auf den Gunnerafeldern oder am Ufer? Jetzt hörte Ralf den Postflieger im Anflug. Ob er ihn bitten sollte, mit ihm zusammen aus der Luft nach Ahio zu suchen?

Da hörten sie die Sirene auf dem Dach der Schule aufheulen. Wie Ralf später erfuhr, hatte sie vor einiger Zeit das Läuten der Glocke auf dem Kirchturm abgelöst, nur zum Kirchgang rief die Glocke noch. Der Dauerton der Sirene galt der Warnung vor einem heransausenden Tsunami, der jetzige Heulton signalisierte einen Aufruf, etwa zum Löschen oder sonstigen Aktionen. Irgendeiner hatte ihn ausgelöst.

Dieser Aufruf galt insgesamt 24 Männern auf der Insel, die ein Fahrrad besaßen und sich umgehend von verschiedenen Orten aus auf den Weg zur Schule in Hihifo zu machen hatten. Dort erwartete sie der Inselbürgermeister und teilte sie in Gruppen ein. Er stand vor einer Inselkarte und wies den Eintreffenden nacheinander Areale und Küstenabschnitte zu, die sie allein oder mit Helfern abzusuchen hatten.

Ralf staunte, eine derart durchorganisierte Selbsthilfe hätte er zuallerletzt diesen Inselbewohnern hier zugetraut. Aber das war gewiss eine Art Nothilfe, gab es doch hier kein Telefon, kein Netz, nicht mal Strom. Selbst die Sirene wurde von einer Batterie versorgt, an die auch die Post und das dortige Satellitentelefon angeschlossen waren, zumal darüber auch der Tsunamialarm ausgelöst wurde. Von Zeit zu Zeit musste die Batterie von einem Generator mit Benzinmotor aufgeladen werden, so der Bürgermeister, der es Ralf erklärte.

Das nahe Brummen kündigte die Landung des Postfliegers an. Schnell sprang Ralf aufs Rad und eilte zur Landepiste. Dort bat er den Piloten um Mithilfe, und schon hoben sie ab. Ziemlich tief flog er, aber das war nur gut so. Doch von Ahio leider keine Spur. Der Pilot meinte, der Junge müsse doch irgendwo auf der Insel zu finden sein, oder – nach kurzer Pause – oder im Meer.

Bis zum Einbruch der Dunkelheit suchte inzwischen nahezu die ganze Insel nach ihm, aber vergeblich.

Jetzt kam die Nacht, und mit ihr wuchs die Angst. Wo war er nur, und – war er überhaupt noch am Leben?

Ralf und Jaimia hatten sich in voller Montur aufs Bett gelegt, denn an Schlaf war nicht zu denken. Auch Oliana saß auf dem Sofa, den Blick unverwandt auf die Eingangstür gerichtet, als erwarte sie jeden Augenblick, dass Ahio hereinkomme.

Ralf bemerkte, dass Jaimia die Hände gefaltet hatte, sicher betete sie für seine Rückkehr. Doch an wen richtete sie in der Not ihre dringende Bitte? Ein ums andere Mal ging Ralf alle denkbaren Möglichkeiten durch, bis es langsam hell wurde.

Plötzlich kam ihm eine Idee und er fragte Jaimia, wo denn der Drache geblieben sei. Die wusste mit der Frage nichts anzufangen, erhob sich aber vom Bett. Schon erklärte er ihr den Grund seiner Frage. »Vielleicht ist Ahio gestern dem Drachen irgendwohin gefolgt, etwa mit dem Wind Richtung Osten. Sicher hat er immer zum Drachen hochgeschaut und ist dann vielleicht gestolpert und gestürzt.«

Schon machten sich beide auf die Suche nach dem Drachen. Tatsächlich, der Drache war nirgends zu finden. Auch etliche Insulaner hatten wohl eine unruhige Nacht verbracht und waren schon in aller Frühe wieder auf der Suche.

Richtung Osten zum Korallenriff sollten sie suchen, so Ralfs Hinweis an den Bürgermeister, der mit dieser Weisung umgehend einen Insulaner losschickte.

Weiter im Osten traf der auf einen anderen Sucher, der einen bunten Wollfaden in der Hand hielt, den er soeben vom Boden aufgelesen hatte. Vorsichtig zogen sie daran und gingen behutsam weiter. Dann standen sie vor einem etwa drei Meter tiefen Abgrund. Ein Stück weiter unten lag etwas Farbiges. Der Drachen! Dieser Wollfaden war wohl zu schwach gewesen, ihn im Wind zu halten, und daher vermutlich gerissen. Oder er war Ahio einfach nur aus der Hand gerutscht. Doch wo war der Junge jetzt?

Und dann sahen sie ihn! Rund fünfzig Meter hatte er sich weiter gerobbt und war dann dort im Dickicht neben dem Weg liegen geblieben. Doch er war wach und regte sich! Zwar recht benommen, aber wach, was für ein Glück!

Auf sein rechtes Bein deutete er, das tat ihm wohl arg weh. Dumm, hier gab´s kein Netz, sonst hätten sie rasch Entwarnung geben und eine Karre für Ahio anfordern können. Also trugen sie Ahio zu zweit, ließen das lädierte Bein nach unten hängen und brachten ihn zu Kahekili. Der Inselarzt schaute sich das Bein genauer an. Eine vermutlich glatte Fraktur des Schienbeins, murmelte er, aber das Wadenbein war nicht gebrochen.

Auf dem Weg waren sie einem dritten Sucher begegnet, der rasch zu Oliana und Jaimia lief, um ihnen die frohe Botschaft zu überbringen, denn für solche gab es immer bereitwillige Boten. Sogleich trat dort ein tiefes Aufatmen ein, zum Glück war es noch mal gut gegangen, das Schienbein kam sicher in Gips und heilte dann von selbst. Erleichtert umarmten sich Jaimia und Oliana, Gott sei Dank!

Nur Ralf schüttelte innerlich den Kopf. Irgendwie war er schon wieder schuldig geworden, schließlich war das mit dem Drachen seine Idee gewesen. Aber letztlich war es glücklicherweise noch glimpflich ausgegangen.

Mit der Zeit trafen nacheinander weitere Sucher bei Oliana und Jaimia ein. Nach und nach kam eine fröhlichere Stimmung auf, vor allem, als dann Ahio mit seinem Gipsbein auf den ulkigen Holzkrücken, die aus kurzen, sich oben gabelnden Ästen bestanden, hereinhumpelte und manche ihren Namen und gute Wünsche auf den Gips schrieben.

Oliana hatte zum Dank Getränke und Backwerk herbeigebracht. Schließlich holte Jaimia noch ihre Ukulele herbei und stimmte ein Lied an. Ralf verstand davon kein einziges Wort, aber ihm schien, als sei es ein Dank an irgendeine polynesische Gottheit. Später sang sie noch ein weiteres Lied, von dem verstand er jedes Wort, denn es war *One Day at a Time* von Joan Baez, das zu diesem Tag passte, wie kein anderes. Sie sang mit einer solchen Hingabe in der Stimme, dass Ralf sich nicht erinnern konnte, ihr jemals hingerissener gelauscht zu haben.

Fangaloka, der Investor mit seiner Idee, Niuatoputapu aus seinem Dornröschenschlaf zu erwecken, kam wieder vorbei. Hartnäckig verfolgte er seinen Plan, den breiten Sandstrand neben dem großen Riff mit den vielen Palmen dahinter zu einem Urlaubseldorado umzugestalten. Heute hatte er eine Planungsskizze dabei, aus der grob die Grundzüge seiner Bebauung und Gestaltung des Uferbereichs zu erkennen waren. Ein modernes Hotel mit Pool, ein Restaurant mit Terrasse, ein Spielbereich für Volleyball und Tennis, Kinderrutschen und dergleichen mehr hatte er sich vorgestellt, wie in Urlaubsregionen halt so üblich.

Ralf fand das so daneben, wie es nur sein konnte. Und schon hatte er eine alternative Idee und begann sie Fangaloka wortreich zu erklären. Warum sollten die Leute um den halben Globus fliegen, nur um dann hier das vorzufinden, was sie überall antreffen konnten? Die Urlauber, insbesondere die aus den Wohlstandsländern, hatten vor lauter Überdruss von der Urlaubsindustrie mit ihrem Massenbetrieb inzwischen ein Faible dafür, mal ganz was anderes in entlegenen, urtümlich gebliebenen historischen Gefilden zu erleben. Damit konnten sie sich dann zu Hause stolz als gebildete Naturvolk-Enthusiasten und anspruchsvolle Liebhaber alter Kulturen ausgeben und deren leider verloren gegangene Werte beklagen. Dazu kam dann noch ihre edle Bereitschaft, einmal in primitivste Lebensumstände einzutauchen, mit der Erkenntnis, dass auch diese armen Leute dort Menschen seien, deren einfaches Leben durchaus etwas für sich habe.

Am besten, man würde versuchen, die durch die Kolonialisierung vernichtete polynesische Kultur so weit wie möglich wieder aufleben zu lassen. Deren ehemalige Behausungen und ihren Lebensstil sollte man nachempfinden, lediglich in Sachen Hygiene und Ernährung wären Kompromisse zu machen, aber so unauffällig wie möglich. Damit, so seine Erwartung, könnte man Niuatoputapu sogar zum Geheimtipp für ein bestimmtes Klientel kulturell interessierter Urlauber und Weltenbummler machen. Das konnte durchaus begrenzt und elitär sein, denn für den Massentourismus gab es hier ohnehin zu wenig Platz.

Fangaloka sagte zunächst gar nichts, ergriff sodann seine Skizzen und zerriss sie. Was für eine Antwort!

Dann machte er Ralf spontan ein Angebot. Partner und Planer sollte er werden, zusammen würden sie genau das umsetzen, was er gerade vorgeschlagen habe. Und noch einen weiteren bedeutenden Vorteil sah Fangaloka: Weit weniger war da zu investieren, schon mit dem derzeitigen Fonds könnten sie vieles davon umsetzen.

Ralf hörte sich das an und nickte ab und zu. In ihm ging weit mehr vor. Was würde das für ihn selbst bedeuten? Läge es auf seiner Linie? Ein Verbleiben hier, fern der Heimat, dazu eine Familie mit Jaimia, Ahio und Oliana? Eingebunden in einen richtigen Job? Reales Leben mit weniger Träumereien, weniger Zeit und Muße zum Philosophieren und Meditieren, Verlust seiner einsamen Umgebung auf dem Atoll?

Das wollte alles gut überlegt sein, sehr gut sogar.

Doch was hatte der Psychotherapeut ihm damals in seiner tiefsten Krise empfohlen? Eine Beschäftigungstherapie, am besten durch handwerkliche Arbeit, sollte er suchen.

Mit der Zeit dachte er sich mehr und mehr in diese neue Herausforderung hinein. Was sprach eigentlich dagegen? In Gedanken sah er sich schon mit Jaimia und Ahio den Strand entlang spazieren gehen, mit ihr beim Hinausschwimmen, mit ihm beim Ballspiel. Er als Vater? Doch, doch, das konnte er sich schon vorstellen, sogar ganz gut.

Schon tags darauf erschien Fangaloka mit neuen Skizzen, die gefielen Ralf jetzt weitaus besser. Eine Vielzahl kleiner Holzhäuschen hatte er in lockerer Anordnung eingezeichnet. Dazu plante er für Olianas Laden einen Anbau, etliche Fußwege und ein kleines Büro zur Verwaltung der Anlage. Auch einen Festplatz sollte es im Freien geben, denn die Polynesier feierten gerne, früher wohl noch mehr als heute.

Auch Ralf hatte seine Vorstellungen weiterentwickelt. Auf Nukuseilala wollte er auf jeden Fall bleiben, dort könnte er eine kleine Holzhütte aufstellen, gerade groß genug, um auch Jaimia und Ahio über Nacht mit unterzubringen. Grundsätzlich sollte es jedoch *seine* Behausung sein, wohin er sich zurückziehen konnte, wann immer ihm danach war. Wohnen würde er jedoch überwiegend in Hihifo.

Nur wohnen? Wohl kaum. Jaimia war doch jetzt

schon mehr als nur seine Geliebte. Eine Eheschließung? Brauchte es diese Formalität überhaupt? Schließlich war er mit ihr doch bereits diese Gedankenverpartnerung eingegangen, die angeblich weit über allem anderen stand.

Wäre das dann das Ende seines Eremitendaseins da draußen? Genau besehen war dieses doch seit geraumer Zeit mehr und mehr aufgelockert worden. Doch irgendwie fühlte er sich dort besonders wohl, also sollte das zumindest ab und zu so bleiben.

Mit der Zeit beschäftigte ihn dieses Projekt immer mehr. Polynesisches Urzeitleben, kurz PUL, nannte er es für die westliche Welt, etwas komplizierter »haele mai ku´u« für die Polynesier.

Der Festwiese galt sein besonderes Interesse. Einige uralte Tänze und Lieder hatten sich über unzählige Generationen hinweg erhalten, die sollten ganz im Mittelpunkt jedes Fests stehen. Auch Jaimia kannte ein paar von ihnen, als Lead-Sängerin könnte sie diese zusammen mit dem Chor der Eingeborenen und deren Ukulelen erklingen lassen. Zumindest die würden begeistert mitsingen und die Gäste aus aller Welt zum Mittanzen anstecken. Richtig begeistert war er von dieser Vorstellung.

Daneben entwarf er Modelle für die zu errichtenden Holzhäuschen, ein enger Schlafraum mit zwei Stockbetten nebeneinander und einer kleinen Aufenthaltsecke. Fließendes Wasser würde es vielleicht aus einer Tonne hinterm Dach geben, die von Zeit zu Zeit aufgefüllt würde. Was den Strom betraf, müsste man warten, bis die vom Tsunami zerstörte Leitung repariert war, schließlich hatte es in der Vorzeit auch keinen Strom gegeben.

Fangaloka schlug lediglich einige kleinere Änderungen und Ergänzungen vor, ansonsten fand er Ralfs Planung bestens. Er selbst kümmerte sich bereits um die Beschaffung des Holzmaterials. Auf den Fidschi-Inseln sollte es dazu einen Lieferanten geben, daneben war auch etliches aus den hiesigen Holzbeständen zu holen. Auch Kibriyyahs historisches Museum mit seinen Relikten aus der Zeit vor der Kolonialisierung im 17. Jahrhundert musste einen besseren Platz erhalten und ausgebaut werden, soweit dazu noch mehr zu finden war.

Jaimia unterstützte Ralf mit Rat und Tat, so gut sie konnte. Auch sie war inzwischen vom PUL-Projekt begeistert. Sicher auch deshalb, weil sie spürte, wie es sie beide enger verband, denn neben ihrer beglückenden Gefühlswelt war das etwas ganz Konkretes, etwas mit Hand und Fuß. Zudem freute sie sich darauf, bei den Festen eine Rolle zu übernehmen, die ihr Talent für Sang und Tanz zur Geltung brachte. Dass sie und Ralf ein Paar waren, hatte sich tatsächlich inzwischen herumgesprochen, denn er wurde mittlerweile von etlichen Insulanern beim Vorbeigehen fast schon wie einer von ihnen gegrüßt. Dazu trug sicher auch bei, dass sie sich selbst etwas von diesem Projekt erhofften. Und das nicht zu Unrecht, denn vieles für die Hütten konnte geflochten werden, sogar die Außenwände und das Dach, genauso wie vor langer Zeit.

Fangaloka blieb am Ball und brachte beim nächsten Besuch ein Foto mit. Auf Samoa hatte er eine Hütte entdeckt, die angeblich denjenigen ähnelte, wie sie in der Vorzeit vor allem an den Stränden Polynesiens weit verbreitet gewesen sein sollten; *Fares* nannte man die früher. Besonders gefiel ihm ihre Einfachheit, nicht zuletzt, weil sie preisgünstig aufzubauen waren. Hierbei konnten dann auch angelernte Arbeiter der Insel zum Einsatz kommen. Zudem genügten sechs heimische Palmenstämme zum Tragen des Dachs, dessen Bedeckung aus Palmenblättern und Pandanusgeflecht zu fertigen war. Auch dadurch würde dann auf Niuatoputapu ordentlich Beschäftigung zu günstigen Bedingungen entstehen.

Unterm Dachrand befanden sich ringsum aufgewickelte Matten, die bei zu starkem Sonneneinfall oder Regen heruntergelassen werden konnten, aber auch dann, wenn man private Abgeschiedenheit brauchte. Dazu boten die Fares Liegeflächen an, die etwas höher lagen und zugleich zu Betten und Sitzgelegenheiten taugten.

Gerade für Urlauber mit ihrer Suche nach dem einfachen Leben schien Fangaloka diese Behausung geradezu ideal. Draußen konnte man noch einen Tisch und Sitzgelegenheiten aufstellen, um auch zu mehreren in einer Runde zusammenzusitzen. Auch zum Wasser waren es nur wenige Schritte, da fehlte doch wirklich nichts zum Wohlfühlen.

Ralf nickte, auch er sah das so. Ein paar komfortablere Hütten könnte man ja immer noch dazubauen, das würde zur Auflockerung der Anlage beitragen. Sogar dazu hatte Fangaloka ein Bild aus dem Internet dabei. Diese Häuschen konnte man sogar als Bausatz kaufen, doch ziemlich teuer, besser, man baute auch die selbst.

Vor allem die luftigen Hütten begeisterten Ralf, nicht zuletzt wegen der möglichen Eigenleistungen seitens der Insulaner. Immerhin hatte Fangalokas Investment-Fonds inzwischen Einlagen um die 190.000 Dollar aufzuweisen. Würden davon 150.000 auf die Eigenleistungen entfallen, wäre das ein richtig warmer Regen. Die Mieten würden natürlich die Anteilseigner kassieren, doch die Urlauber brauchten selbst bei einfachster Lebensführung etliches, was nicht zuletzt Olianas Laden zugutekäme. Auch seine Mitarbeit an diesem Projekt sollte etwas einbringen, und Fangaloka versprach ihm dafür um die 500 Dollar im Monat.

Wie angekündigt, erschien Fangaloka heute in Begleitung eines Edward Wilkinson. Der sei Hauptanteilseigner des Fonds zur Finanzierung des Projekts und sehr vermögend, teilte Fangaloka mit. Unter anderem hielt er die Mehrheit der Anteile am Gauguin-Museum auf Tahiti, auch ein Hotel auf Samoa gehörte ihm und manches mehr.

Da durfte man gespannt sein. Ralf schlug vor, zum Treffen mit ihm auch Jaimia hinzuzuholen, schließlich sollte sie die Organisation der Mitarbeit der Insulaner beim Projekt übernehmen. Da konnte es von Vorteil sein, wenn auch sie ihn kennenlernte.

Mit dem Hubschrauber kam Wilkinson von Samoa rüber, das machte richtig Eindruck, wie ein Hauch von der großen, weiten Welt. Auch er selbst machte Eindruck, ein selbstgefälliger Erfolgsmensch, wie er im Buche stand. Im Garten bei Oliana traf man sich zum Kaffee, und Ralf fiel sogleich unangenehm auf, wie er

Jaimia förmlich mit Blicken verschlang. Nun ja, um die 50 konnte er sein, da drohte eher keine Gefahr.

Sogleich ergriff Wilkinson das Wort. Seine Großeltern seien einst als Banker aus dem britischen Empire nach Australien gekommen, er selbst sei in Melbourne geboren, habe dann aber Finanzwirtschaft in Oxford studiert. Für das PUL-Projekt interessiere er sich sehr, vor allem das Konzept des puritanischen Lebens für die Oberschicht gefalle ihm ausgesprochen gut, das passe in die heutige Zeit. Er nickte anerkennend zu Ralf rüber, Fangaloka hatte ihm wohl berichtet, dass dies seine Idee war.

Zusammen besichtigten sie dann den Strand mit den Palmen und das Areal dahinter. Wilkinson wollte sich noch ein wenig weiter auf der Insel umsehen, wo man denn hier übernachten könne? Oliana bot ihm ihr zweites Fremdenzimmer an, und er stimmte zu, da könnte er schon mal einen ersten Eindruck vom einfachen Leben hier gewinnen, frotzelte er.

Oliana bereitete noch etwas zum Abend vor, und Wilkinson war selbst mit vollem Mund beim Erzählen kaum zu bremsen. Ganz offensichtlich wollte er imponieren. Wem? Das schien Ralf keine Frage.

Als Ralf mit Jaimia dann im Bett lag, berichtete sie ihm, Wilkinson habe dort bei der Besichtigung am Strand einen ganz direkten Annäherungsversuch gestartet. Er suche derzeit dringend eine attraktive Empfangsdame für sein Hotel auf Samoa, diese wichtige Stelle sei hoch dotiert, und sie wäre da ein wunderschönes Aushängeschild. Dazu hatte er sie gewinnend angelächelt, und das auf eine ganz unverkennbare Art. Vermutlich sollte es da nicht nur um den Empfang der Gäste gehen.

»Und wie hast du darauf reagiert?«

»Ich habe ihm gesagt, ich sei fest vergeben. Stimmt doch auch, oder?«

Er bestätigte ihr das mit einem Gutenacht-Kuss, der heute um einiges inniger ausfiel. Und schon kuschelte sie sich an ihn heran, so wie damals bei ihrer Sammelaktion für Ahios Untersuchung. Nein, seine Jaimia war ihm so leicht nicht abspenstig zu machen, auch nicht mit einem noch so hohen Gehalt, da war er sich ganz sicher.

Jetzt war es an der Zeit, dass er sich mit Jaimia zusammensetzte, um das Vorgehen bei der Beschäftigung der hiesigen Flechterinnen im PUL-Projekt zu planen. In Hihifo war sie sicher den meisten Bewohnern bekannt, in Vaipoa und erst recht in Falehau sah das wohl anders aus, aber da gab es auch weit weniger Bewohner. Sicher war es eine gute Idee, bei den einzelnen Versendern anzusetzen, denn fast alle Pandanusmatten und auch das weitere Geflecht wurden exportiert.

Als Nächstes wollte sich Ralf darum bemühen, eine Zimmerei oder Schreinerei auf der Insel ausfindig zu machen. In Hihifo selbst fand er keine, aber hinten in Falehau sollte es eine geben. Also schwang er sich auf seinen Drahtesel. Zu viert traf er sie dort bei der Arbeit an, einen Meister, einen Gesellen und zwei Helfer.

Gewiss, solche Häuschen wie auf seinem Bild konnten sie errichten, soweit es die tragenden Pfähle und den Dachstuhl betraf, das sei kein Problem. Für die Errichtung solcher Hütten brauche man hier keine Baugenehmigung, die waren ja leicht wieder abzureißen. Natürlich musste einem das Land gehören oder zu pachten sein, das verstand sich von selbst.

An etwas anderes hatte Ralf dabei noch gar nicht gedacht, es gab ja immer noch Meister Goethes Brief unterm Fels. Der würde mit der Zeit sogar im Wert steigen und erst bei aufkommendem Finanzierungsbedarf versteigert. Wie er ja wusste, waren für dieses echte Autoskript allemal 30.000 und mehr drin.

Fast zwei Jahre war er jetzt hier. Ganz so einsam wie geplant war seine Eremitage auf diesem Atoll mit der Zeit nicht mehr geblieben, aber das war doch eher Jaimias überraschendem Auftauchen als Nymphe aus dem Meer geschuldet. Nun, Schuld hin, Schuld her, so wie es gekommen war, war es gut, sogar sehr gut.

Und wie würde es weitergehen? Ursprünglich hatte er ja geplant, sich lediglich zwei Jahre in die Einsamkeit zurückzuziehen, um sich dort zu finden und seine dabei gewonnenen Erkenntnisse in einem Buch niederzuschreiben. Ein Bestseller würde das eher nicht, aber vielleicht konnte er damit einigen helfen, die es ähnlich hart getroffen hatte.

Nun sah es so aus, als würde er hier wer weiß wie lange bleiben. Käme er eines Tages zurück in die alte Heimat, könnte er sich da überhaupt wieder einfinden? Aber diese Frage stellte sich doch gar nicht. Für Jaimia wäre das eine totale Entwurzelung, und ohne sie war das absolut undenkbar.

Aufgefallen war sie ihm damals gleich auf den ersten Blick, doch ihre fremdartige Ausstrahlung hatte ihn zunächst auf Abstand gehalten. Bald änderte sich das, mehr und mehr schien es ihm, als seien sich die Menschen rund um den Erdball in ihrem Inneren weit näher, als ihre unterschiedliche Hautfarbe, Sprache und Lebensart dies vermuten ließ. Auch anpassungsfähiger waren sie, denn er war Jaimia und sie ihm mit der Zeit fast so nah gekommen wie Landsleute, ungeachtet ihrer ewig weit entfernten Herkunft. Das wenige, was da an Andersartigkeit verblieb, machte sie sogar attraktiver füreinander.

Nein, er würde hierbleiben, zumal er gerade dabei war, auf der Insel mit ihren Bewohnern und dem PUL-Projekt Fuß zu fassen. Standen die 50 nachgebauten Urzeithütten erst mal am Strand, würde es mit der Insel wieder bergauf gehen, schließlich wohnten vor gar nicht so langer Zeit an die 1.600 Polynesier hier, bis sich dann die Hälfte von ihnen auf den Weg machte, anderswo Arbeit zu finden.

Fangaloka hatte ein dickes Bündel Stäbe und etliche Schnurrollen mitgebracht, damit sollte das Gelände nahe dem Strand abgesteckt werden. Er hatte einen Plan dabei, auf dem die Hütten skizzenhaft eingezeichnet waren. Auch der Ortsvorsteher kam hinzu, denn er musste der Bebauung letztlich zustimmen.

Jetzt ging es also richtig los. Nachmittags setzten sie sich beide mit Ralf zusammen, um die Hütten zu besprechen. Auch Jaimia kam dazu, denn sie war für die Hüttenausstattung mit den Matten zuständig.

Ralf gefiel das richtig gut, denn das PUL-Projekt war in seiner Gestaltung als Wiederbelebung der verloren gegangenen polynesischen Kultur seine Idee, und die hatte bei Fangaloka, dem Bürgermeister und Wilkinson viel Anklang gefunden. Dadurch war jetzt eine Arbeitsgruppe entstanden, die das Projekt gemeinsam auf Trab brachte. Genau das hatte ihm der Psychotherapeut damals empfohlen.

In der beginnenden Dämmerung machte er sich mit dem Rad auf den Weg zum Atoll. Fast mitleidig schaute er sein inzwischen ziemlich heruntergekommenes Zelt an, das würde nun bald ausgedient haben. Zufrieden mit dem heutigen Start des PUL-Projekts machte er sich später im Zelt lang, streckte und reckte sich gemächlich, gähnte wohlig vor sich hin und war bester Stimmung. Immerhin, hier hatte er nun doch das gefunden, was er nach Sarahs Absturz so mühevoll gesucht hatte: sich selbst. In Gedanken ging er die Zeit seit diesem unfassbaren Verlust noch einmal durch.

An das schreckliche Unglück selbst wollte er jetzt gar nicht denken, sonst fiel er gleich wieder in dieses tiefe Loch. Es war schon seiner resoluten Schwester und ihrem entschlossenen Einschreiten zu verdanken, dass er seinen Plan, Sarah zu folgen, nicht in die Tat umgesetzt hatte.

Der Magier in Kappadokien hatte ihn damals schon nachdenklich gemacht, nichts Gutes sah er für sie beide voraus. Er hatte sie gewarnt, aber sie nahmen es nicht ernst. Doch hätte er fortan Vorsicht walten lassen, wo stünde er dann heute? Keine Frage, weder hier noch bei Jaimia.

Maria Laach schien ihm zunächst wie eine Rettungsinsel zum Überleben. Nach und nach zeigte sich dann, er war zu sehr Realist, um den Verheißungen des ewigen

Lebens im Paradies Glauben schenken zu können.

Der totale Szenenwechsel hierher war mutig, aber aus jetziger Sicht das einzig Richtige. An die Einsamkeit auf Nukuseilala hatte er sich zunächst gewöhnen müssen, aber das hatte er recht bald geschafft.

Dann erschien Jaimia auf der Bühne seines Lebens. Wer hatte dazu wohl das Drehbuch geschrieben? Gab es überhaupt eins? Oder war es, wie so oft im Leben, der reine Zufall, der da Regie geführt hatte? Aber konnte es tatsächlich reiner Zufall sein, da eine derart kunstvoll tätowierte Nymphe dem Meer entsteigen zu sehen, die sich ihm liebevoll zuwandte? Würde man eine solche gerade noch jugendfreie Szene in einem Film sehen, würde man den Verfasser des Drehbuchs vermutlich für einen Tattoo-Fetischisten oder gar Sexisten halten. Genau besehen, wurde es mit Jaimia jedoch eine traumhafte Wirklichkeit, die wohl jeden Mann in ihren Bann ziehen und nicht mehr entkommen lassen konnte.

Nein, einen Film zu seinen letzten drei Jahren sollte man besser nicht drehen, der würde zum Flop, weil alle ihn als überzogen einstufen würden. Wie auch immer, für ihn war jetzt abzusehen, sein Leben hier würde künftig in geordneten Bahnen verlaufen.

Er mochte jetzt solchen Überlegungen zur Vergangenheit nicht weiter nachgehen. Hier lag er  nun in seinem Zelt und alles war gut so. Beruhigt schlief er ein.


Dieses Ruckeln verspürte er kaum, sicher hatte die Luftmatratze es gedämpft. Ralf drehte sich auf die andere Seite und schlief weiter. Doch bald schon wackelte der Untergrund erneut und jetzt stärker. Was konnte das sein? Vielleicht hatte er auch nur geträumt. Bald schlief er wieder ein, und es blieb still und ruhig unter ihm. Die warnende Sirene drüben auf Niuatoputapu hörte er nicht, sein Schlaf war tiefer.

Urplötzlich, mitten in der Nacht, ging alles rasend schnell: erst das Rauschen, das tosend und donnernd näher und näher heranrollte, dann die brachiale Flutwelle, die mit einem einzigen krachenden Griff alles mitriss, auch sein Zelt mit ihm. Gleich darauf der Aufprall seines Kopfes am Fels, unter dem immer noch Goethes Brief vergraben lag.

Der Tsunami, der diesmal vom Süden her auf dem polynesischen Feuerring heranbrauste und als Erstes das kleine Atoll erfasste, ließ Ralf nicht mal einen Moment Zeit, darüber nachzudenken, ob das nur eine tektonische Katastrophe, also ein Naturereignis war, oder aber die verdiente Strafe Gottes für seinen selbstherrlichen, ketzerischen Abfall vom rechten Glauben.

Zudem hatte Jaimia ihm ihre kürzlich festgestellte Schwangerschaft noch verschwiegen, bis sie sich ganz sicher war. So blieb Ralf nicht einmal die Hoffnung, etwas auf dieser Insel zu hinterlassen.

Was hatte Kahekili, der Inselarzt, ihm gesagt? Alles im Leben verweile lediglich eine gewisse Zeit, und eben nur diese.

Sein Grab fand Ralf einige Tage später zusammen mit zwei anderen Tsunamiopfern auf dem kleinen Friedhof von Hihifo, liebevoll gepflegt von »Ja imia«, denn ihr Name bedeutet im Polynesischen *Ich liebe*.

## Danksagung

Aufrichtigen Dank schulde ich meiner gestrengen Lektorin Andrea Stangl für ihre bemerkenswerte Fähigkeit, sich in eine fremde Thematik und Betrachtungsweise nicht nur einzudenken, sondern teilnahmsvoll einzufühlen, um die Imagination des Lesers und sein Interesse stets im Blick zu behalten. Ihre vielfachen Anregungen, begleitet von Vorgaben, die einen Autor bisweilen fordern, haben ganz sicher der Lesbarkeit gedient.

Dank in einer nicht leicht zu beschreibenden Weise sei auch den dort anzutreffenden Polynesiern geschuldet. Dieser betrifft das ganz eigene Fluidum ihres bescheidenen, aber gleichwohl sinnträchtigen Daseins, das sich dem Fremden erst nach und nach mitteilt, sofern er dafür empfindsam ist.